FOLIO SCIENCE-FICTION

Arkadi et Boris Strougatski

Stalker

Pique-nique au bord du chemin

Traduit du russe par Svetlana Delmotte
Édition définitive établie par Viktoriya Lajoye

Préface d'Ursula K. Le Guin
Traduit de l'américain par Patrice et Viktoriya Lajoye

Postface de Boris Strougatski
Traduit du russe par Patrice et Viktoriya Lajoye

Denoël

Cet ouvrage a été précédemment publié dans la collection Lunes d'encre aux Éditions Denoël.

Titre original :
Пикник на обочине

Les frères Strougatski, Arkadi (1925-1991) et Boris (1933-2012), sont les écrivains de S.-F. russes les plus connus au monde. L'intelligence et la sensibilité humaniste de leurs romans, devenus des classiques, leur ont valu une renommée universelle.

Préface

Une partie de cette préface est tirée d'une critique de Stalker *que j'ai publiée en 1977, date à laquelle le livre a paru pour la première fois en anglais*[1]. *Je voulais garder une trace de la réaction d'un lecteur du temps où les pires jours de la censure soviétique étaient encore frais dans les mémoires, de sorte qu'intellectuellement et moralement, les romans intéressants venant de Russie jouissaient encore du prestige d'une prise de risque courageuse. Du temps aussi où une critique positive d'une œuvre de science-fiction soviétique constituait un élément faible, mais réel, de positionnement politique, depuis qu'une part de la communauté américaine de science-fiction avait entrepris de s'engager dans la guerre froide en supposant que tout écrivain vivant au-delà du rideau de fer était un ennemi idéologique. La pureté morale*

1. *Stalker* fut publié pour la première fois en Angleterre et en Amérique sous le titre *Roadside Picnic* en 1977, dans une traduction d'A. W. Bouis. Ma critique, « A New Book by the Strugatskys », a paru dans *Science Fiction Studies*, n° 12, vol. 4, 2e partie, juillet 1977.

de ces réactionnaires fut préservée — comme souvent — en ne lisant pas. Ils n'eurent donc pas à voir que les écrivains soviétiques utilisaient la science-fiction depuis des années, avec une relative liberté par rapport à l'idéologie du Parti, pour écrire sur la politique, la société et le futur de l'humanité.

La science-fiction se prête volontiers à la subversion de tout statu quo. Les bureaucrates et les politiciens, qui ne peuvent se permettre de cultiver leur imagination, ont tendance à croire qu'il ne s'agit que d'histoires de pistolets lasers et d'absurdités, juste bonnes pour les enfants. Mais un écrivain peut aussi critiquer ouvertement l'utopie, comme Zamiatine avec Nous autres, *et attirer ainsi la censure sur lui. Les choses sont moins évidentes avec les frères Strougatski, et leurs critiques ne ciblèrent jamais précisément — du moins à ma connaissance — la politique de leur gouvernement. Ce qu'ils firent, et que je trouvais alors, et encore maintenant, bien plus admirable, fut d'écrire comme s'ils étaient indifférents à l'idéologie — ce que beaucoup d'entre nous, écrivains des démocraties occidentales, ont du mal à pratiquer. Ils écrivaient en hommes libres.*

Stalker *est une histoire de « premier contact », avec toutefois une différence. Les extraterrestres — les Visiteurs — sont venus sur Terre et sont repartis, laissant derrière eux plusieurs zones d'atterrissage, désormais appelées « Zones », jonchées de leurs déchets. Les pique-niqueurs sont partis ; les rats, méfiants mais curieux, s'approchent des fragments froissés de cellophane, des languettes brillantes des canettes de bière et tentent de les ramener dans leurs terriers.*

La plupart de ces débris mystérieux sont extrêmement dangereux. Certains s'avèrent utiles — par exemple des batteries éternelles qui alimentent les automobiles —, mais les scientifiques ne savent jamais s'ils utilisent ces artefacts selon l'usage qui leur était dévolu, ou s'ils emploient, pour ainsi dire, des compteurs Geiger comme des bifaces ou des composants électroniques comme des anneaux de nez. Ils ne peuvent comprendre les principes de ces artefacts, la science qui se cache derrière eux. Une Fondation internationale finance la recherche. Un marché noir se développe, des « stalkers » pénètrent dans les zones interdites, au risque de diverses mutilations et d'une mort horrible, pour prélever un peu de ces déchets extraterrestres, les rapporter et les vendre, parfois à la Fondation elle-même.

Dans les histoires de premier contact traditionnelles, la communication s'établit grâce à des astronautes courageux et dévoués, et un échange de connaissances, un triomphe militaire ou encore un grand accord commercial en découle. Ici, les visiteurs de l'espace — si toutefois ils ont remarqué notre existence — se sont totalement désintéressés de toute communication ; peut-être n'étions-nous que des sauvages, pour eux, ou des rats. Sans communication, il ne peut y avoir de compréhension.

Pourtant, la compréhension est nécessaire. Les Zones ont une incidence sur tous ceux qui ont affaire à elles. La corruption et le crime accompagnent leur exploration, ceux qui les ont fuies sont poursuivis par une catastrophe et les enfants des stalkers font l'objet de mutations génétiques, au point de sembler à peine humains.

L'histoire qui se déroule sur cette base sombre est vive, savoureuse, imprévisible. Le cadre semble être l'Amérique du Nord, peut-être le Canada, mais les personnages n'ont aucun particularisme national. Ils sont, cependant, individuellement vivants et sympathiques. Même le vieux stalker profiteur et fourbe est doté d'une vitalité ignoble et attachante. Les relations humaines sonnent juste. Il n'y a pas d'esprit brillant, les gens sont banals. Red, la figure centrale, est ordinaire au point d'être désagréable, un dur à cuire. La plupart des personnages sont ainsi, menant une vie dégradante et décourageante et présentés sans mièvrerie ni cynisme. L'humanité n'apparaît pas de manière flatteuse, mais elle n'est pas dépréciée pour autant. La touche des auteurs est sensible, consciente de leur vulnérabilité.

L'utilisation de gens ordinaires comme personnages principaux était assez rare en science-fiction quand le livre parut et, aujourd'hui encore, le genre bascule aisément dans l'élitisme : esprits surdoués, talents extraordinaires, officiers plutôt que membres d'équipage ; les coulisses du pouvoir plutôt que la cuisine de la classe laborieuse. Ceux qui préfèrent que le genre reste spécialisé — « hard » — ont tendance à soutenir cet élitisme. Ceux qui voient la science-fiction simplement comme une manière d'écrire des romans accueillent volontiers une approche plus tol-

stoïenne, où une guerre est décrite non seulement du point de vue des généraux, mais aussi à travers les yeux de femmes au foyer, de prisonniers, de garçons de seize ans ; où une visite d'extraterrestres s'anime par le récit de scientifiques compétents, mais également par la description de ses effets sur des personnes banales.

La question de savoir si les êtres humains sont ou seront en mesure de décrypter tous les renseignements que nous recevons de l'univers est celle à laquelle la majeure partie de la science-fiction, chevauchant la vague impétueuse du scientisme, a l'habitude de répondre par un OUI *inconditionnel. Le romancier polonais Stanislas Lem a appelé cela le « mythe de notre universalisme cognitif ».* Solaris *est le plus connu de ses livres sur ce thème, dans lequel les personnages humains sont vaincus, humiliés par leur incapacité à comprendre les messages ou les artefacts extraterrestres. Ils n'ont pas réussi le test.*

L'idée selon laquelle il est possible que la race humaine n'ait aucun intérêt pour une espèce « plus évoluée » pourrait aisément libérer un franc sarcasme, mais le ton des auteurs reste ironique, humoristique, plein de compassion. Leur sophistication éthique et intellectuelle devient claire à travers une discussion brillante, à la fin du roman, entre un scientifique et un employé désabusé de la Fondation, sur les implications et la signification de la visite extraterrestre. Pourtant, au cœur de l'histoire, il y a le destin d'un individu. Les protagonistes des « histoires à concept » sont généralement des marionnettes, tandis que Red est un mensch — *un homme. Nous nous soucions de lui, et tant sa survie que son salut sont en jeu. Il s'agit, après tout, d'un roman russe.*

Les Strougatski font d'ailleurs dans la surenchère concernant la question de Lem sur l'entendement humain. Si la façon qu'a l'humanité de gérer ce que les extraterrestres ont laissé derrière eux est un test, ou si Red, dans les dernières et terribles scènes, subit l'épreuve du feu, qu'est-ce qui, en fait, est testé ? Et comment pouvons-nous savoir si nous avons réussi ou échoué ? Qu'est-ce que la « compréhension » ?

La promesse finale de « BONHEUR POUR TOUT LE MONDE, GRATUITEMENT ! » entre en résonance avec un sens politique amer sans équivoque. Pourtant, le roman ne saurait être réduit à une simple fable sur l'échec soviétique, ou même sur l'échec du rêve d'une science de la cognition universelle. La dernière parole prononcée par Red dans le livre, parlant à Dieu, ou à nous, est : « Parce que mon âme, je ne l'ai jamais vendue à personne ! Elle est à moi, elle est humaine ! Tire toi-même de moi ce que je veux, parce qu'il est impossible que mes vœux soient mauvais ! »

URSULA K. LE GUIN

« Tu dois créer le Bien à partir du Mal, car c'est le seul moyen pour le faire. »

ROBERT PENN WARREN

Prologue

EXTRAIT DE L'INTERVIEW DU DOCTEUR VALENTIN PILMAN
À L'OCCASION DE LA REMISE
DU PRIX NOBEL DE PHYSIQUE EN 19...,
ACCORDÉ À L'ENVOYÉ SPÉCIAL
DE LA RADIO DE HARMONT

« ... Docteur Pilman, votre première découverte sérieuse est, sans doute, celle de ce qu'on appelle le "radiant de Pilman".

— Je ne le pense pas. Le radiant de Pilman n'est ni la première, ni sérieuse, ni, en fait, une découverte. Et, de plus, pas tellement la mienne.

— Vous devez plaisanter, Docteur. Tous les écoliers connaissent la notion de "radiant de Pilman".

— Cela ne m'étonne pas. C'est précisément par un écolier que le radiant de Pilman a été découvert. Malheureusement, je ne me souviens pas de son nom. Regardez chez Stetson, dans son *Histoire de la Visite*, il raconte tout en détail. Le radiant a été découvert par un écolier, les coordonnées ont été publiées pour la première fois par un étudiant et, curieusement, c'est mon nom qu'on lui a donné.

— Oui, les découvertes ont parfois des destins étranges. Ne pourriez-vous pas, Docteur Pilman, expliquer à nos auditeurs…

— Écoutez, compatriote. Le radiant de Pilman est une chose extrêmement simple. Imaginez que vous ayez fait tourner un grand globe terrestre et que vous vous soyez mis à tirer dessus à coups de revolver. Les trous sur le globe seront disposés le long d'une certaine courbe douce. Toute l'essence de ce que vous appelez ma première découverte sérieuse réside dans un fait très simple : les six Zones de la Visite sont disposées sur la surface de notre planète comme si quelqu'un avait tiré de la ligne Terre-Deneb six coups de pistolet sur la Terre. Deneb, c'est l'alpha de la constellation du Cygne. Le point de la voûte céleste d'où, si l'on peut dire, on a tiré, c'est ça, le radiant de Pilman.

— Je vous remercie, Docteur. Chers Harmontois ! On nous a enfin clairement expliqué ce qu'est le radiant de Pilman ! À ce propos, avant-hier, c'était exactement le treizième anniversaire de la Visite. Docteur Pilman, ne voudriez-vous pas dire quelques mots à cette occasion à vos compatriotes ?

— Que veulent-ils savoir, au juste ? N'oubliez pas qu'à l'époque je n'étais pas à Harmont…

— Il est d'autant plus intéressant d'apprendre ce que vous avez pensé quand votre ville natale a été envahie par une supercivilisation extraterrestre…

— À vrai dire, ma première pensée a été qu'il s'agissait d'un bobard. Il était difficile d'admettre que quelque chose de semblable pouvait arriver à notre vieille ville. En Sibérie orientale, en Ouganda, dans l'Atlantique Sud, passe encore, mais à Harmont !

— Cependant, en fin de compte, vous avez été obligé d'y croire ?

— En fin de compte, oui.

— Et alors ?

— Il m'est soudain venu à l'esprit que Harmont et les cinq autres Zones de la Visite… en fait, non, je vous demande pardon, à l'époque on n'en connaissait que quatre… que toutes, elles étaient disposées sur une courbe très douce. J'ai calculé les coordonnées du radiant et je les ai envoyées à *Nature*.

— Vous n'étiez donc pas du tout ému par le destin de votre ville natale ?

— Voyez-vous, à l'époque déjà, je croyais à la Visite, mais je n'arrivais pas à croire les informations paniquées sur les quartiers en feu, les monstres dévorant exclusivement des vieillards et des enfants, et les combats sanglants entre les visiteurs invulnérables et les unités blindées royales extrêmement vulnérables, mais infailliblement glorieuses.

— Et vous aviez raison. Je me souviens que nous autres, informateurs, nous nous sommes bien mis le doigt dans l'œil à l'époque… Mais revenons à la science. La découverte du radiant de Pilman a été la première, mais certainement pas la dernière de vos contributions à la science de la Visite ?

— La première et la dernière.

— Mais pendant tout ce temps vous deviez suivre attentivement le déroulement des recherches internationales dans les Zones de la Visite ?

— Oui… De temps en temps, je feuillette les “Rapports”.

— Vous parlez des rapports de l’Institut international des cultures extraterrestres ?

— Oui.

— Dans ce cas, quelle est, selon vous, la découverte la plus importante de ces treize dernières années ?

— Le fait même de la Visite.

— Pardon ?

— Le fait même de la Visite est la découverte la plus importante non seulement de ces treize dernières années, mais de toute l’histoire de l’humanité. Il n’est pas tellement important de savoir qui étaient ces visiteurs. Il n’est pas important de savoir d’où ils sont venus, ni leur but, ni pourquoi ils sont restés si peu de temps, ni où ils sont allés après. Ce qui compte, c’est que, maintenant, l’humanité le sait avec certitude : elle n’est pas seule dans l’univers. J’ai peur que l’Institut des cultures extraterrestres n’ait plus jamais une chance de faire une découverte aussi fondamentale.

— C’est terriblement intéressant, Docteur Pilman, mais en fait je voulais parler de découvertes d’ordre technologique. De découvertes susceptibles d’être utilisées par la science et la technique terrestres. Car plusieurs éminents savants considèrent que les trouvailles dans les Zones de la Visite sont capables de modifier tout le cours de notre histoire.

— Eh bien, je n'appartiens pas aux partisans de ce point de vue. En ce qui concerne les trouvailles concrètes, je ne suis pas spécialiste.

— Pourtant, voilà déjà deux ans que vous êtes le consultant de la commission de l'ONU pour les problèmes de la Visite…

— Oui. Mais je n'ai aucun rapport avec ceux qui étudient les cultures extraterrestres. Le rôle de mes collègues et moi-même, à la Comnuprovis[1], est de représenter les milieux scientifiques internationaux dès qu'il s'agit du contrôle de l'exécution des décisions de l'ONU concernant l'internationalisation des Zones de la Visite. En un mot, nous veillons à ce que personne d'autre que l'Institut international ne gère les merveilles extraterrestres obtenues dans la Zone…

— Parce que quelqu'un d'autre convoite ces merveilles ?

— Oui.

— Vous parlez probablement des stalkers ?

— Je ne sais pas ce que c'est.

— C'est ainsi que chez nous, à Harmont, on appelle ces têtes brûlées qui, à leurs risques et périls, pénètrent dans la Zone et y volent tout ce qu'ils peuvent trouver. C'est vraiment un nouveau métier.

1. Commission des Nations unies sur les problèmes liés à la Visite. *(N.d.T.)*

— Je vois. Non, c'est en dehors de notre compétence.

— Je pense bien ! C'est la police qui s'en occupe. Mais je voudrais savoir ce qui entre, justement, dans votre compétence, Docteur Pilman…

— Nous sommes placés devant une fuite permanente de matériels de Zones de la Visite, qui aboutissent entre les mains de personnes et d'organismes irresponsables. Nous nous occupons des résultats de cette fuite.

— Vous ne pourriez pas être un peu plus précis, Docteur ?

— Parlons plutôt d'art. Vos auditeurs ne sont-ils pas intéressés par mon opinion sur l'incomparable Gvadi Muller ?

— Oh ! certainement ! Mais je voudrais d'abord en finir avec la science. Vous, en tant que savant, vous n'avez pas envie de vous occuper de miracles extraterrestres ?

— Comment dire… Peut-être.

— Donc, on peut espérer qu'un beau jour, les Harmontois verront leur célèbre compatriote dans les rues de sa ville natale ?

— Ce n'est pas exclu. »

1

Redrick Shouhart, 23 ans, célibataire, laborantin de la filiale harmontoise de l'Institut international des cultures extraterrestres

Donc, la veille, on est avec lui dans le dépôt, il est déjà tard, il ne reste qu'à enlever les combinaisons et foncer au Bortch[1], histoire de s'envoyer un ou deux petits verres de quelque chose de spiritueux. Moi, je suis là sans rien faire, je soutiens le mur, j'ai fini mon boulot, je tiens déjà une cigarette toute prête, j'ai envie de fumer, c'est dingue — je n'en ai pas grillé une depuis deux heures — et lui, lui est encore en train de ranger ses trucs : il a chargé un coffre-fort, l'a fermé, a mis des scellés dessus et maintenant il charge l'autre, il enlève les « creuses » du transporteur, il les examine une par une de tous les côtés (et, soit dit en passant, elles sont lourdes, ces salopes, six kilos et demi chacune) et, en gémissant, il les installe soigneusement dedans.

C'est fou le temps qu'il passe sur ces « creuses » et, à mon avis, sans aucun bénéfice pour l'humanité. À sa place, il y a belle lurette que j'aurais

1. Potage national russe. Ici, le nom d'une brasserie. *(N.d.T.)*

envoyé tout ça au diable et que je me serais occupé de quelque chose d'autre pour le même prix. Bien que, par ailleurs, en y réfléchissant, une « creuse » c'est un truc vraiment mystérieux et, si on peut dire, incompréhensible. Le nombre de « creuses » que j'ai transportées sur mon dos, c'est inimaginable, mais même maintenant, chaque fois que j'en vois une, je ne peux pas ne pas m'étonner. En tout et pour tout c'est juste deux disques en cuivre taille soucoupe, cinq millimètres d'épaisseur environ et à peu près quatre cents millimètres de distance qui les séparent, mais à part cette distance, il n'y a rien entre. Rien du tout, c'est vide. On peut y fourrer la main, on peut y fourrer même la tête si on est devenu complètement cinglé à les regarder : rien que le vide, de l'air et c'est tout. Mais malgré ça, entre eux il y a bien sûr quelque chose, d'après ce que je comprends, un genre de force, parce que personne encore n'a réussi ni à rapprocher ces disques l'un de l'autre, ni à les écarter.

Non, les gars, il n'est pas facile de décrire ce truc à quelqu'un qui ne l'a jamais vu, tellement il paraît simple, surtout quand tu l'as bien examiné et que tu crois enfin tes yeux. C'est la même chose que de décrire un verre à quelqu'un ou même, Dieu m'en garde, un verre à pied : on ne peut que bouger les doigts et grommeler des malédictions à cause de son impuissance. Bon, on va supposer que vous avez tout compris, et s'il reste quelqu'un qui n'a pas compris, qu'il prenne les « Rapports » de l'Institut, là, dans chaque numéro, il y a des articles sur les « creuses » avec des photos.

Bref, Kirill se tue avec les « creuses », et ça fait presque un an déjà. Je suis avec lui depuis le début, mais jusqu'à présent je ne comprends pas complètement ce qu'il veut obtenir. À vrai dire, je ne cherche pas trop à le comprendre. Qu'il commence d'abord par comprendre lui, par se débrouiller lui-même, alors peut-être bien que je l'écouterai. Pour l'instant, je vois une chose : il lui faut à tout prix bousiller une de ces « creuses », la corroder avec des acides, l'écraser sous une presse, la faire fondre au four. Alors là, il comprendra tout, il sera couvert d'hommages et de gloire, et toute la science mondiale en frémira de plaisir. Seulement, m'est avis que ce n'est pas demain la veille. Pour l'instant, il n'est encore arrivé à rien, le seul résultat, c'est qu'il est éreinté comme pas possible, il est devenu gris, silencieux et ses yeux sont comme ceux d'un chien malade, même qu'ils pleurent. Si c'était quelqu'un d'autre, pas lui, je l'aurais poussé à se beurrer comme une tartine, je l'aurais amené chez une superbe gonzesse pour qu'elle le remue, le lendemain matin encore une cuite et encore une gonzesse, mais une autre, et dans une semaine, il aurait été frais comme un gardon, les oreilles dressées, la tête haute. Seulement à Kirill ce médicament ne convient pas. C'est même pas la peine d'essayer, il est d'une autre trempe.

Donc, comme je dis, on est avec lui dans le dépôt, je regarde comment qu'il est devenu, avec ses yeux creux, et j'ai tellement pitié de lui que je ne peux pas l'exprimer. C'est alors que je me décide. Enfin, ce n'est pas que je me décide, mais c'est comme si quelqu'un m'avait tiré par la langue.

« Écoute, dis-je, Kirill… »

Et lui, justement, est là, devant moi, la dernière « creuse » dans les bras et avec l'air d'être prêt à se fourrer dedans lui-même.

« Écoute, dis-je, Kirill ! Et si tu avais une "creuse" pleine, hein ?

— Une creuse pleine ? » s'étonne-t-il, et il fronce les sourcils comme si je lui parlais en charabia.

« Mais oui, dis-je. Ton piège hydromagnétique, comment que tu l'appelles… objet soixante-dix-sept B. Mais plein, avec je ne sais quelle merde dedans, couleur bleue. »

Là, je vois qu'il commence à piger. Il lève sur moi ses yeux, les plisse, et derrière sa larme de chien apparaît une « lueur de raison », comme il adore dire.

« Attends, dit-il. Plein ? Le même truc, mais plein ?

— C'est ça.

— Où ? »

Ça y est, il est guéri, mon Kirill. Les oreilles dressées, la tête haute.

« Viens, dis-je, on va s'en griller une. »

Il a fourré rapidement la « creuse » dans le coffre-fort, a claqué la porte avant de la fermer à trois tours et demi ; puis nous sommes retournés au laboratoire. Pour une « creuse » vide, Ernest donne quatre cents billets comptant. Pour une pleine, j'aurais pu lui pomper tout son sang pourri, à ce fils de pute, mais croyez-moi si vous voulez, sur le coup je n'y ai même pas pensé, parce que Kirill a carrément ressuscité sous mes yeux, il est devenu comme une corde de violon bien tendue, tout juste s'il ne tintait pas ; il a grimpé l'escalier quatre à quatre et ne m'a même pas donné la possibilité de fumer. Bref, je lui ai tout raconté : et comment elle était et où elle se trouvait et comment s'en approcher de la meilleure façon. Il a sorti aussitôt la carte, a trouvé le garage en question, l'a pointé du doigt, m'a regardé et a compris, à coup sûr et tout de suite, de quoi il retournait à mon sujet. Entre nous, qu'y avait-il de si difficile à comprendre ?

« Toi alors ! dit-il en souriant. Eh bien, on va y aller. Demain matin, sans faute. À neuf heures je commande les laissez-passer, la "savate" et, à dix heures, en remerciant le destin, on part. D'accord ?

— D'accord, dis-je. Et qui sera le troisième ?

— Pour quoi faire, le troisième ?

— Allons donc ! C'est pas pour un pique-nique avec des nanas qu'on s'embarque. Et si quelque chose t'arrive ? C'est la Zone, dis-je. Tout doit être en règle. »

Il sourit un peu, il hausse les épaules.

« Comme tu veux ! Tu sais mieux que moi. »

Pour sûr que je sais mieux ! Je vois bien qu'il fait le généreux pour me couvrir : le troisième est en trop, on y fera un saut tous les deux, bouche cousue, personne ne le saura. Seulement je suis au courant : ceux de l'Institut ne vont pas à deux dans la Zone. Leur règle, c'est que deux font le boulot et le troisième regarde pour qu'après, quand on le demandera, il puisse tout raconter.

« Moi personnellement, j'aurais pris Austin, dit Kirill. Mais je pense que tu n'en voudras pas. Ou bien il te va ?

— Non, dis-je. Qui tu veux, mais pas lui. Austin, tu le prendras une autre fois. »

Austin n'est pas un mauvais bougre, il a la bonne proportion de courage et de couardise, mais à mon avis il est déjà marqué. Kirill ne pourra jamais s'en rendre compte, tandis que moi, je sais : ce type s'imagine qu'il connaît et comprend tout dans la Zone. Ce qui signifie que d'ici peu il se cassera la gueule. Qu'il se la casse, j'ai rien contre. Mais sans moi.

« Bon, d'accord, dit Kirill. Et Tender ? »

Tender, c'est son deuxième laborantin. Un gars bien, tranquille.

« C'est qu'il est un peu vieux, dis-je. Et puis, il a des gosses…

— Ça ne fait rien. Il a déjà été dans la Zone.

— Bien, dis-je. Prenons Tender. »

Bref, Kirill est resté assis devant la carte, et moi, j'ai cavalé directement au Bortch, vu que j'avais envie de bouffer à en crever et que ma gorge était toute desséchée.

Bon. Je me présente le lendemain matin, comme toujours à neuf heures, je montre mon laissez-passer et je vois dans le poste de contrôle cette asperge de sergent à qui j'avais l'année dernière cassé la figure quand, beurré, il avait fait du gringue à Gouta.

« Salut, me dit-il. Toi, Rouquin, on te cherche dans tout l'Institut. »

Je l'ai interrompu tout de suite, mais on ne peut plus poliment.

« Toi, ne m'appelle pas Rouquin. Et ne cherche pas à être mon copain, espèce de perche suédoise.

— Mon Dieu, Rouquin ! » s'est-il exclamé, stupéfait. « Mais tout le monde t'appelle comme ça. »

Avant d'aller dans la Zone, je suis toujours énervé comme une puce et, par-dessus le marché, je suis sobre. Alors, je l'ai pris par la bandoulière et je lui ai exposé dans tous les détails ce qu'il était, et dans quelles conditions il avait été conçu par sa mère. Il a craché, m'a rendu mon laissez-passer et a dit, ce coup-ci, sans tendresse aucune :

« Redrick Shouhart, vous devez immédiatement vous présenter devant le capitaine Hertzog, responsable du Département de la sécurité.

— Ça, c'est autre chose. Potasse bien les règles, sergent, tu arriveras à être nommé lieutenant. »

Mais, entre-temps, je me dis : qu'est-ce que ça signifie ? Quel besoin a de moi le capitaine Hertzog aux heures de service ? Bon, je vais me présenter. Son bureau se trouve au deuxième étage, un bon bureau avec des grilles aux fenêtres, comme à la police. Lui, Willy, il est assis à sa table, il souffle dans sa pipe et tape des paperasseries sur sa machine. Dans le coin, un petit sergent est en train de fouiller dans l'armoire en fer. C'est un nouveau, je ne le connais pas. Dans notre Institut, il y a plus de sergents que dans n'importe quelle division, et tous, ils sont bien en chair, les joues roses, avec un teint de lis : eux, ils doivent pas aller dans la Zone, et les problèmes mondiaux, ils s'en fichent.

« Bonjour, dis-je. Vous m'avez demandé ? »

Willy me regarde comme si j'étais une place vide, repousse la machine à écrire, pose devant lui un énorme dossier et se met à le feuilleter.

« Redrick Shouhart ?

— Tout juste », je réponds, et j'ai tellement envie de rigoler que je ne sais pas comment je tiens. Genre ricanement nerveux.

« Depuis combien de temps travaillez-vous à l'Institut ?

— Deux ans. Maintenant, c'est la troisième année.

— Famille ?

— Je suis seul, dis-je. Je suis orphelin. »

Alors, il se tourne vers son petit sergent et lui ordonne d'une voix sévère :

« Sergent Lummer, allez aux archives et apportez-moi le dossier numéro cent cinquante. »

Le petit sergent salue et se barre, tandis que Willy referme le dossier et me demande sombrement :

« Tu recommences ?

— Qu'est-ce que je recommence ?

— Tu le sais très bien. J'ai encore reçu un papier sur toi. »

Nous y voilà, je me dis.

« Et d'où vient-il ? »

Il fronce les sourcils et se met à taper nerveusement de sa pipe sur le cendrier.

« Ça ne te regarde pas, dit-il. Au nom de notre vieille amitié, je te préviens : laisse tomber cette affaire, laisse-la tomber pour toujours. Parce que si on te pince pour la deuxième fois, tu ne t'en tireras pas avec six mois. En plus, on te foutra à la porte de l'Institut immédiatement et pour toujours, tu comprends ?

— Je comprends, dis-je. Ça, je le comprends. Ce que je ne comprends pas, c'est qui est ce fils de pute qui a mouchardé… »

Mais le voilà de nouveau qui me regarde d'un œil vitreux, en train de souffler dans sa pipe vide et de feuilleter ses papiers. Ce qui signifie que le sergent Lummer est revenu avec le dossier numéro cent cinquante.

« Merci, Shouhart », dit le capitaine Willy Hertzog, surnommé Gros Lard. « C'est tout ce que je voulais savoir. Vous pouvez disposer. »

Bon, je vais au vestiaire, enfile ma combinaison, allume une cigarette et, tout ce temps, me demande : mais qui est-ce qui m'a vendu ? Si c'est quelqu'un de l'Institut, ce sont des bobards, personne ici ne sait rien sur moi et ne peut rien savoir. Si le papier vient de la police… là aussi, que peuvent-ils savoir sur moi à part mes anciennes affaires ? Ou alors Charognard s'est fait piquer ? Cette ordure vendrait sa propre mère pour se blanchir. Mais c'est que Charognard non plus, maintenant, ne sait rien sur moi. J'avais beau me creuser la tête, je ne trouvais rien de valable et je me suis dit : je m'en fous ! La dernière fois, j'étais allé dans la Zone, la nuit, trois mois auparavant, j'avais écoulé presque toute la gratte et il ne me restait pratiquement plus d'argent. On ne m'avait pas pris la main dans le sac. Ce n'est pas maintenant qu'ils vont me prendre, je leur filerai entre les doigts.

Mais au moment où je montais l'escalier, j'ai eu une soudaine illumination, à tel point que je suis revenu au vestiaire, où je me suis assis et me suis allumé une autre cigarette. Il en résultait que je ne devais pas aller dans la Zone aujourd'hui. Ni demain ni après-demain. Il en résultait que ces crapauds m'avaient de nouveau à l'œil, qu'ils ne m'avaient pas oublié et que s'ils m'avaient oublié, quelqu'un m'avait rappelé à eux. Dès lors, il importait peu qui c'était. Aucun stalker, à moins d'être complètement maboul, ne s'approchera de la Zone, même de loin, s'il sait qu'on le surveille. Je devais me planquer dans le trou le plus sombre. Pour pouvoir dire : non, mais de quelle Zone parlez-vous ? Même avec un laissez-passer je n'y vais plus depuis plusieurs mois ! Qu'est-ce qui vous prend de chercher noise à un honnête laborantin ?

Tout ça, je l'ai cogité dans tous les sens et je suis allé jusqu'à me sentir soulagé de ne plus devoir me rendre dans la Zone. Seulement, comment l'annoncer à Kirill le plus délicatement possible ?

Je le lui ai dit directement :

« Je ne vais pas dans la Zone. Quels sont vos ordres ? »

Au début, c'est sûr qu'il a écarquillé les yeux. Puis, visiblement, il a pigé quelque chose : il m'a pris par le coude, m'a conduit dans son bureau minuscule, m'a fait asseoir à sa petite table et s'est installé à côté, sur le rebord de la fenêtre.

On a allumé des cigarettes. Silence. Puis, il m'a demandé avec une grande prudence :

« Il s'est passé quelque chose, Red ? »

Que voulez-vous que je lui dise ?

« Non, je lui réponds, il ne s'est rien passé. Hier, je me suis fait repasser de vingt billets, c'est dingue ce qu'il joue bien, ce salaud de Nounane…

— Attends. Tu as changé d'avis ou quoi ? »

Là, j'ai geint, tellement j'étais tendu.

« Je ne peux pas, lui ai-je dit entre les dents. Je ne peux pas, tu comprends ? Je viens d'être convoqué par Hertzog. »

Il s'est ramolli d'un seul coup. Il avait de nouveau son air malheureux et ses yeux étaient redevenus ceux d'un caniche malade. Il a respiré convulsivement, a allumé une nouvelle cigarette avec le mégot de la précédente et a dit doucement :

« Tu peux me croire, Red, je n'ai soufflé mot à personne.

— N'en parle pas, dis-je. Ce n'est pas de toi qu'il s'agit.

— Je n'ai encore rien dit à Tender. Je lui ai fait un laissez-passer, mais je ne lui ai même pas demandé s'il voulait y aller ou non… »

Je me tais, je fume. Il y a de quoi rire et pleurer à la fois : en voilà un qui ne comprend rien à rien.

« Et qu'est-ce que t'a dit Hertzog ?

— Pas grand-chose. Quelqu'un m'a mouchardé, c'est tout. »

Il me regarde d'une drôle de façon, dégringole du rebord de la fenêtre et se met à arpenter son bureau minuscule. Lui, il fait son va-et-vient, et moi, je reste assis, je fume et je ne dis rien. C'est sûr que j'ai pitié de lui, je suis furieux que tout se soit passé comme ça. Ça s'appelle avoir guéri quelqu'un de la mélancolie… Mais à qui la faute ? À moi. Ce gosse, je lui ai fait miroiter des merveilles, seulement ces merveilles, elles sont planquées, et la planque, elle est gardée par de méchants messieurs… Là, il s'arrête de marcher de long en large, se met devant moi et, regardant de côté, demande maladroitement :

« Écoute, Red, combien peut-elle valoir, une "creuse" pleine ? »

Au début, je ne l'ai pas compris, j'ai pensé qu'il comptait en acheter une quelque part, seulement où est-ce qu'on peut en acheter ? Qui sait, la mienne est peut-être unique au monde, en plus, il n'aurait jamais assez d'argent : un spécialiste étranger, russe de surcroît, comment peut-il avoir des sous ? Et puis soudain, j'ai manqué m'étrangler : alors quoi, ce salaud, il pense que je le fais pour des dollars ? *Espèce d'ordure, pour qui me prends-tu ?* ai-je pensé… J'ouvre déjà la bouche pour lui exposer tout ça et je m'arrête aussitôt. Parce qu'en fait, pour qui d'autre peut-il me prendre ? Un stalker, c'est un stalker, il n'a qu'une idée : avoir le plus de dollars possible, pour ces dollars il vend sa vie. Alors, c'est ça ? Hier j'ai, en quelque sorte, lancé l'appât et aujourd'hui je le promène sous ses yeux, histoire de gonfler les prix.

De telles pensées me coupent le souffle, tandis que lui me regarde attentivement, il ne me quitte pas des yeux et dans ses yeux je ne vois même pas le mépris, mais, dirais-je, de la compréhension. Alors, je lui explique tout calmement.

« Jusqu'ici personne n'est allé au garage avec un laissez-passer. On n'y a pas encore tracé le parcours, tu le sais. Maintenant, imagine : nous rentrons et ton Tender commence à se vanter que nous avons foncé droit au garage, avons pris ce qu'il nous fallait et sommes retournés aussi sec. Comme si on était allés au dépôt. Et alors, chacun comprend : nous savions d'avance ce que nous allions chercher. Et ça signifie que quelqu'un nous a mis au courant. Et qui de nous trois a mis au courant les autres ? Les commentaires sont inutiles. Tu comprends ce que ça me promet ? »

Je termine mon discours. Nous nous regardons dans les yeux et nous nous taisons. Soudain, il tape dans ses mains, les frotte et déclare sur un ton on ne peut plus gaillard :

« Eh bien, non c'est non. Je te comprends, Red, et je ne peux pas te blâmer. Je vais y aller tout seul. Je m'en tirerai. Ce n'est pas la première fois… »

Il étale la carte sur le rebord de la fenêtre, y appuie les mains, courbe le dos et tout son courage s'évapore carrément à vue d'œil. Je l'entends marmonner :

« Cent vingt mètres… Même cent vingt-deux… Et encore dans le garage… Non, je ne vais pas prendre Tender. Qu'en penses-tu, Red, il ne faut peut-être pas prendre Tender ? Il a quand même deux enfants…

— Tout seul, on ne te laissera pas partir, dis-je.

— Ça va, on me laissera..., marmotta-t-il. Je connais tous les sergents... les lieutenants aussi... Je n'aime pas ces camions ! Ça fait treize ans qu'ils sont à ciel ouvert et ils restent flambant neufs... À vingt pas d'eux, un camion-citerne est troué de rouille comme une passoire, mais les autres, on dirait qu'ils viennent d'être fabriqués... Cette Zone, je vais te dire ! »

Il lève les yeux de la carte et vrille son regard sur la fenêtre. Moi aussi, je vrille mes yeux sur la fenêtre. Les vitres de nos fenêtres sont très épaisses, blindées et derrière la bonne vieille Zone, la voilà, à portée de la main, du douzième étage on la voit tout entière...

Ce que je veux dire, c'est que, quand on la regarde, elle paraît une terre comme une autre. Le soleil l'éclaire comme tout le reste et, à première vue, rien n'y est changé, tout est pareil que treize ans plus tôt. Feu mon papa l'aurait regardée et n'y aurait rien remarqué de particulier, sinon qu'il aurait demandé : pourquoi que l'usine ne fume pas, c'est la grève ou quoi ?... Des cônes de roche jaune, des cowpers[1] miroitent sous le soleil, des rails, des rails, des rails, sur les rails une petite locomotive avec des plates-formes... Bref, un paysage industriel. Seulement, pas de gens. Ni morts ni vivants. Le garage, on le voit aussi : un long boyau gris, les portes béantes et les camions sur un

1. Appareil de sidérurgie permettant de récupérer la chaleur des gaz de hauts-fourneaux. *(N.d.T.)*

terrain goudronné. Ça fait treize ans qu'ils y sont et rien n'y fait. C'est juste, ce qu'il a dit à ce propos, donc, il pige. Dieu vous garde de vous fourrer entre deux véhicules, il faut les contourner… Là, il y a une fissure dans l'asphalte, si les piquants n'ont pas encore poussé dedans… Cent vingt-deux mètres, mais d'où qu'il les compte ? Ah ! probablement à partir du jalon du bord. Exact, il n'y en a pas plus. Ils progressent quand même, ces binoclards… Tiens, la route est suspendue jusqu'au terril, et drôlement bien suspendue ! Le voilà, le petit caniveau où Mollusque a avalé son extrait de naissance, juste à deux mètres de leur route… Pourtant, Sac d'Os lui disait, à Mollusque : espèce d'imbécile, tiens-toi loin des caniveaux, sinon y aura rien à enterrer… Ben, c'est comme s'il avait lu dans un livre : y a rien eu à enterrer… Parce que, dans la Zone, c'est comme ça : si tu reviens avec la gratte, c'est un miracle ; si tu reviens vivant, c'est une réussite ; si tu as échappé aux balles de la patrouille, c'est une chance ; et tout le reste, c'est le destin…

Là, je regarde Kirill et je vois qu'il m'observe du coin de l'œil. Son visage était tel qu'au même moment, je rechangeai encore une fois d'avis. Qu'ils aillent tous se faire foutre, qu'est-ce qu'ils peuvent me faire, après tout, ces crapauds ? Il aurait pu rien dire du tout, mais il dit :

« Laborantin Shouhart. De source officielle, je souligne, officielle, j'ai reçu l'information que l'examen du garage peut être une grande contribution à la science. Je propose de l'examiner. Je garantis la prime. » Et, ce disant, il sourit comme une rose de mai.

« Et c'est quoi, cette source officielle ? » je demande, et je lui souris aussi, comme un imbécile.

« C'est une source confidentielle, répond-il. Mais à vous, je peux le dire... » Là, il cesse de sourire et se renfrogne. « Mettons, le docteur Douglas.

— Ah ! dis-je, le docteur Douglas. Et qui c'est, le docteur Douglas ?

— Sam Douglas, dit-il sèchement. Il a péri l'année dernière. »

J'en ai la chair de poule. Va te faire... ! Mais quel crétin : parler de choses pareilles avant de partir ? Ces binoclards, il n'y a rien à faire, ils pigent que pouic ! J'écrase le mégot dans le cendrier et je dis :

« Bon. Où est ton Tender ? On va l'attendre encore longtemps ? »

Bref, c'est inutile de poursuivre la conversation. Kirill a téléphoné au service de patrouille, a commandé une « savate » volante, et moi, j'ai pris la carte et j'ai regardé ce qui y était dessiné. C'est pas mal dessiné, normalement. Par moyen photographique : d'en haut et avec un important grossissement. On voit même les sillons du pneu qui traîne devant les portes du garage. Ah ! si nous autres, stalkers, on pouvait avoir une carte comme ça... Mais en fait, elle ne servirait fichtrement à rien de nuit, quand tu rampes en montrant tes fesses aux étoiles et que tu ne vois même pas tes propres mains...

C’est là que se pointe Tender. Tout rouge, essoufflé. Sa petite est tombée malade, il était parti chercher le docteur. Il s’excuse d’être en retard. Nous lui annonçons l’heureuse nouvelle : qu’on va dans la Zone. Du coup, il en oublie même de respirer, ce brave homme. « Comment ça, dans la Zone ? demande-t-il. Pourquoi moi ? » Mais quand il apprend l’histoire de la double prime, et que Red Shouhart y va aussi, il se reprend et recommence à respirer.

Bref, nous descendons dans le « boudoir ». Kirill fonce chercher les laissez-passer, nous les présentons à un autre sergent, qui nous remet des combinaisons spéciales. Ça, c’est une chose utile. À condition de la repeindre, du rouge en une couleur convenable, n’importe quel stalker aurait sans ciller déboursé cinq cents billets pour une combinaison pareille. Ça fait longtemps que j’avais juré d’en faucher une, un beau jour. À première vue, rien d’extraordinaire : une combinaison genre scaphandre et le casque comme celui d’un scaphandrier, avec une grande fenêtre devant. Non, pas comme ceux des scaphandriers, mais plutôt comme ceux des pilotes d’avions à réaction ou, mettons, des astronautes. Léger, confortable, ne serre nulle part, on n’y transpire même pas quand il fait chaud. Fringué comme ça, on peut aller dans le feu. Aucun gaz n’y pénètre. On dit que le truc est même pare-balles. Bien sûr, le feu et je ne sais quelle ypérite et les balles, tout ça c’est terrestre, humain. Dans la Zone il n’y a rien de tel, ce n’est pas de ça qu’il faut se méfier. Bref, à vrai dire, on y claque aussi dans ces combinaisons, en moins de deux. Mais bon, peut-être qu'on claquerait davantage sans elles. Par exemple, elles protègent à cent pour cent du « duvet brûlant ». Ou des crachats du « chou du diable »... Bref, passons.

Nous enfilons les combinaisons, je vide le petit sachet d'écrous dans la poche sur ma hanche et nous clopinons à travers toute la cour de l'Institut vers la sortie dans la Zone. C'est comme ça, les règles, chez eux, faut que tout le monde voie : voilà les héros de la science qui vont se faire trucider sur l'autel au nom de l'humanité, de la connaissance et du Saint-Esprit, amen. Ça ne rate pas : de toutes les fenêtres jusqu'au quatorzième pointent des têtes compatissantes, tout juste si on n'agite pas des mouchoirs. Seul manque l'orchestre.

« Accélère le pas, dis-je à Tender. Rentre la bedaine, espèce de faiblard ! L'humanité reconnaissante ne t'oubliera pas ! »

Il me regarde et je vois qu'il n'a pas l'esprit à rigoler. C'est vrai, d'ailleurs, quel diable de rigolade !... Mais quand tu pars pour la Zone, ou bien tu pleures, ou bien tu rigoles. Moi, je n'ai jamais pleuré de ma vie. Je regarde Kirill. Lui, ça a l'air d'aller, seulement il bouge les lèvres, comme s'il priait.

« Tu pries ? que je demande. Prie, prie ! Plus tu es loin dans la Zone, plus tu es près du ciel...

— Comment ? demande-t-il.

— Prie ! je lui gueule. Les stalkers montent au paradis sans file d'attente ! »

Soudain, il sourit et me tapote le dos, histoire de dire : n'aie pas peur, avec moi tu t'en sortiras et même si tu claques, de toute façon on ne meurt qu'une fois. Non, je vous jure, c'est un gars marrant.

Nous donnons nos laissez-passer au dernier sergent, cette fois-ci, à titre d'exception, c'est un lieutenant, je le connais, son père vend des grilles de tombeaux à Rexpol. La « savate volante » est déjà toute prête. Les gars du poste de patrouille l'ont amenée et posée juste devant le contrôle. Et les voilà tous : l'« ambulance », les pompiers, notre garde glorieuse — nos sauveurs intrépides : une bande de fainéants grassouillets avec leur hélicoptère. Ceux-là, je ne peux pas les voir en peinture.

Nous montons à bord de la « savate ». Kirill se met au poste de commande et me dit :

« Eh bien, Red, donne les ordres. »

Sans me presser, je défais la fermeture Éclair de ma poitrine, extirpe une flasque, avale une bonne gorgée, revisse le bouchon et remets la flasque à sa place. Je ne peux pas autrement. Ça fait déjà je ne sais combien de fois que je vais dans la Zone, mais ça, je ne peux pas m'en empêcher. Les deux autres, ils me regardent et attendent.

« Bon, dis-je. Je ne vous en offre pas parce que c'est la première fois que je pars avec vous et je ne sais pas quel effet vous fait l'alcool. Voilà les ordres. Il faut exécuter immédiatement et sans réserve tout ce que je dirai. Si quelqu'un traîne ou commence à poser des questions, je lui cogne dessus sans voir où je tape, je m'en excuse d'avance. Mettons que je t'ordonne à toi, monsieur Tender : mets-toi sur les mains et marche. Au même moment, toi, monsieur Tender, tu dois lever ton gros derrière et exécuter ce que je t'ai dit. Sinon, il se peut que tu ne revoies plus ta petite malade. C'est clair ? Mais ne t'inquiète pas, je vais veiller à ce que tu la revoies.

— L'essentiel, Red, c'est que tu n'oublies pas de donner des ordres », siffle Tender, déjà tout rouge, déjà couvert de sueur, claquant des lèvres. « Te fais pas de mouron pour moi, s'il le faut, je marcherai même sur les dents, pas seulement sur les mains. Suis pas un novice.

— Tous les deux, vous êtes pour moi des novices, dis-je, et ne t'inquiète pas, je n'oublierai pas de donner des ordres. Tu sais conduire la "savate" ?

— Oui, dit Kirill. Il conduit bien.

— Parfait, dis-je. Dans ce cas, en avant et Dieu nous protège. Baissez les visières ! Petite vitesse, direction jalons, hauteur trois mètres ! Arrêt au jalon vingt-sept. »

Kirill monte la « savate » de trois mètres et passe la petite vitesse. Moi, je tourne imperceptiblement la tête et souffle doucement par-dessus mon épaule gauche. Je vois les gardes sauveteurs grimper dans leur hélicoptère, les pompiers se relever respectueusement, le lieutenant à la porte du contrôle nous saluer, cet imbécile, et au-dessus de tout ça une énorme pancarte, déjà décolorée : « Soyez les bienvenus, messieurs les Visiteurs ! » Tender esquisse le début d'un signe d'adieu, mais je lui balance un tel coup dans les côtes que tout le cérémonial lui jaillit de la tête. Adieu ! Je t'en ficherai, des adieux, tête de cul !...

Nous flottons.

À droite, il y a notre Institut ; à gauche, le Quartier Pestiféré, et nous avançons d'un jalon à l'autre exactement au milieu de la rue. Eh bien, ça fait un bail que personne n'y a marché ni roulé ! L'asphalte est tout craquelé, l'herbe pousse dedans, mais c'est encore notre herbe à nous, l'herbe humaine. Quant au trottoir gauche, il y pousse déjà des piquants noirs et d'après ces piquants on voit avec quelle exactitude la Zone se délimite : les broussailles noires près du pavé semblent être fauchées. Non, ces Visiteurs sont quand même des gars corrects. Il est vrai qu'ils ont fait plein de saloperies, mais ils en ont déterminé eux-mêmes la limite. Parce que même le « duvet brûlant » ne vient pas de la Zone sur notre côté, jamais de la vie, bien qu'on voie que le vent le balade dans tous les sens...

Les maisons du Quartier Pestiféré sont pelées, mortes ; cependant, presque toutes les vitres des fenêtres sont intactes, mais sales, et à cause de ça elles semblent aveugles. Par contre, la nuit, quand on rampe devant, on voit très bien que quelque chose luit derrière, comme si c'était de l'alcool en train de brûler, avec des flammèches bleuâtres. C'est la « gelée de sorcière » qui monte des caves. Sinon, à première vue, c'est un quartier comme un autre, des maisons ordinaires, sauf qu'elles demandent à être réparées. La seule différence, c'est qu'on ne voit personne. À propos, dans cette maison en brique habitait avant notre professeur d'arithmétique, surnommé Virgule. C'était un casse-pieds et un raté, sa deuxième femme l'avait quitté juste avant la Visite et sa fille avait une taie sur l'œil. Je me souviens que nous la taquinions jusqu'aux larmes. Quand la panique s'est propagée, avec tous les autres, vêtu de son seul linge de corps, il a couru jusqu'au pont ; six kilomètres d'affilée sans s'arrêter. Après, il est resté longtemps malade de la peste, sa peau est tombée, ses ongles aussi. Presque tous les habitants de ce quartier ont eu cette maladie, c'est pourquoi on l'appelle Pestiféré. Certains sont morts, mais en majorité c'était des vieux, et encore, quelques-uns sont restés en vie. Personnellement, je ne pense pas qu'ils sont morts à cause de la peste. C'est la peur qui les a tués. C'était vraiment terrifiant. Ceux qui vivaient là ont eu la peste.

Mais ceux des trois autres quartiers sont devenus aveugles. Maintenant c'est comme ça qu'ils s'appellent, ces quartiers : le Premier Aveugle, le Deuxième Aveugle… Ce n'est pas que les gens devenaient complètement aveugles, mais presque. Ça s'appelle l'héméralo… quelque chose. À propos, on raconte que ce n'est pas à cause d'une explosion de lumière, bien qu'il y en ait eu une, mais à cause d'un bruit tonitruant. Ils disent que ça a fait un tel boucan qu'ils sont devenus aveugles sur le coup. Les docteurs, ils leur disent : un phénomène pareil est impossible, rappelez-vous bien comment les choses se sont passées ! Non, s'obstinent-ils : un tonnerre assourdissant nous a rendus aveugles. Et, par-dessus le marché, à part eux, personne ne l'a entendu, ce tonnerre…

Oui, tout est comme si rien ne s'était passé. Voilà un kiosque en verre, intact. Un landau d'enfant dans les portes : on dirait que même les draps y sont propres. Seules les antennes clochent : elles sont toutes couvertes d'espèces de cheveux genre chanvre. Ça fait longtemps que nos binoclards se pourlèchent les babines en louchant sur ces chanvres, ils voudraient bien pouvoir regarder de près ce que c'est, vu qu'ils n'existent nulle part ailleurs sauf dans le Quartier Pestiféré et qu'on ne les voit que sur les antennes. Et, surtout, c'est tout près, juste sous les fenêtres. L'année dernière, ils ont eu une fameuse idée : d'un hélicoptère, ils ont descendu une ancre au bout d'un câble d'acier et ont attrapé du chanvre. L'hélicoptère s'est mis à tirer et soudain… « Pch-ch-ch ! » Qu'a-t-on vu ? L'antenne fume, l'ancre fume et le câble, lui aussi, est en train de fumer. Il ne fume pas simplement, il fume avec un sifflement méchant, comme un serpent à sonnette. Le pilote (tout comme son lieutenant) pige rapidement de quoi il retourne. Il décroche le câble et se barre à toute berzingue… Le voilà, ce câble, qui pend presque par terre, tout recouvert de chanvre…

De cette façon, doucement, nous flottons jusqu'au bout de la rue, au tournant. Kirill me regarde : faut-il tourner ? Je lui fais un signe de la main : en avant à la plus petite vitesse ! Notre « savate » bifurque et se dirige à la plus petite vitesse au-dessus des derniers mètres du sol humain. Le trottoir est de plus en plus près, voilà l'ombre de la « savate » qui tombe sur les piquants… Ça y est, la Zone ! Et aussitôt, une de ces chairs de poule… Chaque fois je l'ai, cette chair de poule, et jusqu'à maintenant je ne sais pas si c'est la Zone qui m'accueille de cette manière ou si ce sont mes nerfs de stalker qui ne sont plus ce qu'ils étaient. Et chaque fois, je me dis : dès mon retour, je vais demander si les autres ressentent la même chose, et chaque fois j'oublie.

Bon, nous rampons ainsi, tout doucement, au-dessus d'anciens potagers, le moteur sous nos pieds bourdonne sans à-coups, tranquillement, lui ne s'en fait pas, lui, on n'y touchera pas. Et c'est là que mon brave Tender lâche. Nous n'avons pas encore eu le temps d'arriver au premier jalon qu'il se met à jacasser. Comme le font habituellement les novices dans la Zone : ses dents claquent, son cœur flanche, il ne sait plus où il en est, il a honte, mais il ne peut pas se retenir. À mon avis, chez eux c'est comme une diarrhée qui ne dépend pas de l'homme : elle coule, coule tout le temps. Dieu ce qu'ils peuvent raconter ! Tantôt ils s'extasient devant le paysage, tantôt ils déballent leurs idées sur les Visiteurs, tantôt n'importe quoi n'ayant aucun rapport avec les faits, tout comme Tender qui s'est mis à débiter des fadaises sur son nouveau complet et n'arrive plus à s'arrêter. Combien il l'avait payé, et il faut voir la qualité de la laine, et comment son tailleur lui avait changé les boutons…

« Tais-toi », dis-je.

Il me regarde avec tristesse, claque de la langue et reprend : combien il a fallu de soie pour la doublure. Entre-temps, les potagers se terminent, au-dessous de nous s'étale le terrain vague d'argile où autrefois se trouvait le dépôt d'ordures de la ville. Subitement, je sens un petit vent. Il y a un instant, il n'y avait pas de vent et voilà que, soudain, ça souffle, la poussière tourbillonne et il me semble entendre quelque chose.

« Ta gueule ! » dis-je à Tender.

Non, il n'arrive pas à la boucler. À présent le voilà qui se lance sur le crin. Dans ce cas, tu m'excuseras, mais…

« Stop », dis-je à Kirill.

Il freine aussitôt. Il est bien, ce gars, il a de bonnes réactions. Je prends Tender par l'épaule, le tourne vers moi et lui donne un bon coup de ma paume sur la visière. Le pauvre bougre, il pique du nez dans la vitre, ferme les yeux et se tait. Dès qu'il s'est tu, j'entends : brrr-brrr… Kirill me regarde, les dents serrées, les lèvres retroussées. Je lui fais un signe. Attends, attends, pour l'amour de Dieu, ne bouge pas ! Mais lui aussi, il entend ce crépitement et, comme chaque novice, il n'a qu'une idée : agir, faire quelque chose. « Marche arrière ? » murmure-t-il. Je secoue avec acharnement la tête, le menace de mon poing droit devant son casque pour lui dire d'arrêter. Je vous jure, avec ces novices, on ne sait plus quoi faire : regarder autour, ou bien les surveiller, eux. C'est alors que tout sort d'un coup de ma tête : au-dessus d'un tas de vieilles ordures, de débris de verre et de je ne sais quelles chiffes rampe une espèce de tremblement, de frémissement, genre air chaud à midi au-dessus d'un toit de fer. Le voilà qui surmonte une butte et qui avance tout droit en coupant notre chemin, juste à côté du jalon ; il s'attarde au-dessus de la route, reste sans bouger une demi-seconde — ou c'est une idée que je me fais ? — et s'étire dans le champ, derrière les buissons, les haies de bois pourri, vers le cimetière de vieilles voitures.

Le diable les emporte, ces binoclards, ils n'ont pas trouvé un meilleur parcours : en plein creux ! Moi aussi, évidemment, je ne vaux pas mieux : où étaient mes yeux de crétin quand je m'extasiais devant leur carte ?

« Vas-y, la petite vitesse en avant, dis-je à Kirill.

— Qu'est-ce que c'était ?

— Va savoir !... C'était et ce n'est plus, Dieu merci. Je t'en prie, boucle-la. Pour l'instant, tu n'es pas un homme, pigé ? Pour l'instant, tu es une machine, mon levier, un pignon... »

Là, je me ressaisis, vu que moi aussi, je semble en train de contracter la maladie de la parlote.

« Terminé, dis-je. Plus un mot. »

Si je pouvais m'envoyer ne serait-ce qu'une gorgée ! Sortir ma chère flasque, dévisser le bouchon sans me dépêcher, placer le goulot sur les dents du bas et renverser la tête en arrière pour que le liquide s'écoule de lui-même directement dans la gorge, pour qu'il la « déchire » et me fasse verser des larmes... Et puis, secouer la flasque et verser encore une fois... Je vais vous dire une chose : ces scaphandres, ça vaut rien. J'ai pas mal vécu sans eux et je vivrai encore autant, mais dans un moment pareil, sans une bonne gorgée… Bon, passons.

Ce petit vent paraît être tombé, tout autour on n'entend rien de méchant, juste le moteur qui ronronne calmement, comme endormi. Le soleil, la chaleur… une brume au-dessus du garage… tout paraît normal, les jalons défilent les uns après les autres, Tender se tait, Kirill se tait, ils apprennent le métier, mes novices. Ne vous en faites pas, les gars, dans la Zone aussi on peut respirer si on sait comment faire… Le voilà, le jalon vingt-sept : une perche en fer avec en haut un disque rouge « numéro 27 ». Kirill me regarde, je lui fais un signe de tête et la « savate » s'arrête.

C'est fini, la rigolade, passons aux choses sérieuses. À présent, l'essentiel pour nous, c'est un calme absolu. On n'est pas pressé, il n'y a pas de vent, la visibilité est bonne, on voit tout. Le voilà, le caniveau où Mollusque a clamecé, on y aperçoit quelque chose de bariolé, il se peut que ce soient ses fringues. C'était vraiment une petite gouape, que son âme repose en paix : radin, bête, sale. Seuls les types comme lui se mettent en cheville avec Charognard. Charognard Barbridge les repère à dix kilomètres et les ramène à lui… Remarquez, la Zone ne demande pas si tu es un homme bien ou pas. Il en résulte qu'on doit remercier ce Mollusque : c'est vrai que t'étais bête, et que personne ne se souvient même de ton nom réel, mais n'empêche que c'est toi qui as indiqué aux gens intelligents là où il ne fallait pas mettre les pieds… Bon. Bien sûr, le mieux pour nous est maintenant d'arriver jusqu'à l'asphalte. L'asphalte est lisse, on y voit tout. En plus, il y a une fissure que je connais. Seulement, je n'aime pas ces petites buttes ! Si on va droit vers l'asphalte, il faudra marcher entre les buttes. C'est tout juste si elles ne te rigolent pas au nez, elles t'attendent. Eh non, je ne vais pas passer entre vous. Le deuxième commandement du stalker : à droite ou à gauche, tout doit être net à cent pas. La butte gauche, on peut la dévaler… Il est vrai que je ne sais pas ce qu'il y a derrière. D'après la carte, on dirait qu'il n'y a rien, mais qui croit les cartes ?…

« Écoute, Red, me chuchote Kirill. Pourquoi ne pas sauter, hein ? On fait une vingtaine de mètres en haut et on redescend tout de suite, on va se retrouver pile devant le garage, qu'est-ce que tu en dis ?

— Tais-toi, crétin, dis-je. Ne me gêne pas, tais-toi. »

Il veut monter. Et si on te cogne dessus, là, à vingt mètres de hauteur ? Il faudra te ramasser à la petite cuillère. Et si une « calvitie de moustique » survient quelque part ? Dans ce cas, même une petite cuillère sera inutile. Ces têtes brûlées, c'est un monde. Il tient pas en place, celui-là : et pourquoi ne pas sauter… Bref, je vois comment il faut aller jusqu'à la butte, et puis, on va s'arrêter et regarder. J'ai fourré la main dans la poche, en ai sorti une poignée d'écrous. Je les ai montrés à Kirill.

« Tu te rappelles l'histoire du Petit Poucet ? je lui demande. On te l'a apprise à l'école ? Eh bien, maintenant ça va être l'inverse. Regarde ! » Et je jette le premier écrou. Pas loin, comme il se doit. Une dizaine de mètres. L'écrou passe normalement. « Tu as vu ?

— Et alors ? dit-il.

— Pas "et alors" ! Je te demande, tu as vu ?

— Oui.

— Maintenant, avance doucement la "savate" vers l'écrou et arrête-toi à deux pas de lui. Compris ?

— Compris. Tu cherches les graviconcentrés ?

— Je sais ce que je cherche. Attends, je vais en jeter encore un. Regarde où il va tomber et ne le lâche plus des yeux. »

Je jette encore un écrou. Bien sûr, il passa tout aussi normalement et tomba à côté du premier. « Vas-y », dis-je.

Il avance la « savate ». Son visage est devenu calme et serein : il a probablement tout compris. Parce que eux, ces binoclards, ils sont comme ça. Pour eux, une seule chose compte : inventer le nom. Tant qu'ils ne l'ont pas inventé, ils font pitié à regarder, crétins comme pas deux. Mais dès qu'ils ont inventé je ne sais quel graviconcentré, là, on jurerait qu'ils ont tout compris et que la vie redevient belle aussi sec.

Nous passons le premier écrou, le deuxième, le troisième. Tender soupire, piétine sur place et bâille nerveusement sans arrêt, accompagnant ses bâillements d'une espèce de gémissement de chien.

Le pauvre, il est mal en point. Ça ne fait rien, il ne s'en sentira que mieux après. Aujourd'hui, il va perdre quatre ou cinq kilos, c'est plus efficace que n'importe quel régime… Je jette le quatrième écrou. Et celui-ci, justement, ne passe pas. Je ne peux pas expliquer ce qui cloche, mais je sens qu'il y a quelque chose, alors, je saisis Kirill par la main.

« Arrête-toi, dis-je, et ne bouge pas… »

Je prends le cinquième écrou et l'envoie plus haut et plus loin. La voilà, la « calvitie de moustique » ! L'écrou part vers le haut normalement, il commence à tomber aussi normalement, mais à mi-chemin, c'est comme si quelqu'un l'avait tiré de côté avec une telle force qu'il s'enfonce dans l'argile et disparaît.

« T'as vu ? dis-je en un murmure.

— Je ne l'ai vu qu'au cinéma », dit-il, en s'élançant en avant. C'est tout juste s'il ne dégringole pas de la « savate ». « Lance encore un écrou, d'accord ? »

Que voulez-vous faire, rire ou pleurer ? Encore un écrou ! Parce qu'il s'imagine qu'avec encore un écrou on s'en tirera ! Leur science, je vais vous dire !… Bon, je jette encore huit écrous pour cerner la « calvitie ». À vrai dire, sept auraient suffi, mais j'en ai jeté un spécialement pour lui, pile au milieu pour qu'il admire son graviconcentré. L'écrou s'enfonce dans l'argile comme si c'était un poids de cent kilos. Boum ! et plus rien, juste un trou dans la terre. Kirill gémit presque de plaisir.

« Bon, dis-je. On s'est payé une petite distraction, maintenant, ça suffit. Regarde par ici. Je vais en jeter un qui passera, ne le quitte pas des yeux. »

Nous contournons cette « calvitie de moustique » et montons sur la butte. Cette butte n'est pas plus grande qu'une crotte de chat et jusqu'alors je ne l'avais jamais remarquée. Ouais... Nous nous arrêtons en l'air. L'asphalte est à portée de la main, à une vingtaine de pas, en tout et pour tout. L'endroit semble on ne peut plus net, on voit chaque brin d'herbe, chaque fissure. Quoi de plus simple, semblait-il. Jette le boulon et en avant la musique !

Je n'ai pas pu le jeter.

Je ne comprenais pas ce qui m'arrivait et je ne me décidais toujours pas à le jeter.

« Qu'est-ce que tu as ? me demande Kirill. Pourquoi on n'avance pas ?

— Attends, dis-je. Tais-toi, par pitié. »

Voilà, ai-je pensé, je vais lancer mon écrou, nous passerons, peinards, comme sur des roulettes, pas un brin d'herbe ne bougera, juste une demi-minute, et puis, c'est l'asphalte... Soudain, je pique une suée. Elle m'inonde même les yeux. Je comprends alors que je ne jetterai pas l'écrou. Pas là-bas. À gauche, tant que vous voulez. Il est vrai que le chemin par là est plus long, j'y vois aussi des cailloux pas très accueillants, mais je veux bien y lancer mon écrou. Quant à l'envoyer tout droit, jamais de la vie. Je jette l'écrou à gauche. Kirill ne dit rien, tourne la « savate », l'approche de l'écrou et ce n'est que là qu'il me regarde. Mon aspect ne doit pas être plaisant, parce qu'il détourne aussitôt les yeux.

« Ça ne fait rien, lui dis-je. Par un détour c'est plus près. » Et je jette le dernier écrou sur l'asphalte.

Après, tout devient très simple. Je retrouve ma fissure, elle est nette, ma chérie, aucune saloperie ne pousse dedans, sa couleur est la même. Je la regarde et je m'en réjouis doucement. Ma fissure nous amène droit aux portes du garage mieux que tous les jalons réunis.

J'ordonne à Kirill de descendre la « savate » à un mètre et demi de hauteur, me couche sur le ventre et commence à regarder par les portes ouvertes. Au début, soudain privé de la lumière du soleil, je ne vois rien — tout est noir — puis, mes yeux s'habituent et je vois alors que rien ne paraît changé dans le garage. Le camion est à sa place, dans le trou, intact, sans corrosion, sans taches, et autour sur le sol de ciment tout est comme avant, probablement parce qu'il y a encore très peu de « gelée de sorcière » dans le trou, depuis l'autre fois elle ne s'est pas encore répandue. Un seul truc me chiffonne : au fond du garage, là où se trouvent des jerricans, se reflète quelque chose d'argenté. Avant, ce truc n'y était pas. Bon, me dis-je, ça brille, laissons-le briller, on ne va pas rebrousser chemin à cause de ça. D'autant plus que ce reflet argentin n'a rien de menaçant. Ça luit juste un peu, et tranquillement, je dirais même tendrement… Je me relève, secoue la poussière de mon ventre et regarde tout autour. Les voilà, les camions sur le terrain, réellement tout neufs — il me semble même que, depuis la dernière fois que je suis passé par ici, ils sont devenus encore plus neufs. Quant au pauvre camion-citerne, il est rongé de rouille et n'en a plus pour longtemps. Voilà le pneu que j'ai vu sur leur carte…

Ce pneu ne me plaît pas. Il jette une ombre pas normale. Le soleil se trouve derrière notre dos, mais l'ombre du pneu s'étire jusqu'à nous. Bon, ça ne fait rien, il est loin. Ça paraît aller, on peut travailler. Mais, quand même, qu'est-ce que c'est, ce reflet d'argent, là-bas ? Ou bien c'est mes yeux qui me jouent des tours ? Si je pouvais m'asseoir tranquillement pour fumer, réfléchir, me demander pourquoi les reflets sont justes au-dessus des jerricans, pourquoi il n'y en a pas à côté, pourquoi le pneu jette cette drôle d'ombre… Charognard Barbridge m'a raconté quelque chose sur les ombres, quelque chose de bizarre, mais d'inoffensif… Ça arrive parfois aux ombres d'ici. Mais, quand même, qu'est-ce que c'est que ces reflets argentés ? On dirait exactement des toiles d'araignée sur des arbres, dans une forêt. Quel genre d'araignée les a tissées, j'aimerais bien le savoir. C'est que jamais encore je n'ai vu aucun insecte dans la Zone. Et, le pire, c'est que ma « creuse » est justement là, elle traîne à deux pas des jerricans. J'aurais dû la faucher l'autre fois, on n'aurait eu maintenant aucun souci. Mais c'est qu'elle est lourde, la salope, vu qu'elle est pleine. J'avais pu la soulever, mais la trimbaler sur le dos, en plus la nuit, en plus à quatre pattes… Celui qui n'a jamais porté de « creuses », il n'a qu'à essayer : c'est la même chose que transbahuter vingt litres d'eau sans seaux… Alors, j'y vais ou pas ? Il faut y aller. Si je pouvais boire un coup… Je me tourne vers Tender et je dis :

« Maintenant, Kirill et moi, on va aller dans le garage. Toi, tu restes ici à titre de conducteur. Ne touche pas aux commandes sans mes ordres, quoi qu'il arrive, même si la terre s'enflamme sous tes pieds. Si tu paniques et que tu te barres, je te retrouverai même dans l'autre monde. »

Il hoche sérieusement la tête. Ne t'inquiète pas, je ne paniquerai pas. Son nez ressemble fortement à une prune. Il faut dire que je n'ai pas cogné de main morte… Bon, je déroule des câbles tout doucement, regarde encore une fois ces reflets d'argent, fais un signe à Kirill et commence la descente. Je me pose sur l'asphalte et j'attends qu'il descende par l'autre câble.

« Ne te dépêche pas, lui dis-je. Ne te presse pas. Ça fera moins de remous. »

Donc, me voilà avec lui sur l'asphalte, la « savate » se balance à côté de nous, les câbles bougent sous nos pieds. Tender pointe sa caboche par-dessus la rampe, nous regarde, les yeux pleins de désespoir. Il faut y aller. Je dis à Kirill :

« Suis mes traces, à deux pas de distance, vise mon dos et ne baye pas aux corneilles. »

Et j'avance. Je m'arrête sur le seuil, regarde autour. Quand même, c'est tellement plus simple de travailler le jour que la nuit ! Je me souviens que j'étais couché là, sur ce même seuil. Il faisait sombre comme dans l'oreille d'un Noir, la « gelée de sorcière » pointait ses langues bleues, semblables aux flammèches de l'alcool hors du trou, et, le comble, n'éclairait rien du tout, la saloperie. Tout paraissait même encore plus ténébreux à cause de ces langues. Tandis que, maintenant, c'est autre chose ! Les yeux sont habitués à l'obscurité, tout est parfaitement visible, on voit même la poussière dans les coins les moins éclairés. Effectivement, quelque chose d'argenté luit dedans, des fils argentés montent des jerricans jusqu'au plafond, ça ressemble beaucoup à des toiles d'araignée. Il se peut que ce soit elles, mais il vaut mieux rester loin. C'est là que je fais une bourde. J'aurais dû mettre Kirill à côté de moi, attendre que ses yeux, eux aussi, s'habituent à la semi-obscurité et lui montrer ces toiles d'araignée, les lui montrer du doigt. Et moi je suis habitué à travailler seul. Mes yeux voient bien et je ne pense pas à Kirill.

Je marche dans le garage et me dirige droit vers les jerricans. Je m'accroupis devant la « creuse », qui paraît nette, sans toiles d'araignée. J'en prends un côté et dis à Kirill :

« Allez, attrape, mais ne la fais pas tomber, elle est lourde… »

Je lève les yeux sur lui et ai le souffle coupé : je ne peux pas prononcer le moindre mot. Je veux lui crier : attends, ne bouge pas — et je n'y arrive pas. D'ailleurs, même si je pouvais, je n'aurais pas le temps. Tout se passe bien trop vite. Kirill enjambe la « creuse », se détourne des jerricans et voilà que tout son dos se retrouve dans cette chose argentée. Je ne réussis qu'à fermer les yeux. Tout se fige en moi, je n'entends rien, rien sinon ces toiles d'araignée qui se déchirent. Avec un craquement faible, sec, comme de la vraie toile d'araignée, mais, bien sûr, en plus fort. Je suis donc assis les yeux fermés, ne sentant ni mes bras ni mes jambes, et Kirill dit :

« Alors, on soulève ?

— On soulève », dis-je.

Nous soulevons la « creuse » et la portons vers la sortie, marchant de côté. Elle est tellement lourde, la salope, que même à deux il est dur de la porter. Nous sortons au soleil, nous nous arrêtons près de la « savate ». Tender nous tend déjà ses paluches.

« Eh bien, dit Kirill. Un, deux…

— Non, dis-je. Attends. Posons-la d'abord. » Nous la posons.

« Tourne-toi, dis-je. Montre ton dos. »

Sans un mot, il obéit. Je regarde son dos : il n'y a rien. Je regarde bien de tous les côtés — rien. Alors, je me tourne et je regarde les jerricans. Là non plus — rien.

« Écoute », dis-je à Kirill, tout en louchant sur les jerricans. « Tu as vu la toile d'araignée ?

— Quelle toile d'araignée ? Où ?

— Bon, dis-je. Dieu a été miséricordieux pour nous. »

N'empêche que je pense : ça, ce n'est pas encore certain.

« Bien, dis-je, prends-la. »

Nous chargeons la « creuse » sur la « savate » et la posons sur sa base pour qu'elle ne roule pas. La voilà, notre petite chérie, toute neuve, toute propre. Le soleil joue sur le cuivre et la garniture bleue entre les disques miroite comme dans une légère brume irisée. À présent, on voit que ce n'est pas une « creuse », mais un genre de récipient, style pot de verre avec du sirop bleu. Après l'avoir admiré, nous grimpons dans la « savate » et, sans discours inutiles, nous mettons le cap sur le chemin de retour.

Quand même, ces savants se la coulent douce ! Premièrement, ils travaillent le jour. Deuxièmement, il ne leur est difficile que d'aller dans la Zone, parce que, pour le retour, la « savate » les conduit toute seule : elle possède un dispositif, une espèce de trajectographe, si on peut dire, qui la dirige en empruntant exactement le trajet qu'elle avait pris pour venir. Nous flottons ainsi en sens inverse, répétant toutes nos manœuvres, nous nous arrêtons, restons un peu suspendus et reprenons notre chemin, en passant par-dessus mes écrous. Tout juste si on ne peut pas les ramasser dans un sac.

Évidemment, mes novices reprennent aussitôt du poil de la bête. Ils tournent la tête dans tous les sens. Presque plus de traces de peur, seulement la curiosité et la joie que tout se soit bien terminé. Ils se mettent à jacasser. Tender agite les bras et prévient que, dès qu'il aura déjeuné, il reviendra immédiatement dans la Zone pour tracer le parcours jusqu'au garage. Kirill, lui, me prend par la manche et se met à m'expliquer son graviconcentré, autrement dit, la « calvitie de moustique ». Je n'y arrive pas tout de suite, mais je les dompte quand même. Je leur raconte tranquillement combien d'imbéciles s'étaient fait casser la gueule au retour, justement en étant trop joyeux. « Taisez-vous, leur dis-je, et regardez bien tout autour, sinon il vous arrivera la même chose qu'à Courtaud-Lindon. » Mes paroles ont de l'effet. Ils ne demandent même pas ce qui est arrivé à Courtaud-Lindon. Et c'est bien. Dans la Zone, on peut passer cent fois sans encombre par un chemin connu mais y rester à la cent et unième fois. Nous flottons ainsi dans le silence, et moi, je ne pense qu'à une chose : comment je vais dévisser le bouchon. Je m'imagine toutes les variantes de la façon dont je vais boire la première gorgée, mais de temps en temps, la toile d'araignée brille devant mes yeux.

Bref, nous sortons de la Zone, on nous fourre ensemble avec la « savate » dans la « mort parfumée des poux » ou, si on veut parler d'une manière scientifique, dans le hangar sanitaire. On nous y lave dans trois eaux bouillantes et trois alcalis, on nous passe à je ne sais quels rayons de cochon, on nous parsème d'une poudre, puis on nous lave de nouveau, enfin on nous sèche et on nous dit : « Ça va, les gars, vous êtes libres ! » Tender et Kirill transportent la « creuse ». Le monde qui accourt les voir, c'est dingue, impossible de s'en approcher, mais voilà ce qui est typique : les curieux ne font que regarder et émettre des exclamations joyeuses.

Quant à proposer d'aider les gens fatigués, ça, on peut toujours courir… Bon, passons, tout ça ne me regarde pas. À présent, plus rien ne me regarde…

Je retire ma combinaison spéciale, la jette par terre — ces larbins de sergents la ramasseront — et fonce dans la douche parce que je suis trempé de sueur de la tête aux pieds. Je m'enferme dans la cabine, sors la flasque, dévisse le bouchon et m'y colle comme une punaise. Me voilà assis sur le banc, les genoux vidés, la tête vidée, l'âme vidée, en train de siffler de l'alcool comme de l'eau. Je suis vivant. La Zone m'a lâché. Elle m'a lâché, la salope. Ma chère garce. La vache. Je suis vivant. Jamais les novices ne pourront le comprendre. Personne d'autre qu'un stalker ne pourra jamais le comprendre. Les larmes coulent sur mes joues : des larmes d'alcool ou d'autre chose que j'ignore. Je pompe la flasque. Moi, je suis mouillé, elle est sèche. Bien sûr, il me manque une dernière gorgée. Bon, ça c'est réparable. À présent tout est réparable. Je suis vivant. J'allume une cigarette, sans bouger du banc. Puis, je sens que je commence à récupérer. La pensée de la prime me vient à l'esprit. Côté prime dans notre Institut, c'est vachement bien fait. Aussitôt rentré, on peut aller chercher son enveloppe. Il se peut même qu'on me l'apporte ici, dans la douche.

Doucement, je me mets à me déshabiller. J'enlève ma montre, je regarde et je vois que nous sommes restés dans la Zone cinq heures et quelques minutes, Messieurs ! Cinq heures. J'en ai un frisson. Oui, Messieurs, dans la Zone le temps n'existe pas.

Cinq heures… Mais, en réfléchissant bien, cinq heures, qu'est-ce que c'est pour un stalker ? On crache et on oublie. Parce que parfois c'est douze heures. Quarante-huit heures. Si t'as pas eu le temps de tout terminer la nuit, tu passes la journée entière dans la Zone, la gueule dans la terre, et tu ne pries même plus, c'est plutôt un délire que tu as et tu ne sais pas toi-même si tu es vivant ou mort… La deuxième nuit, tu termines ton boulot, tu te faufiles avec ta gratte vers le cordon, et là, c'est des patrouilles à la mitrailleuse ; ces crapauds, ils te détestent, ils n'ont aucun plaisir à t'arrêter, ils ont de toi une trouille bleue parce qu'ils te croient contagieux, ils ne cherchent qu'à te descendre, et c'est eux qui ont tous les atouts : après, essaie d'aller prouver qu'on t'a descendu illégalement… Donc, de nouveau, tu es la gueule dans la terre en train de prier jusqu'à l'aube, et de nouveau tu attends la nuit, tandis que ta gratte est à côté de toi et tu ne sais même pas si elle est simplement à côté et rien d'autre, ou si elle est en train de te tuer doucement. Ou encore, ce qui est arrivé à Iskhak Sac d'Os : il s'était coincé à l'aube dans un endroit découvert. Il avait perdu son chemin et s'était coincé entre deux caniveaux sans pouvoir aller ni à droite ni à gauche. On lui avait tiré dessus deux heures durant, sans succès. Deux heures durant il avait fait semblant d'être mort. Enfin, Dieu merci, ils y ont cru et sont partis. Je l'ai vu plus tard et je ne l'ai pas reconnu : brisé, à ne plus être un homme…

J'essuie les larmes et fais couler l'eau. Je me lave un bon bout de temps. À l'eau chaude, à l'eau froide et de nouveau à l'eau chaude. J'use un morceau entier de savon. Puis, j'en ai assez. J'arrête la douche et entends quelqu'un taper à la porte. La voix de Kirill gueule gaiement :

« Hé, stalker, tire-toi de là ! Ça sent le pognon ! »

Le pognon, c'est bien. J'ouvre la porte, je vois Kirill tout nu, juste en slip, hilare, sans mélancolie aucune, me tendre une enveloppe.

« Tiens, dit-il. C'est de la part de l'humanité reconnaissante.

— Ton humanité, je m'en fous ! Combien y a-t-il ?

— À titre d'exception et pour t'être conduit héroïquement dans des circonstances dangereuses : deux honoraires ! »

Oui. Ça, c'est une vie. Si ici on me payait deux honoraires pour chaque « creuse », il y a belle lurette que j'aurais envoyé Ernest se faire pendre.

« Alors, tu es content ? » demande Kirill, rayonnant comme une pleine lune.

« Ça peut aller, dis-je. Et toi ? »

Il ne dit rien. Il m'étreint par le cou, me serre contre sa poitrine couverte de sueur, me repousse et disparaît dans la cabine voisine.

« Hé ! » je lui crie dans le dos. « Et Tender ? Il doit être en train de laver son caleçon, pardi !

— Tu veux rire ? Tender est entouré de journalistes, si tu pouvais voir l'air important qu'il a… Il leur expose d'une façon très compétente…

— De quelle façon, tu dis ?

— Compétente.

— Bien, Sir ! dis-je. La prochaine fois je prendrai un dictionnaire. » Et là, c'est comme si je recevais une décharge électrique. « Attends, Kirill, dis-je. Viens ici.

— Mais je suis tout nu, dit-il.

— Viens, je ne suis pas une bonne femme ! »

Il sort. Je le prends par les épaules, regarde son dos. Non, il m'a semblé. Un dos propre. Des filets de sueur séchés.

« Qu'est-ce qu'il t'a fait, mon dos ? » demande-t-il.

Je lui donne un coup sous ses fesses nues, plonge dans ma cabine et m'y enferme. Ces foutus nerfs. Là-bas j'ai des visions, ici aussi j'ai des visions... Que tout ça aille au diable ! Aujourd'hui je vais me saouler comme un trou. Si seulement je pouvais plumer Richard, ça, ce serait chouette ! Jouer comme lui, ce salopard, c'est pas croyable... On ne peut le prendre avec aucune carte. J'ai déjà essayé de tricher, j'ai fait des signes de croix sur mes cartes sous la table, d'autres trucs aussi, et toujours rien...

« Kirill ! Tu vas venir au Bortch aujourd'hui ?

— Pas au Bortch, mais au Borchtch, combien de fois faut-il te répéter...

— Arrête ton char ! C'est écrit Bortch. Te fourre pas chez nous avec tes lois. Alors, tu vas venir ou pas ? Si on pouvait plumer Richard...

— Je ne sais pas, Red. Toi, âme simple, tu ne peux pas comprendre quel truc nous avons apporté...

— Et toi, tu comprends ?

— En fait, moi non plus, je ne comprends pas. C'est vrai. Mais premièrement, je comprends maintenant à quoi servaient ces "creuses" et, deuxièmement, si j'arrive à faire passer une petite idée à moi… J'écrirai un article et te le dédierai à toi personnellement : à Redrick Shouhart, noble stalker, avec toute ma vénération et ma reconnaissance.

— Et c'est là qu'on me collera en prison pour deux ans, dis-je.

— Oui, mais par contre, tu seras connu dans le monde scientifique. Ce truc-là, on va l'appeler Bol de Shouhart. Ça sonne bien, non ? »

Pendant que nous bavardons, je m'habille. Je fourre ma flasque vide dans ma poche, compte mon pognon et m'en vais.

« Salut, âme compliquée… »

Il ne répond pas : l'eau coule trop fort.

Je sors et vois dans le couloir M. Tender en personne, rouge et gonflé comme un dindon. Autour de lui, une foule : les employés de l'Institut, les journalistes et même deux sergents (sortant juste de déjeuner, encore en train de se fourrer le doigt dans la bouche). Tender, lui, jacasse : « La technique dont nous disposons donne pratiquement cent pour cent de garanties de succès et de sécurité… » Là, il me voit et s'éteint quelque peu : il me sourit, me fait des signes de la main. Eh bien, me dis-je, il est temps de déguerpir. Je me lance, mais trop tard. Derrière moi, quelqu'un court déjà.

« Monsieur Shouhart ! Monsieur Shouhart ! Deux mots sur le garage !

— Je n'ai pas de commentaires à faire. » Je réponds en passant au pas de course, mais j'ai un mal de chien à les semer, ces deux-là : l'un, avec un micro, court à droite, l'autre, avec l'appareil photo, à gauche.

« Avez-vous vu quelque chose d'extraordinaire dans le garage ? Juste deux mots !

— Je n'ai pas de commentaires à faire ! » dis-je, tâchant de montrer ma nuque à l'objectif. « Un garage comme un autre…

— Je vous remercie. Quelle est votre opinion sur la turbo-plate-forme ?

— Excellente, dis-je, allant droit vers les toilettes.

— Que pensez-vous des buts de la Visite ?

— Adressez-vous aux savants », dis-je. Et oust, je m'enferme.

Je les entends gratter à la porte. Alors je leur dis à travers :

« Je vous conseille instamment de demander à M. Tender pourquoi son nez est couleur de betterave. Modeste de nature, il se tait, mais c'était notre aventure la plus passionnante. »

Il faut voir comme ils foncent ! Des chevaux de course, je vous jure. J'attends une minute : tout paraît calme. Je mets le nez dehors : personne. Alors, je reprends mon chemin, en sifflotant. Je descends au poste de contrôle, présente mon laissez-passer à l'asperge et le vois qui me fait un salut militaire. C'est que je suis le héros du jour.

« Repos, sergent, dis-je. Je suis content de vous. »

Il ricane, ravi, comme si je lui avais fait je ne sais quel compliment.

« Bravo, Rouquin, dit-il. Je suis fier de te connaître.

— Alors, tu sauras quoi raconter aux nanas dans ta Suède ?

— Tu parles ! Elles vont me fondre entre les doigts comme des bougies ! »

Non, ce n'est pas un mauvais bougre. À parler franc, je n'aime pas ce type d'hommes : grand avec les joues roses. Les nanas en sont folles, et pour quelle raison, je vous demande ! La taille, ça ne justifie pas… Me voilà donc en train de marcher dans la rue et de réfléchir à ce qui justifie cette folie. Le soleil brille. Tout autour, personne. Soudain, j'ai envie de voir Gouta à la seconde. Juste comme ça. La regarder, lui tenir la main. Après la Zone, c'est la seule chose qui reste à l'homme : tenir une fillette par la main. Surtout si tous ces racontars à propos des enfants de stalkers, comment ils sont… Eh non, Gouta, c'est pas pour maintenant. Pour l'instant il me faut au moins une bouteille d'alcool.

Je dépasse un parking et voici le cordon. Deux voitures de patrouille dans toute leur beauté, larges, jaunes, hérissées, les salopes, de projecteurs et de mitrailleuses et, bien sûr, des casques bleus. La rue est coupée, impossible de se frayer un passage. J'avance, les yeux baissés. Il vaut mieux que pour l'instant je ne les regarde pas. Dans la journée, il vaut mieux que je ne les regarde pas du tout : il y a deux ou trois types et j'ai peur de les reconnaître.

Si je les reconnais, ça fera un grand scandale. Je vous jure qu'ils ont eu de la chance que Kirill m'ait convaincu d'entrer à l'Institut. À l'époque, je les cherchais, ces ordures, et Dieu m'est témoin que je les aurais zigouillées sans frémir…

Je traverse donc cette foule, l'épaule en avant, je m'en suis presque sorti et c'est là que j'entends : « Hé, stalker ! » Bon, ça ne me regarde pas, je continue mon chemin, je tire une cigarette du paquet. Quelqu'un me rattrape, me prend par la manche. Je secoue cette main et, me tournant de profil, demande très poliment :

« Qu'est-ce que t'as à me chercher, Mister ?

— Attends, stalker, dit-il. J'ai deux questions. »

Je lève les yeux sur lui : le capitaine Quaterblood. Une vieille connaissance. Complètement desséché, d'un drôle de jaune.

« Ah ! dis-je, je vous salue, mon capitaine. Comment va votre foie ?

— Toi, stalker, arrête ton baratin », dit-il d'un ton fâché, et il me transperce de son regard. « Dis-moi plutôt pourquoi tu ne t'arrêtes pas tout de suite quand on t'appelle ? »

Et voilà que deux casques bleus se pointent derrière son dos : les pattes sur les étuis, les yeux, on les voit pas, on ne voit que des mâchoires bougeant sous les casques. Où est-ce qu'on les trouve, de cet acabit, au Canada ? On nous les envoie pour se multiplier ou quoi ?… Dans la journée, en général, je n'ai pas peur des patrouilles, mais ces crapauds sont bien capables de me fouiller et en ce moment précis ça ne m'arrange guère.

« Ah ! c'est donc moi que vous avez appelé, mon capitaine, dis-je. Je vous ai pourtant entendu appeler un stalker…

— Parce que tu n'es plus stalker ?

— Dès que j'ai quitté la prison où j'ai été grâce à votre bonté, dis-je, je me suis rangé. Je vous remercie, mon capitaine, vous m'avez ouvert les yeux. Sans vous…

— Qu'est-ce que tu faisais dans l'avant-Zone ?

— Comment ? J'y travaille. Ça fait déjà deux ans. »

Pour terminer cette conversation désagréable, je tire mon certificat et le présente au capitaine Quaterblood. Il le prend, le feuillette page par page, renifle chaque tampon, tout juste s'il ne les lèche pas. Il me rend le certificat, l'air tout content, ses yeux brillent, ses joues sont devenues roses.

« Excuse-moi, Shouhart, dit-il. Je ne m'y attendais pas. Donc, mes conseils n'ont pas été inutiles pour toi. Eh bien, c'est magnifique. Tu peux me croire ou non, mais même à l'époque je pensais qu'on pouvait faire de toi quelqu'un de bien. Je n'arrivais pas à admettre qu'un gars comme toi… »

Et ainsi de suite… Bon, me dis-je, voilà encore un mélancolique que j'ai guéri, mais, bien sûr, j'écoute attentivement, je baisse timidement les yeux, j'opine, j'ouvre les bras et même, si ma mémoire est bonne, je gratte le trottoir du bout de mon pied, l'air gêné. Les gorilles dans le dos du capitaine écoutent un bout et, je le vois, sont écœurés. Ils déguerpissent pour aller là où c'est plus marrant. Quant au capitaine, il s'épanche toujours sur mes perspectives : que le savoir, c'est la lumière, que l'ignorance, c'est la nuit noire, que le Seigneur Dieu aime et apprécie le travail honnête, bref, ce prêchi-prêcha déchaîné avec lequel le prêtre de la prison nous empoisonnait chaque dimanche. Moi, j'ai envie de boire à n'en plus tenir. Ça fait rien, me dis-je, mon brave Red, ça aussi, tu le surmonteras. Il le faut, Red, tiens bon ! Il ne pourra pas continuer longtemps au même rythme, le voilà déjà qui commence à suffoquer… Là, à mon grand bonheur, une des voitures de patrouille se met à klaxonner. Le capitaine Quaterblood se retourne, pousse une exclamation de dépit et me tend la main :

« Eh bien, dit-il. J'ai été content de découvrir en toi un honnête homme, Shouhart. Je m'enverrais volontiers un petit verre en ta compagnie à cette occasion. Il est vrai que je ne peux rien boire de fort, les docteurs me l'interdisent, mais une bière, je me l'enverrais avec plaisir. Seulement, tu vois, le service ! Ça ne fait rien, on se reverra. »

Dieu m'en garde, me dis-je. Mais je lui serre la main, continuant à rougir et à agiter mon pied : tout ce qu'il veut. Enfin, il part, et moi, je fonce comme une flèche au Bortch.

À cette heure de la journée, le Bortch est vide. Ernest est derrière le zinc, en train de frotter des verres et de les regarder à la lumière. À propos, voilà une chose étonnante : à n'importe quel moment, ces barmen sont toujours en train de frotter des verres, comme si le salut de leurs âmes en dépendait. Ils sont bien capables de rester ainsi toute la sainte journée : ils prennent un verre, plissent les yeux, le regardent à la lumière, soufflent dessus et se mettent à le frotter, puis, de nouveau, le regardent, cette fois-ci par le fond et se remettent à refrotter…

« Salut, Ernie, dis-je. Arrête de le torturer, sinon tu vas y faire un trou ! »

Il me regarde à travers le verre, bougonne quelque chose qui semble venir de son ventre et, sans un mot de trop, me verse quatre doigts d'alcool. Je grimpe sur un tabouret, avale, ferme les yeux, secoue la tête et bois une autre gorgée. Le réfrigérateur cliquette, un doux raclement sort du juke-box, Ernest souffle dans un autre verre, paix et tranquillité… Je termine le mien, le pose sur le zinc, et Ernest, sans tarder, me verse encore quatre doigts de liquide transparent.

« Alors, ça va mieux ? marmonne-t-il. Tu te dégèles, stalker ?

— Ton affaire, c'est frotter, dis-je. Tu sais, il était une fois un type qui lui aussi, frottait, frottait et finit par évoquer un méchant esprit. Après, il se l'est coulée douce.

— Qui ça ? demande Ernie, incrédule.

— Il y avait ici autrefois un barman, répondis-je. Avant toi.

— Et alors ?

— Rien. Pourquoi penses-tu qu'il y a eu la Visite ? Il frottait, il frottait et voilà… Qui, crois-tu, est venu nous visiter, hein ?

— Quel baratineur tu es », dit Ernie, approbateur.

Il passe à la cuisine et revient avec une assiette pleine de saucisses grillées. Il la pose devant moi, m'approche du ketchup et se remet à frotter les verres. Ernest connaît son boulot. Son œil ne le trompe pas, il voit tout de suite qu'un stalker revient de la Zone, qu'il y aura de la gratte et il sait de quoi ce stalker a besoin après son retour. C'est vraiment un bon pote, Ernie ! Un bienfaiteur.

Ayant terminé les saucisses, j'allume une cigarette et commence à calculer en gros combien Ernest gagne sur nous. Je ne connais pas les prix pour la gratte en Europe, mais j'ai entendu dire vaguement que, par exemple, une « creuse » vaut pas loin de deux mille cinq cents, tandis qu'Ernie ne nous donne que quatre cents. Les « piles » y coûtent au moins cent ronds, et nous, on n'en reçoit que vingt dans le meilleur des cas. Le reste doit être dans le même style. Il est vrai que transporter la gratte en Europe n'est pas gratuit, c'est sûr. Il faut arroser les uns, arroser les autres, le chef de gare, lui aussi, est certainement entretenu par eux… Bref, en réfléchissant bien, Ernest ne gagne pas des fortunes : quinze ou vingt pour cent, pas plus, et s'il se fait prendre, c'est dix ans garantis…

Là, un type poli interrompt mes pieuses méditations. Je ne l'ai même pas entendu entrer. Il surgit près de mon coude droit et demande :

« Vous permettez ?

— Quelle question ! dis-je. Je vous en prie. »

Un type petit, maigrichon, avec un nez pointu et un nœud papillon. J'ai déjà vu son visage quelque part, seulement je ne me souviens pas où. Il escalade un tabouret et dit à Ernest :

« Un bourbon, s'il vous plaît ! » Et aussitôt, à moi : « Excusez-moi, mais il me semble vous connaître. Vous travaillez à l'Institut international, n'est-ce pas ?

— Oui, dis-je. Et vous ? »

Il tire habilement de sa poche une carte de visite et la pose devant moi. Je lis : « Aloïs Makno, agent plénipotentiaire du Bureau d'émigration ». Bien sûr que je le connais. Il se colle aux gens pour les pousser à quitter la ville. Quelqu'un a terriblement besoin que nous quittions tous la ville. Déjà, vous voyez, à Harmont il ne reste que la moitié de l'ancienne population. Mais non, il leur faut déblayer complètement le terrain. Je repousse la carte de l'ongle et lui dis :

« Non, merci beaucoup. Ça ne m'intéresse pas. Voyez-vous, je rêve de mourir dans ma patrie.

— Pourquoi donc ? demande-t-il vivement. Excusez mon indiscrétion, mais qu'est-ce qui vous retient ici ? »

Comme si j'allais lui dire pour de vrai ce qui me retient ici…

« Comment donc ! dis-je. Les doux souvenirs de l'enfance. Le premier baiser dans le jardin municipal. Maman, papa. Comment je me suis saoulé la première fois dans ce bar. Le poste de police cher à mon cœur… » Là, je sors de ma poche un mouchoir sale et le serre contre mes yeux. « Non, dis-je. Pour rien au monde ! »

Il rit, lampe son bourbon et prononce d'un ton méditatif :

« Vous autres, Harmontois, je n'arrive pas à vous comprendre. La vie dans votre ville est dure. Le pouvoir est entre les mains des organisations militaires. L'approvisionnement laisse à désirer. La Zone est à deux pas. Vous vivez comme sur un volcan. À n'importe quel moment peut éclater une épidémie ou quelque chose de pire… Je comprends les vieillards. Il leur est difficile de quitter leur nid. Mais vous… Quel âge avez-vous ? Vingt-deux, vingt-trois ans, pas plus… Comprenez bien, notre Bureau est un organisme de bienfaisance, nous ne retirons de notre activité aucun profit. Simplement, nous voudrions que les gens quittent cet endroit diabolique et réintègrent la vraie vie. N'oubliez pas que nous garantissons la prime de déménagement, l'emploi dans le nouvel endroit et, aux jeunes comme vous, la possibilité de faire des études… Non, je ne comprends pas !

— Ainsi, dis-je, personne ne veut partir ?

— On ne peut pas dire personne… Certains acceptent, surtout les gens qui ont une famille. Mais les jeunes et les vieux… Que trouvez-vous à cette ville ? C'est un trou, la province… »

Là, j'explose.

« Monsieur Aloïs Makno ! dis-je. Tout est vrai. Notre ville est un trou. Elle a toujours été un trou et elle le reste. Seulement maintenant c'est un trou dans l'avenir. À travers ce trou nous pomperons de telles choses dans votre monde minable que tout y sera changé. La vie sera autre, juste, chacun aura ce qu'il voudra. Le voilà, votre trou. À travers ce trou viennent des connaissances. Et quand nous posséderons la connaissance, nous ferons en sorte que tout le monde soit riche, nous volerons jusqu'aux étoiles, et partout où on veut. Voilà comment il est, notre trou… »

Là, je coupe net, car je vois qu'Ernest m'observe avec un étonnement démesuré. Je me sens mal à l'aise. En général, je n'aime pas répéter les paroles des autres, même si elles me plaisent. D'autant plus que dans ma bouche ça sonne tout tarabiscoté. Quand c'est Kirill qui parle, on n'en a jamais assez, on oublie même de le faire taire. Quant à moi, on dirait que j'expose la même chose, mais ça ne fait pas le même effet. Il se peut que ce soit parce que Kirill n'a jamais déposé sa gratte sous le zinc d'Ernest. Bon, passons…

Là, mon brave Ernie se rattrape et me verse rapidement au moins six doigts, histoire de dire : « Reprends tes esprits, mon gars, mais qu'est-ce qui t'arrive aujourd'hui ? » Quant à M. Makno au nez pointu, il lampe de nouveau son bourbon et dit :

« Oui, bien sûr… Des batteries éternelles, la "panacée bleue"… Mais croyez-vous véritablement que tout sera comme vous venez de le dire ?

— Ce que je crois ne vous regarde pas, dis-je. Je parlais de la ville. Pour moi, c'est autre chose : qu'est-ce que j'irais chercher chez vous, en Europe ? Votre ennui ? On se crève dans la journée, on regarde la télé le soir, la nuit vient, on couche avec une nana odieuse pour engendrer des avortons. Vos grèves, manifestations, votre putain de politique… Je m'en tape, de votre Europe de merde.

— Mais pourquoi obligatoirement l'Europe ?…

— Ah ! laissez ! dis-je, partout c'est la même chose. En Antarctique, en plus, il fait froid. »

Mais voilà ce qui est surprenant : quand je lui exposais tout ça, je croyais de toutes mes tripes à ce que je lui disais. En ce moment, notre Zone, cette salope de vermine, cette meurtrière m'est cent fois plus chère que toutes leurs Europe et Afrique réunies. Pourtant, je ne suis pas encore ivre, tout simplement, en l'espace d'un instant, j'imagine comment, exténué après une journée de travail, je reviens dans un troupeau de crétins comme moi, comment on me presse de tous côtés dans leur métro et que j'en ai ras le bol de tout ça et que je n'ai envie de rien.

« Et vous, quel est votre avis ? demande le nez pointu à Ernest.

— Moi, j'ai mon affaire, répond pesamment Ernest. Ne me prenez pas pour un morveux ! J'ai mis tout mon argent dans cette affaire. Parfois, le commandant d'armes vient chez moi, un général, tu comprends ? Pourquoi m'en irais-je d'ici ?… »

M. Aloïs Makno se met à lui bourrer le crâne de je-ne-sais-quoi avec des chiffres, mais je ne l'écoute plus. Je bois une bonne gorgée de mon verre, tire de ma poche une poignée de petite monnaie, dégringole du tabouret et mets le juke-box à pleine puissance. Il y a la chanson *Ne reviens pas si tu n'es pas sûr.* Elle me fait un très bon effet après la Zone… Le juke-box se met donc à tonner et à hurler, je prends mon verre et me dirige vers le coin du « bandit manchot » régler mes vieux comptes. Le temps s'envole comme un oiseau…

Je suis en train de paumer mon dernier nickel et voilà que se pointent sous la voûte hospitalière Richard Nounane et Cirage. Cirage a déjà la dalle en pente, ses yeux tournent, il cherche à qui donner une beigne, quant à Richard Nounane, il le tient par le bras et le distrait en lui racontant des histoires. Beau couple ! Cirage est énorme, noir comme la botte d'un officier, crépu, les bras jusqu'aux genoux, et Dick petit, tout rond, tout rose, tout innocent, tout juste s'il n'irradie pas la lumière divine.

« Ah ! crie Dick en me voyant. Red est là ! Viens, Red !

— C'est vr-rai ! hurle Cirage. Dans cette ville, il n'y a que deux hommes : Red et moi ! Tous les autres, c'est des cochons, des enfants de Satan. Red ! Toi aussi, tu sers Satan, mais tu es quand même un homme… »

Je m'approche d'eux avec mon verre, Cirage m'agrippe par la veste, me fait asseoir à sa table et dit :

« Assieds-toi, Rouquin ! Assieds-toi, serviteur de Satan. Je t'aime. Pleurons ensemble les péchés de l'humanité. Pleurons-les amèrement !

— Pleurons, dis-je. Goûtons aux larmes du péché.

— Car le jour vient, clama Cirage. Car le cheval pâle est déjà bridé et son cavalier a déjà mis le pied à l'étrier. Et sont vaines les prières des vendus à Satan. Et seuls ceux qui le combattent seront sauvés. Vous, enfants humains, séduits par Satan, jouant avec des jouets sataniques, convoitant des trésors sataniques, je vous le dis : vous êtes aveugles ! Reprenez conscience, tant qu'il n'est pas trop tard, bande de salauds ! Piétinez les fanfreluches sataniques ! » Là, soudain, il se tait comme s'il avait oublié ce qui devait suivre. « Me donnera-t-on à boire ici ? » demanda-t-il, déjà d'une autre voix. « Sinon, où suis-je ?… Tu sais, Rouquin, on m'a de nouveau foutu à la porte. Ils ont dit que j'étais un propagandiste. Je leur explique : reprenez conscience, aveugles, vous tombez dans un précipice et vous entraînez avec vous d'autres aveugles ! Ils me rient au nez. Bon, j'ai cassé la gueule du gérant et je suis parti. Maintenant je suis bon pour la taule. Mais quel mal ai-je fait ? »

Dick arrive et pose une bouteille sur la table.

Je crie à Ernest : « Aujourd'hui c'est moi qui paye ! »

Dick louche sur moi.

« Tout est légal, dis-je. On boit ma prime.

— Tu as été dans la Zone ? demande Dick. Vous en avez sorti quelque chose ?

— Une "creuse" pleine, dis-je. Pour l'amour de la science. Et en plus, on a fait dans notre culotte. Tu verses ou quoi ?

— Une "creuse" ! » bougonne Cirage, affligé. « T'as risqué ta vie pour je ne sais quelle "creuse" !

Tu es vivant, d'accord, mais tu as apporté dans le monde un nouvel article diabolique… Comment peux-tu savoir, Rouquin, combien de malheurs et de péchés…

— Toi, la ferme, Cirage, lui dis-je sévèrement. Bois et réjouis-toi que je sois revenu vivant. Je bois à la chance, les gars ! »

C'est facile de boire à la chance. Cirage craque complètement : il est assis et les larmes coulent de ses yeux comme d'un robinet. Ça ne fait rien, je le connais. C'est un de ses stades, verser des larmes et prêcher : la Zone est une tentation diabolique, il ne faut rien en rapporter, et si c'est déjà fait, il faut le remettre à sa place et vivre comme si la Zone n'existait pas. Rendons au diable ce qui est au diable. Je l'aime, Cirage. J'aime en général de drôles de gens. Quand il a de l'argent, il rachète la gratte à n'importe quel prix, puis, la nuit, il la trimbale dans la Zone et il l'enterre… Qu'est-ce qu'il peut chialer, mon Dieu ! Mais ça ne fait rien, ça lui passera.

« Mais qu'est-ce que c'est, une "creuse" pleine ? demande Dick. Je connais de simples "creuses", mais qu'est-ce que c'est, une pleine ? Je n'en ai jamais entendu parler. »

Je lui explique. Il hoche la tête, fait claquer ses lèvres.

« Oui, dit-il, c'est intéressant. C'est quelque chose de nouveau. Avec qui es-tu allé ? Avec le Russe ?

— Oui, répondis-je. Avec Kirill et Tender. Tu sais, notre laborantin.

— T'as dû en baver avec eux…

— Absolument pas. Les gars se sont comportés tout à fait décemment. Surtout Kirill. Un stalker-né, dis-je. S'il avait un peu plus d'expérience, si on le débarrassait de sa précipitation de gamin, j'irais avec lui dans la Zone tous les jours.

— Et toutes les nuits ? demande-t-il avec un ricanement d'ivrogne.

— Arrête, dis-je. On peut bien plaisanter, mais…

— Je sais, dit-il. On peut bien plaisanter, mais pour des plaisanteries pareilles, on peut se faire casser la figure. Considère que je mérite deux beignes…

— Deux beignes ? À qui ça ? frémit Cirage. Auquel des deux ? »

Nous le saisissons par les bras et avec difficulté le faisons asseoir. Dick lui met une cigarette entre les dents et approche son briquet. Nous le calmons. Entre-temps, les clients affluent. On ne voit plus le zinc, plusieurs tables sont déjà occupées. Ernest appelle ses filles, elles sont en train de courir, de servir à droite et à gauche, de la bière, des cocktails, du bon alcool. J'ai remarqué que depuis quelque temps dans la ville il y a beaucoup d'étrangers, en majorité des blancs-becs aux écharpes multicolores jusqu'à terre. J'en parle à Dick. Il opine.

« Bien sûr, dit-il. Un grand chantier est en train de commencer. L'Institut pose les fondements de trois nouveaux bâtiments. En plus, on se prépare à cerner la Zone par un mur : du cimetière jusqu'au vieux ranch. Ce sera bientôt fini, la vie facile pour les stalkers…

— Et quand l'ont-ils eue, cette vie facile dont tu parles ? » je demande. Mais je pense : nous voilà bien, qu'est-ce que c'est que cette histoire ? Donc, plus de possibilité d'avoir des à-côtés. Eh bien, c'est peut-être mieux, il y aura moins de tentations. Je vais aller dans la Zone le jour, comme un honnête homme. C'est sûr que l'argent ne sera pas le même, mais il y aura nettement moins de danger : la « savate », la combinaison spéciale, ceci, cela… en plus, je me foutrai des patrouilles comme de ma première chemise… Vivre, je le peux avec mon salaire, quant à boire, je me l'offrirai avec les primes. Dieu, le cafard qui me prend ! De nouveau, compter chaque sou : ça, je peux me le permettre, ça, je ne peux pas me le permettre, faire des économies pour le moindre chiffon à l'intention de Gouta, ne pas aller au bar, aller au cinéma… Et la grisaille, partout la grisaille. La grisaille tous les jours, tous les soirs, toutes les nuits.

Je suis assis à réfléchir, et Dick bougonne au-dessus de mon oreille :

« Hier à l'hôtel, je suis allé au bar prendre un verre avant de dormir, j'y ai vu des types nouveaux. Ils ne m'ont pas plu, dès le début. L'un d'eux s'assoit à côté de moi et commence de loin, me laissant comprendre qu'il me connaît, qu'il sait où je travaille et me fait sentir qu'il est prêt à bien payer certains services…

— Un mouchard », dis-je. Ce récit ne m'intéresse pas outre mesure. Les mouchards, j'en avais vu plein ici et les conversations à propos de services, j'en ai entendu plus qu'assez.

« Non, mon cher, pas un mouchard. Écoute donc. J'ai un peu bavardé avec lui, prudemment, bien sûr, faisant semblant d'être un petit crétin. Il est intéressé par certains objets de la Zone, des objets sérieux. Des batteries, des "zinzines", des "éclaboussures noires" et d'autres fanfreluches, dont il n'a pas besoin. Quant à ce dont il a besoin, il n'y a fait que des allusions.

— Que veut-il, alors ?

— D'après ce que je comprends, de la "gelée de sorcière" », a annoncé Dick, et il m'a regardé d'une drôle de façon.

« Ah bon, c'est de la "gelée de sorcière" qu'il veut ! dis-je. Il n'aurait pas besoin, par hasard, d'une "mort-lampe" ?

— Je lui ai dit la même chose.

— Et alors ?

— Figure-toi que si.

— Tiens ! dis-je. Dans ce cas, qu'il aille chercher tout ça lui-même. C'est facile ! La "gelée de sorcière", il y en a plein les caves, prends un seau et puise dedans. L'enterrement est à son compte. »

Dick se tait, me regardant par en dessous, et ne sourit même pas. Qu'est-ce que c'est que cette salade, il veut m'engager ou quoi ? C'est là que je comprends.

« Attends, dis-je. Mais qui était-ce donc ? Même à l'Institut il est interdit d'étudier la "gelée"…

— Exact », réplique Dick lentement, tout en me regardant. « L'étude représentant un danger potentiel pour l'humanité. Tu as compris maintenant qui c'était ? »

Je ne comprends toujours rien.

« Les Visiteurs, alors ? » dis-je.

Il éclate de rire, me tapote la main et fait :

« Buvons plutôt, âme simple que tu es !

— Buvons », dis-je, mais je suis en rogne. Âme simple, voyez-vous ça, les fils de pute ! « Hé, dis-je, Cirage ! Assez dormi, buvons un coup. »

Non, Cirage dort. Il a mis sa tronche noire sur la table noire et dort. Ses bras pendent jusqu'à terre. Nous buvons avec Dick, sans Cirage.

« Bon, d'accord, dis-je. Que je sois une âme simple ou une âme compliquée, j'aurais dénoncé tout de suite ce type-là où il faut. Dieu sait que je n'aime pas la police, mais là, je serais allé moi-même et j'aurais mouchardé.

— Ouais, dit Dick. Et eux, dans la police, ils t'auraient demandé : et pourquoi ce type s'est-il adressé précisément à vous ? »

Je secoue la tête.

« Aucune importance. Toi, gros lard, ça fait trois ans que tu es dans la ville, mais tu n'es pas allé une seule fois dans la Zone. La "gelée de sorcière", tu ne l'as vue qu'au cinéma, parce que si tu l'avais vue ne serait-ce qu'une fois au naturel et ce qu'elle fait d'un homme — tu ferais dans ta culotte sur-le-champ. Ça, mon vieux, c'est un truc horrible. On ne peut pas le sortir de la Zone… Tu le sais : les stalkers sont des gens rudes, ils n'ont besoin que de dollars et le maximum, mais même feu Mollusque n'aurait pas accepté de le faire.

Charognard Barbridge ne s'y décidera pas… J'ai peur rien qu'en pensant à qui peut avoir besoin de la "gelée de sorcière" et pourquoi…

— Eh bien, reprit Dick, tout ça c'est vrai. Seulement, tu vois, je n'ai pas envie qu'un beau matin on me trouve suicidé dans mon petit lit. Je ne suis pas un stalker, pourtant, moi, je suis un gars rude, je m'y connais en affaires et j'aime la vie. Ça fait longtemps que je suis de ce monde, je m'y suis bien habitué… »

Là, Ernest hurle soudain de derrière son zinc :

« Monsieur Nounane ! On vous demande au téléphone !

— Merde », grogne Dick, furieux. « Ça doit être encore une réclamation. Ils te trouvent partout. Excuse-moi, Red. »

Il se lève et part prendre le téléphone. Moi, je reste avec Cirage et la bouteille. Vu que Cirage n'est bon à rien, je m'occupe de la bouteille de très près. Le diable l'emporte, cette Zone, elle est partout. Où que tu ailles, à qui que tu parles, c'est toujours la Zone, la Zone, la Zone… Kirill, lui, peut, bien sûr, disserter sur le fait que la Zone déversera sur nous une paix éternelle et le bien-être des sphères. Kirill est un bon gars, personne ne le traitera d'imbécile, au contraire, il est intelligent, seulement la vie, il n'y connaît que dalle. Il ne peut même pas s'imaginer combien de salopards tournent autour de la Zone. Voilà, comme maintenant : quelqu'un a besoin de la « gelée de sorcière ». Non, Cirage est peut-être un pochard, dérangé sur le plan religieux, parfois, après avoir bien réfléchi, on se dit : c'est peut-être vrai qu'il faut laisser au diable ce qui est au diable ? Ne touche pas à la merde…

Là, un morveux à l'écharpe multicolore s'assoit à la place de Dick.

« Monsieur Shouhart ? demande-t-il.

— Et alors ? dis-je.

— Je m'appelle Créon. Je suis de Malte.

— Et alors, comment ça va chez vous, à Malte ?

— Chez nous à Malte ça va pas trop mal, mais je ne parle pas de ça. C'est Ernest qui m'envoie. »

Bon, me dis-je. Quand même, quelle ordure, cet Ernest. Il n'a ni pitié ni rien. Voilà devant moi ce gamin tout basané, tout propre, tout beau. Pardi, il ne s'est pas encore rasé de sa vie, il n'a encore jamais embrassé une nana, mais Ernest s'en fout, il n'a qu'une idée : fourrer dans la Zone le plus de gens possible, un sur trois reviendra avec de la gratte, c'est déjà des dollars…

« Et comment va-t-il, ce vieil Ernest ? » je lui demande.

Il se retourne vers le zinc et dit :

« À mon avis, il va pas mal. Je changerais bien volontiers de place avec lui.

— Pas moi, dis-je. Tu veux boire un coup ?

— Merci, je ne bois pas.

— Prends alors une cigarette, dis-je.

— Excusez-moi, mais je ne fume pas non plus.

— Le diable t'emporte ! dis-je. Dans ce cas, pourquoi as-tu besoin d'argent ? »

Il rougit, cesse de sourire et dit à voix basse : « Je pense que cela ne regarde que moi, n'est-ce pas, monsieur Shouhart ?

— Ça, c'est sûr », dis-je, et je me verse quatre doigts. Il faut dire que ma tête bourdonne déjà et que tout mon corps est agréablement détendu : elle m'a complètement lâché, la Zone. « Pour l'instant, je suis ivre, dis-je. Comme tu vois, je fais la bringue. Je suis allé dans la Zone, j'en suis revenu vivant et avec de l'argent. Cela n'arrive pas souvent, qu'on en revienne vivant, et il est encore plus rare qu'on en ramène de l'argent. Donc, remettons cette conversation sérieuse… »

Là, il bondit, prononce « excusez-moi » et je vois que Dick est de retour. Il se tient debout à côté de la chaise et d'après son visage je comprends qu'il s'est passé quelque chose.

« Eh bien, tes ballons laissent de nouveau passer l'air ?

— Oui, dit-il. De nouveau. »

Il s'assoit, se verse à boire, m'en rajoute et je vois qu'il ne s'agit pas d'une réclamation. Il faut dire que les réclamations, il s'en fout, vous vous êtes trompé de porte.

« Écoute, Red, dit-il. Buvons. » Et, sans m'attendre, il vide d'un trait toute sa ration et s'en sert une autre. « Tu sais, dit-il, Kirill Panov est mort. »

À travers les brumes de l'alcool, je ne le comprends pas tout de suite. Bon, quelqu'un est mort, voilà tout.

« Dans ce cas, dis-je, buvons à la paix de son âme… »

Il me regarde avec des yeux ronds et alors seulement je ressens quelque chose, comme si tout en moi s'était déchiré. Je me souviens que je me lève, m'appuie sur la table et le regarde de haut en bas.

« Kirill ?... »

Et de nouveau, j'ai la toile d'araignée argentée devant les yeux, et de nouveau je l'entends se déchirer en crépitant. À travers ce crépitement horrible, la voix de Dick m'atteint comme s'il parlait de la pièce voisine.

« Crise cardiaque. On l'a trouvé dans la douche, nu. Personne ne comprend rien. On m'a demandé, pour toi, j'ai dit que tu allais parfaitement bien...

— Qu'y a-t-il à comprendre ? dis-je. La Zone...

— Assieds-toi, fit Dick. Assieds-toi et bois un coup.

— La Zone... », je répète, sans pouvoir m'arrêter. « La Zone... la Zone... »

Je ne vois rien autour de moi, sinon la toile d'araignée argentée. Tout le bar en est couvert, les gens bougent, et elle, elle crépite doucement quand ils la frôlent. Au milieu, le garçon de Malte, le visage étonné : il ne comprend rien.

« Petit, lui dis-je tendrement. Combien veux-tu ? Mille, ça te suffit ? Tiens ! Prends, mais prends ! » Je lui fourre l'argent et me mets à crier : « Va voir Ernest et dis-lui qu'il est une ordure, n'aie pas peur, dis-le-lui ! Il est lâche !... Dis-le-lui, et va immédiatement à la gare, achète-toi un billet, et fonce droit sur Malte ! Ne t'attarde nulle part !... »

Je ne me souviens plus de ce que je crie d'autre. Je me souviens seulement que je me retrouve devant le zinc, qu'Ernest pose à côté de moi un verre de rafraîchissement et me demande :

« On dirait qu'aujourd'hui tu as des sous ?

— Oui, dis-je, j'en ai…

— Alors, tu me régleras peut-être ta petite dette ? Demain je dois payer mes impôts. »

Et là, je vois que j'ai une liasse de billets de banque dans la main. Je regarde cette verdure et je marmonne :

« Ça alors, il ne l'a donc pas prise, Créon de Malte… Il est donc fier… Bon, tout le reste, c'est le destin.

— Mais qu'est-ce que tu as ? demande le pote Ernie. M'est avis que tu en as trop descendu.

— Non, dis-je. Je suis en pleine forme, tellement en pleine forme que j'en suis sur les rotules !

— Rentre plus tôt chez toi, dit le pote Ernie. Tu as bu un coup de trop.

— Kirill est mort, lui dis-je.

— Kirill ? Lequel ? Le teigneux ?

— T'en es un autre, fils de pute, lui dis-je. De mille types comme toi on ne pourrait pas faire un seul Kirill. T'es une ordure. Un mercanti puant. Parce que c'est la mort que tu vends, sale gueule. Tu nous as tous achetés, tous pour de l'oseille… Tu veux que je la démolisse, là, maintenant, toute ta boutique ? »

J'ai juste le temps de prendre un bon élan quand soudain quelqu'un m'attrape et me traîne ailleurs. Je ne comprends plus rien et je ne veux rien comprendre. Je gueule quelque chose, je me débats, je donne des coups de pied, puis, quand je reprends conscience, je me vois assis dans les toilettes, tout mouillé, la gueule cassée. Je me regarde dans la glace et ne me reconnais pas. Un drôle de tic me crispe la joue. Ça ne m'est encore jamais arrivé. De la salle me parvient un drôle de boucan, quelque chose craque, la vaisselle se brise, les nanas glapissent, puis j'entends Cirage hurler comme un ours blanc lors de l'accouplement : « Repentissez-vous, ordures ! Où est Rouquin ? Qu'est-ce que t'as fait à Rouquin, semence du diable ?... » Puis la sirène de police.

Dès que la sirène se met à ululer, tout dans ma tête devient d'une limpidité de cristal. Je me rappelle tout, je sais tout, je comprends tout. Et plus rien dans mon âme, sauf une haine glaciale. Bon, me dis-je, je vais t'organiser une surprise-partie ! Je te ferai voir ce que c'est qu'un stalker, marchand puant ! Je sors de mon gousset une « zinzine » toute neuve, jamais utilisée, la serre deux ou trois fois entre mes doigts pour lui donner de l'allant, entrouvre la porte de la salle et la jette doucement dans le crachoir. Et, sans tarder, je saute par la fenêtre dans la rue. Évidemment, je voudrais bien voir comment les choses vont tourner, mais il faut déguerpir et plus vite que ça. Cette « zinzine », je la supporte mal, elle me fait saigner du nez.

Je traverse la cour et je l'entends qui s'est mise à marcher à pleine puissance. D'abord les chiens de tout le quartier hurlent et aboient : ils sont les premiers à sentir la « zinzine ». Puis quelqu'un glapit dans le cabaret et tellement fort que même à distance j'ai les oreilles bouchées. Je m'imagine aussitôt les clients en train de s'agiter ; certains sombrent dans une mélancolie profonde, d'autres dans une rage déchaînée, d'autres encore se jettent dans tous les sens, affolés par la peur… La « zinzine » est un truc terrifiant. Ce n'est pas demain la veille que le bistroquet d'Ernest se remplira de nouveau. Cette ordure devinera à coup sûr que c'est moi, seulement, je m'en fous. Fini. Le stalker Red n'existe plus. J'en ai assez. J'en ai assez d'aller risquer ma vie et d'apprendre à vivre aux autres imbéciles. Tu t'es trompé, Kirill, mon ami. Excuse, mais voilà t'avais tort, c'est Cirage qui a raison. Les gens n'ont rien à faire là-bas. Dans la Zone, le Bien n'existe pas.

J'escalade une haie et clopine doucement jusque chez moi. Je me mords les lèvres, j'ai envie de pleurer, mais je ne peux pas. Devant moi le vide, rien. L'ennui, le quotidien. Kirill, mon unique ami, comment est-ce que ça a pu nous arriver ? Qu'est-ce que je vais devenir sans toi ? Tu m'as dessiné les perspectives d'un monde nouveau, d'un monde modifié. Et maintenant ? Quelqu'un, dans ta Russie lointaine, te pleurera, tandis que moi, je ne peux pas. Pourtant, c'est moi, le salaud, qui suis responsable de tout, pas quelqu'un d'autre, moi ! Comment moi, l'ordure, ai-je pu l'emmener dans le garage quand ses yeux n'étaient pas encore habitués à l'obscurité ? Toute ma vie j'ai vécu comme un loup solitaire, toute ma vie je n'ai pensé qu'à moi-même… Et pour une fois que j'ai décidé de faire du bien à quelqu'un, de lui offrir un cadeau. Pourquoi, parbleu, lui ai-je parlé de cette « creuse » ? Dès que je me rappelle notre conversation, quelque chose me prend à la gorge, tout juste si je ne hurle pas pour de bon comme un loup. Apparemment, je dois hurler, parce que je vois les gens se jeter de côté sur mon passage. Puis, soudain, je ressens une espèce de soulagement : je vois Gouta marcher à ma rencontre.

Elle marche à ma rencontre, ma beauté, ma petite fille, ses jolies jambes bougent en cadence, sa jupe ondule au-dessus de ses genoux, on louche sur elle de tous les côtés, mais elle, elle marche comme sur une ligne droite invisible, elle ne regarde personne mais, je ne sais pourquoi, je comprends tout de suite que c'est moi qu'elle cherche.

« Bonjour Gouta, dis-je. Où vas-tu donc ? »

Elle me regarde et voit tout en un instant : ma gueule cassée, ma veste mouillée, mes poings écorchés, mais elle n'en parle pas, elle ne fait que dire :

« Bonjour Red. Je te cherchais justement.

— Je sais, dis-je. Viens chez moi. »

Elle se tait, la tête détournée, regardant de côté. Ah ! quel port de tête elle a, quel cou, comme celui d'une jeune jument, fière, mais déjà soumise à son maître. Puis elle dit :

« Je ne sais pas, Red. Peut-être que tu ne voudras plus me voir. »

Mon cœur flanche : qu'est-ce que ça veut dire ? Mais je lui réponds calmement :

« Je ne te comprends pas, Gouta. Excuse-moi, aujourd'hui je ne suis pas très frais, c'est peut-être pour ça que je ne comprends pas vite… Pourquoi ne voudrais-je plus te voir, s'il te plaît ? »

Je lui prends le bras, nous nous dirigeons sans nous presser vers ma maison et tous ceux qui louchaient sur elle cachent immédiatement leurs tronches. Je vis dans cette rue depuis toujours, tout le monde ici connaît parfaitement Red le Rouquin. Et si quelqu'un ne me connaît pas, il ne tardera pas à me connaître et il le sait.

« Ma mère exige que je me fasse avorter, dit soudain Gouta. Et moi, je ne veux pas. »

Je fais encore quelques pas avant de comprendre, tandis que Gouta continue :

« Je ne veux pas me faire avorter, j'ai envie d'avoir un enfant de toi. Toi, c'est comme tu veux. Tu peux partir, je ne te retiens pas. »

Je l'écoute, je l'entends s'échauffer doucement et se monter la tête, je deviens de plus en plus abruti. Je n'arrive pas à comprendre. Une seule idiotie me tourne dans la tête : un homme de moins, un homme de plus.

« Elle me répète, dit Gouta, que l'enfant est d'un stalker, pourquoi fabriquer des monstres… elle dit que tu es un escroc, elle dit qu'on n'aura ni famille ni rien. Aujourd'hui il est libre, demain il sera en prison. Seulement, ça m'est égal, je suis prête à tout. Je pourrai tout faire moi-même. J'accoucherai toute seule, je l'élèverai toute seule, j'en ferai un homme toute seule. Je me passerai de toi aussi bien. Seulement, tu ne m'approcheras plus, je ne te laisserai pas franchir la porte…

— Gouta, dis-je, ma petite fille ! Attends, attends… » Je ne peux pas continuer, j'ai envie de rire d'un rire nerveux, idiot. « Ma petite hirondelle, dis-je, mais pourquoi me chasses-tu, en fait ? »

Je me tords de rire comme le dernier des imbéciles, tandis qu'elle s'arrête, se cache le visage sur ma poitrine et pleure toutes les larmes de son corps.

« Que va-t-il donc nous arriver maintenant, Red ? dit-elle à travers ses larmes. Que va-t-il donc nous arriver ? »

2

Redrick Shouhart, 28 ans, marié, sans profession

Redrick Shouhart était allongé derrière une pierre tombale et, écartant de la main une branche de sorbier, regardait la route. Les projecteurs de la voiture de patrouille balayaient le cimetière et, de temps en temps, l'éblouissaient ; alors il plissait les yeux et retenait son souffle.

Deux heures s'étaient déjà écoulées, mais sur la route tout demeurait comme avant. Le moteur de la voiture bourdonnait paisiblement, tournant à vide ; la voiture ne bougeait pas et fouillait encore de ses trois projecteurs les tombes abandonnées, les croix penchées et rouillées, les pierres tombales, les sorbiers poussant dans tous les sens, la crête du mur de trois mètres de hauteur qui s'arrêtait brusquement à gauche. Les gens de la patrouille avaient peur de la Zone. Ils ne quittaient même pas la voiture. Ici, à côté du cimetière, ils n'osaient même pas tirer. Parfois, leurs voix assourdies atteignaient Redrick, parfois, il voyait la petite lueur du mégot s'envoler par la fenêtre de la voiture et rouler sur la chaussée, en sautillant et en projetant de faibles étincelles rougeâtres. Il faisait très humide, la pluie venait de s'arrêter et Redrick avait froid même avec sa combinaison imperméable.

Prudemment, il lâcha la branche, tourna la tête et tendit l'oreille. Quelque part à droite, pas très loin, mais pas à côté non plus, ici, au cimetière, il y avait encore quelqu'un. Le bruissement des feuilles retentit, puis ce fut comme si la terre s'éboulait, puis quelque chose de lourd et de dur tomba avec un bruit sourd. Prudemment, Redrick rampa en se plaquant contre l'herbe mouillée. De nouveau, le rayon du projecteur glissa au-dessus de sa tête. Redrick se figea, suivant des yeux son mouvement silencieux, et il lui sembla qu'un homme immobile vêtu de noir était assis sur une tombe entre les croix. Il lui sembla qu'il était assis là, sans se cacher, le dos appuyé contre le monument de marbre, tournant vers Redrick son visage blanc avec les trous sombres des yeux. En réalité, Redrick ne voyait ni n'aurait pu voir tous ces détails en l'espace d'une seconde, mais il se les imaginait. Il rampa encore un peu, tâta la flasque dans la poche intérieure de sa veste, la sortit et resta quelque temps couché, la joue collée contre le métal tiède. Puis, sans lâcher la flasque, il rampa plus loin. Il ne tendait plus l'oreille et ne regardait plus autour de lui.

L'enceinte avait une brèche et tout près d'elle Barbridge était allongé sur un imperméable enduit de plomb. Il était toujours couché sur le dos, tirant de ses deux mains sur le col de son pull-over. Ses grognements assourdis, pleins de souffrance, se muaient en gémissements. Redrick s'assit à côté de lui et dévissa le bouchon de la flasque. Puis, prudemment, il glissa sa main sous la tête de Barbridge, sentant de toute sa paume la calvitie chaude, gluante de sueur, et il appuya le goulot de la flasque contre les lèvres du vieillard. Il faisait sombre, mais dans les reflets faibles des projecteurs, Redrick distinguait les yeux de Barbridge grands ouverts, presque vitreux, et les poils noirs couvrant ses joues. Barbridge avala quelques gorgées avides, puis s'agita, tâtant de la main le sac contenant la gratte.

« T'es revenu..., proféra-t-il. T'es un gars correct... Rouquin... Tu ne laisseras pas un vieux... crever... »

Redrick rejeta la tête et but une bonne gorgée.

« Ils sont là, les crapauds, dit-il. Comme s'ils étaient collés.

— C'est... pas pour rien... », articula Barbridge. Il parlait par saccades, à chaque souffle. « Quelqu'un a mouchardé. Ils attendent.

— Peut-être, dit Redrick. Encore une gorgée ?

— Non. Pour l'instant, ça va. Ne me quitte pas. Si tu ne me quittes pas, je ne crèverai pas. Alors, tu ne regretteras pas. Tu ne m'abandonneras pas, Rouquin ? »

Redrick ne répondit pas. Il regardait les lueurs bleues des projecteurs dans la direction de la chaussée. Le monument de marbre était visible, mais on ne pouvait pas distinguer si l'AUTRE y était toujours assis ou s'il avait disparu.

« Écoute, Rouquin. Je ne te raconte pas de craques. Tu ne regretteras pas. Tu sais pourquoi le vieux Barbridge est encore vivant ? Tu le sais ? Bob le Gorille a rendu l'âme. Pharaon Banker a péri, comme s'il n'avait jamais existé. Pourtant, quel stalker c'était ! Mais il a péri. Mollusque aussi. Norman le Binoclard. Kallogan. Pete le Bobo. Tous. Il n'y a que moi qui reste. Pourquoi ? Tu sais pourquoi ?

— Tu as toujours été une ordure, dit Redrick sans quitter la chaussée des yeux. Charognard.

— Une ordure. C'est vrai. On ne peut pas autrement. Ils l'étaient aussi. Pharaon, Mollusque. Mais il n'y a que moi qui reste. Tu sais pourquoi ?

— Oui, dit Redrick pour en finir.

— Tu mens. Tu ne le sais pas. Tu as entendu parler de la Boule d'or ?

— Oui.

— Tu crois que c'est un racontar ?

— Tu ferais mieux de te taire, conseilla Redrick. Sinon tu perds tes forces !

— Ça ne fait rien. Tu me porteras. Nous avons fait tant de chemin ensemble, toi et moi. Me quitteras-tu ? Je t'ai connu quand tu étais encore comme ça. Tout petit. Ton père aussi, je l'ai connu. »

Redrick se taisait. Il avait très envie de fumer, il sortit une cigarette, éparpilla des brins de tabac sur sa paume et se mit à priser. Aucun soulagement.

« Tu dois me tirer de là, proféra Barbridge. C'est à cause de toi que je me suis foutu dedans. C'est toi qui n'as pas voulu emmener le Maltais. »

Le Maltais avait beaucoup insisté pour les accompagner. Il les avait régalés toute une soirée, leur avait proposé une bonne avance, avait juré de se procurer une combinaison spéciale. Et Barbridge, assis à côté du Maltais, cachant son visage derrière sa main lourde et ridée, faisait des clins d'œil appuyés à Redrick : accepte, nous n'y perdrons pas. C'était peut-être pour ça que Redrick avait dit « non ».

« Tu t'es foutu dedans à cause de ton avarice, prononça froidement Redrick. Je n'y suis pour rien. Tu ferais mieux de te taire. »

Pendant quelque temps, Barbridge ne fit que grogner. Il glissa de nouveau ses doigts derrière son col et rejeta complètement la tête en arrière.

« Je te donne toute la gratte, râla-t-il, mais ne me laisse pas tomber. »

Redrick regarda sa montre. L'aube était déjà toute proche, cependant, la voiture de patrouille ne partait pas. Ses projecteurs continuaient à fouiller les buissons ; quelque part, tout près d'elle, il y avait la Land Rover cachée. On pouvait la découvrir à tout instant.

« La Boule d'or, dit Barbridge. Je l'ai trouvée. Après qu'est-ce qu'on a pu rajouter comme racontars autour ! Moi aussi d'ailleurs. Que, soi-disant, elle réalise n'importe quel vœu. N'importe lequel, mon œil ! Si c'était n'importe lequel, il y a belle lurette que je ne serais plus ici. Je serais en Europe. Je roulerais sur l'or. »

Redrick le regarda de haut en bas. Dans les reflets bleus mouvants, le visage renversé de

Barbridge paraissait mort. Mais ses yeux vitreux étaient écarquillés et suivaient Redrick attentivement, sans le quitter.

« La jeunesse éternelle, mon œil, marmonnait-il. L'argent, mon œil. Mais la santé, ça, oui. Mes enfants sont bien. Et moi, je suis vivant. Tu ne croirais jamais où j'ai été. Et, malgré ça, je suis vivant. » Il se lécha les lèvres. « Je ne lui demande qu'une chose : laisse-moi vivre. Et donne-moi la santé. À mes enfants aussi.

— Ta gueule, finit par dire Redrick. Tu pleurniches comme une bonne femme. Si je peux, je te tirerai de là. J'ai pitié de ta Dina, parce qu'elle ira faire le tapin, la môme…

— Dina…, râla Barbridge. Ma petite chérie. Ma beauté. Tu sais, Rouquin, ils sont gâtés, mes gosses. Ils ne connaissent pas le mot “non”. Ils seront foutus si quelque chose m'arrive. Arthur. Mon Archie. Tu le connais, pas vrai, Rouquin ? Où as-tu vu des enfants pareils ?

— Je t'ai déjà dit : si je peux, je te tirerai de là.

— Non », dit Barbridge, obstiné. « Tu me tireras de là dans tous les cas. La Boule d'or. Si tu veux, je te dirai où c'est.

— Bon, dis-le. »

Barbridge gémit et bougea.

« Mes jambes…, grinça-t-il. Tâte voir. »

Redrick tendit la main et glissa sa paume sur la jambe à partir du genou et plus bas.

« Les os…, siffla Barbridge. Ils y sont encore ?

— Oui, oui, mentit Redrick. Ne t'agite pas. »

En réalité, il ne sentit que la rotule. Plus bas,

vers le pied, la jambe semblait en caoutchouc, on aurait pu en faire un nœud.

« Tu mens, dit Barbridge. Pourquoi mens-tu ? Tu t'imagines que je ne sais pas, que je n'ai jamais vu ça ?

— Les genoux sont intacts, dit Redrick.

— Tu dois mentir, c'est sûr, dit Barbridge avec angoisse. Bon, ça ne fait rien. Mais tire-moi de là. Je ferai tout pour toi. La Boule d'or. Je te dessinerai la carte. Je t'indiquerai tous les pièges. Je te raconterai tout… »

Il parlait, il promettait encore, mais déjà Redrick ne l'écoutait plus. Il regardait vers la chaussée. Les projecteurs ne se démenaient plus sur les buissons, ils s'étaient figés, croisés sur le monument funèbre de marbre, et c'est alors que Redrick distingua nettement, dans le brouillard bleu vif, une silhouette voûtée et noire, rôdant entre les croix. La silhouette paraissait avancer à l'aveuglette, droit vers les projecteurs. Redrick la vit se cogner contre une énorme croix, se rejeter en arrière, se cogner de nouveau contre la croix et après seulement la contourner et reprendre sa marche, ses longs bras aux doigts écartés tendus devant elle. Puis elle disparut soudain, comme si elle était entrée sous terre. Au bout de quelques secondes, elle réapparut, plus à droite et plus loin, avançant avec une obstination incongrue, inhumaine, comme un mécanisme remonté.

Et subitement les projecteurs s'éteignirent. La boîte de vitesses grinça, le moteur hurla sauvagement, les feux de position rouges et bleus se firent voir à travers les buissons, la voiture de patrouille démarra en flèche, roula vers la ville à tombeau ouvert et disparut derrière le mur. Redrick aspira convulsivement et défit la fermeture Éclair de sa combinaison.

« On dirait qu'ils sont partis…, marmonna fiévreusement Barbridge. Rouquin, vas-y… Vas-y vite ! » Il s'agita, tâtonna autour de lui, saisit le sac de gratte et essaya de se relever.

« Allez, qu'est-ce que t'as à rester assis ?! »

Redrick regardait toujours vers la chaussée. À présent, il y faisait sombre, on ne voyait rien, mais quelque part là-bas se trouvait l'AUTRE, qui marchait, comme une poupée mécanique, trébuchant, tombant, se cognant contre les croix, s'emmêlant dans les buissons.

« Bien, dit Redrick à haute voix. Allons-y. »

Il souleva Barbridge. Le vieillard lui passa son bras gauche autour du cou comme un étau, et Redrick, sans avoir la force de se redresser, le traîna à quatre pattes à travers le trou dans le mur, s'accrochant des deux mains à l'herbe mouillée.

« Allez, allez ! râlait Barbridge. Ne t'inquiète pas, je tiens la gratte, je ne lâcherai pas… Vas-y ! »

Le sentier lui était familier, mais l'herbe mouillée glissait, les branches de sorbiers lui cinglaient le visage, le vieillard corpulent était incroyablement lourd, comme un cadavre, et puis, le sac de gratte tintant et cliquetant s'accrochait sans arrêt à quelque chose ; de plus il avait peur de tomber sur l'AUTRE, qui, peut-être, rôdait encore dans l'obscurité.

Lorsqu'ils atteignirent la chaussée, il faisait toujours nuit, mais on sentait que l'aube était proche. Les oiseaux encore endormis, incertains, se mirent à piailler dans le petit bois de l'autre côté de la chaussée ; au-dessus des maisons noires d'une banlieue lointaine, au-dessus des réverbères jaunes et rares, l'obscurité nocturne bleuissait déjà ; un petit vent perçant, humide, en venait. Redrick coucha Barbridge sur le bord du chemin, jeta un regard tout autour et traversa en courant la chaussée comme une grande araignée noire. Il retrouva rapidement la Land Rover, repoussa du capot et du toit les branches qui avaient servi à la dissimuler, se mit au volant et roula sur l'asphalte avec prudence, sans allumer les phares. Barbridge était assis, tenant d'une main le sac de gratte et de l'autre tâtant ses jambes.

« Vite ! râla-t-il. Fais vite ! Mes genoux, ils sont encore intacts, mes genoux… Pourvu qu'on me sauve mes genoux ! »

Redrick le souleva et, grinçant des dents dans son effort, le fit basculer par-dessus bord. Barbridge s'écroula bruyamment sur le siège arrière et gémit. Il ne lâchait toujours pas le sac. Redrick ramassa par terre l'imperméable et en couvrit le vieillard. Barbridge avait réussi à traîner l'imperméable avec lui.

Redrick sortit une petite lampe de poche et fit un aller-retour le long du chemin, scrutant les traces éventuelles. Il n'y en avait pas. Roulant sur la chaussée, la Land Rover avait écrasé les hautes herbes, mais d'ici à quelques heures elles devaient se redresser. Autour de l'endroit où était garée la voiture de patrouille s'entassaient une quantité énorme de mégots. Redrick se rappela qu'il avait envie de fumer depuis longtemps, sortit une cigarette et l'alluma, bien que son désir le plus ardent fût de bondir au volant et de s'enfuir d'ici comme si tous les diables de l'enfer couraient à ses trousses. Mais pour l'instant, il ne le pouvait pas. Il devait tout faire lentement, en calculant chaque geste.

« Alors ? » demanda Barbridge depuis la voiture, d'une voix plaintive. « Tu n'as pas jeté l'eau, l'attirail de pêche est sec… Qu'attends-tu ? Planque la gratte !

— Ta gueule ! dit Redrick. Fous-moi la paix ! » Il aspira la fumée. « On va prendre par la banlieue sud.

— Comment, la banlieue ? T'es fou ? Tu me foutras mes genoux en l'air, ordure ! Mes genoux ! »

Redrick tira la dernière bouffée et fourra le mégot dans une boîte d'allumettes.

« T'agite pas, Charognard, dit-il. On ne peut pas aller droit sur la ville. Il y a trois barrages, on se fera arrêter au moins une fois.

— Et alors ?

— Ils verront tes sabots et on sera cuit.

— Quoi, mes sabots ? On dira qu'on a pêché à la dynamite, que j'ai pris un coup sur les jambes, et voilà !

— Et s'ils te les tâtent ?

— Me les tâtent… Je pousserai un tel hurlement que ça leur fera passer à tout jamais l'envie de tâter les jambes à quelqu'un. »

Mais pour Redrick l'affaire était réglée. Il souleva le siège du conducteur, s'éclairant de sa lampe, ouvrit un couvercle secret et dit :

« Donne-moi la gratte. »

Le réservoir à essence sous le siège était faux : Redrick prit le sac et le fourra à l'intérieur, entendant le contenu qui tintait.

« Je ne peux pas prendre de risques, marmonna-t-il. Je n'en ai pas le droit. »

Il remit le couvercle à sa place, y jeta des chiffons en vrac et rabattit le siège. Barbridge grognait, exigeait plaintivement qu'on se dépêche, promettait de nouveau la Boule d'or, mais s'agitait inlassablement sur place, scrutant, inquiet, l'obscurité qui se dissipait. Redrick n'y prêtait aucune attention. Il éventra le sac en plastique plein d'eau et de poissons, versa cette eau sur l'attirail de pêche posé au fond de l'habitacle et mit les poissons qui frétillaient dans un sac de grosse toile. Il plia le sachet en plastique et le fourra dans la poche de sa combinaison. À présent, tout était en ordre : deux pêcheurs revenaient d'une pêche pas trop fructueuse. Il se mit au volant et démarra.

Il roula jusqu'au tournant sans allumer les phares. À sa gauche, il y avait un mur solide de trois mètres de hauteur qui encerclait la Zone, à droite, des buissons, de petits bois clairsemés, parfois des cottages abandonnés avec des fenêtres obstruées de planches et les murs écaillés. Redrick voyait bien dans le noir ; l'obscurité n'était plus aussi dense, et pour tout arranger, il savait ce qui l'attendait devant. D'ailleurs, c'est pour cela qu'il ne freina même pas lorsque apparut devant lui une silhouette voûtée marchant d'un pas mesuré. Il se pencha juste sur le volant. L'AUTRE déambulait en plein milieu de la chaussée et, comme eux tous, se dirigeait vers la ville. Redrick le dépassa, serrant à gauche, puis écrasa l'accélérateur.

« Vierge Marie ! marmonna Barbridge. Rouquin, t'as vu ça ?

— Oui, dit Redrick.

— Seigneur !... C'est la seule chose qui nous manquait ! » bredouilla Barbridge, et il se mit soudain à réciter à haute voix une prière.

« Ta gueule ! » lui cria Redrick.

Le tournant devait être tout proche. Redrick ralentit, scrutant la ligne de maisonnettes et de haies penchées qui s'étirait à sa droite. Un vieux transformateur... un poteau étayé... une petite passerelle pourrie au-dessus du caniveau. Redrick tourna. La voiture bondit sur une bosse.

« Où vas-tu ? hurla sauvagement Barbridge. Tu vas me bousiller les jambes, ordure ! »

Redrick se tourna rapidement et frappa à toute volée le vieillard au visage, sentant du dos de la main sa joue mal rasée. Barbridge s'étrangla et se tut. La voiture sautait, ses roues dérapaient sans arrêt dans la boue fraîche après la pluie nocturne. Redrick alluma les phares. La lumière blanche, qui bondissait, éclaira d'anciennes traces de roues avec de l'herbe qui poussait dedans, des flaques d'eau énormes, des haies pourries, bancales. Barbridge pleurait, reniflant et se mouchant. Il ne promettait plus rien à présent, il se plaignait et menaçait, mais à voix très basse, inintelligible, aussi Redrick n'entendait-il que des mots isolés. Quelque chose à propos de ses jambes, de ses genoux, du bel Archie... Puis il se tut.

Le village longeait la lisière ouest de la ville. Autrefois, il y avait des pavillons, des potagers, des jardins fruitiers, les résidences d'été des autorités de la ville et des administrateurs de l'usine. Des endroits verts, gais, de petits lacs avec des plages de sable propre, des boulaies clairsemées, des étangs où on élevait des carpes. La puanteur de l'usine, ses fumées âcres n'y arrivaient jamais, pas plus, d'ailleurs, que la canalisation de la ville. À présent, c'était abandonné, oublié, et tout au long de leur trajet, ils ne virent qu'une maison habitée : une petite fenêtre aux rideaux tendus irradiait une lumière jaune ; le linge mouillé par la pluie pendait sur les cordes ; un chien énorme, s'étranglant de rage, bondit de côté et pendant un certain temps poursuivit la voiture dans des tourbillons de boue jaillissant sous les roues.

Redrick franchit prudemment un vieux petit pont penché et, lorsqu'il aperçut devant lui le tournant pour la route de l'Ouest, il arrêta la voiture puis descendit sans se retourner vers Barbridge et avança, les mains frileusement enfoncées dans les poches humides de sa combinaison. Il faisait déjà complètement jour. Autour tout était mouillé, silencieux, endormi. Il arriva jusqu'à la chaussée et jeta un coup d'œil prudent de derrière les buissons. D'ici on voyait bien le barrage de police : une petite caravane, trois lucarnes illuminées ; la voiture de patrouille était rangée sur le bord du chemin, personne ne s'y trouvait. Pendant un certain temps, Redrick resta debout à regarder. Sur le barrage — aucun mouvement. Les membres de la patrouille avaient sans doute eu froid la nuit, ils étaient éreintés et maintenant ils devaient se réchauffer dans leur caravane : ils somnolaient, la cigarette collée à la lèvre inférieure. « Les crapauds », dit Redrick à mi-voix. Il vérifia la présence de son coup-de-poing dans sa poche, glissa les doigts dans les trous ovales, serra le métal froid dans sa main et, toujours frileusement voûté, sans sortir les mains des poches, rebroussa chemin. La Land Rover, un peu penchée, était garée dans des buissons. L'endroit était perdu, oublié ; personne n'avait dû y mettre les pieds depuis une bonne dizaine d'années.

Quand Redrick s'approcha de la voiture, Barbridge se souleva et le regarda, la bouche entrouverte. À cet instant, il paraissait encore plus vieux que d'habitude : ridé, chauve, couvert de poils sales, avec les dents pourries. Pendant un temps, ils se regardèrent silencieusement, puis, soudain, Barbridge marmonna :

« Je te donnerai la carte… tous les pièges, tous… Tu la trouveras tout seul. Tu ne regretteras pas… »

Redrick l'écoutait sans bouger, puis desserra les doigts, relâchant le coup-de-poing dans sa poche, et dit :

« Bon. Ton affaire, c'est de rester évanoui, compris ? Gémis et ne laisse personne te toucher. »

Il prit le volant, mit le moteur en marche et démarra.

Tout se passa bien. Personne ne sortit de la caravane lorsque la Land Rover, respectant soigneusement les signes et les panneaux, passa lentement devant, puis, augmentant sans arrêt sa vitesse, fila vers la ville par la périphérie sud. Il était six heures du matin, les rues étaient vides, l'asphalte mouillé et noir, les feux rouges solitaires aux carrefours faisaient de l'œil en vain. Ils dépassèrent le fournil avec ses fenêtres hautes, brillamment éclairées, et Redrick reçut la vague d'une odeur tiède, extraordinairement agréable.

« J'ai envie de bouffer », dit Redrick, et, détendant ses muscles ankylosés par la tension, il s'étira, les mains appuyées contre le volant.

« Comment ? demanda Barbridge d'un ton apeuré.

— Je dis que j'ai envie de bouffer… Où est-ce que je te dépose ? Chez toi ou directement chez Boucher ?

— Chez Boucher, fonce chez Boucher ! » marmonna rapidement Barbridge, s'élançant en avant. Sa respiration fiévreuse, chaude atteignit la nuque de Redrick. « Droit chez lui ! Vas-y tout droit ! Il me doit encore sept cents billets… Vas-y plus vite que ça, qu'est-ce que t'as à ramper comme une limace crevée ! » Brusquement, il se mit à jurer avec impuissance et méchanceté, crachant des mots noirs, sales, projetant de la salive, s'étranglant dans des rafales de toux.

Redrick ne lui répondit pas. Il n'avait ni le temps ni la force d'apaiser Charognard déchaîné. Il fallait en finir vite avec tout ça et aller dormir ne serait-ce qu'une heure, ne serait-ce qu'une demi-heure avant le rendez-vous au Métropole. Il tourna dans la Seizième Rue, passa deux pâtés de maisons et s'arrêta devant un hôtel particulier en pierre grise d'un étage. C'est Boucher en personne qui lui ouvrit ; apparemment, il venait de se lever et se préparait à passer dans la salle de bains.

Il portait une robe de chambre somptueuse aux franges dorées. Il tenait un verre avec son dentier dedans. Ses cheveux étaient ébouriffés, des poches sombres alourdissaient ses yeux troubles.

« Ah ! fit-il. Rouquin ? Qu'as-tu tonc à me dire ?

— Enfile tes dents et viens avec moi, dit Redrick.

— Oui », répliqua Boucher qui fit un mouvement de tête invitant Redrick dans le hall et se dirigea vers la salle de bains d'un pas étonnamment rapide, raclant le plancher de ses mules persanes.

« Qui ? demanda-t-il de la salle de bains.

— Barbridge, répondit Redrick.

— Quoi ?

— Les jambes. »

Dans la salle de bains, l'eau coula, les ébrouements et le clapotement retentirent, quelque chose tomba et roula sur le carrelage. Redrick s'assit lourdement dans un fauteuil, sortit une cigarette et l'alluma, regardant autour de lui. Oui, pas mal, le hall ! Boucher ne regardait pas à la dépense. C'était un chirurgien très expérimenté et très à la mode, une lumière de la médecine non seulement en ville, mais dans tout l'État, et ce n'est certainement pas à cause de l'argent qu'il s'était mis en cheville avec des stalkers. Lui aussi se faisait payer par la Zone : en nature, en gratte variée qu'il utilisait pour sa médecine, en savoir. Il étudiait sur des stalkers estropiés des maladies, des difformités et des traumatismes inconnus jusque-là ; il se faisait payer en gloire : la gloire du premier médecin de la Terre à être spécialiste des maladies inhumaines chez les humains. Cela dit, il acceptait aussi l'argent.

« Quoi exactement, avec les jambes ? » demanda-t-il, sortant de la salle de bains, une énorme serviette-éponge sur l'épaule. Du bout de cette serviette, il essuyait soigneusement ses doigts longs et nerveux.

« Il s'est fourré dans la "gelée" », dit Redrick.

Boucher émit un sifflement.

« C'est donc la fin de Barbridge, marmonna-t-il. Dommage. C'était un sacré stalker.

— Ça ne fait rien, dit Redrick, se rejetant dans son fauteuil. Tu lui feras des prothèses. Avec ces prothèses, il cavalera encore dans la Zone.

— Bon », dit Boucher. Son visage était à présent tout à fait sérieux. « Attends, je vais m'habiller. »

Pendant qu'il s'habillait, qu'il téléphonait quelque part — probablement à sa clinique pour qu'on préparât la salle d'opération —, Redrick resta allongé, immobile dans le fauteuil, en train de fumer. Il ne bougea qu'une seule fois : pour sortir sa flasque. Il buvait à petites gorgées, parce qu'il n'en restait qu'un doigt, il tâchait de ne penser à rien. Il attendait simplement.

Puis, ensemble, ils sortirent. Redrick se mit au volant de la voiture, Boucher à côté de lui et aussitôt, se penchant par-dessus le dossier, il se mit à ausculter les jambes de Barbridge, ce dernier à présent silencieux et recroquevillé, marmonnant des paroles plaintives, jurant de couvrir d'or Boucher, évoquant sans cesse ses enfants et sa défunte femme, suppliant qu'on lui sauve ne serait-ce que les genoux. Ne retrouvant pas ses infirmiers devant l'entrée, Boucher jura, sauta de la voiture en marche et disparut derrière la porte. Redrick alluma une nouvelle cigarette et Barbridge prononça soudain d'une voix claire et nette, comme s'il s'était définitivement calmé :

« Tu avais envie de me tuer. Je m'en souviendrai.

— Mais je ne t'ai pas tué », dit Redrick, indifférent.

« Non, tu ne m'as pas tué… » Barbridge se tut. « Ça non plus, je ne l'oublierai pas.

— Bon, n'oublie pas, dit Redrick. Toi, bien sûr, tu ne m'aurais pas tué… » Il se tourna et regarda Barbridge. Le vieillard avait la bouche tordue, ses lèvres desséchées étaient parcourues de tics. « Tu m'aurais simplement laissé tomber, dit Redrick. Tu m'aurais abandonné dans la Zone, ni vu ni connu. Comme Binoclard.

— Binoclard est mort tout seul, protesta sombrement Barbridge. Je n'y suis pour rien. Il s'est fait coincer.

— Tu es une ordure », dit Redrick avec indifférence, se détournant de lui. « Charognard. »

Des infirmiers endormis, ébouriffés, jaillirent de l'entrée et, dépliant un brancard en courant, se précipitèrent vers la voiture. Tirant de temps à autre sur sa cigarette, Redrick regardait avec quelle habileté ils avaient sorti Barbridge, l'avaient couché sur le brancard et porté vers l'entrée. Barbridge, allongé immobile, les bras croisés sur la poitrine, regardait le ciel d'un air détaché. Ses pieds énormes, cruellement mangés par la « gelée » étaient tournés d'une façon étrange, anormale.

Il était le dernier des vieux stalkers, de ceux qui avaient commencé la chasse aux trésors extraterrestres aussitôt après la Visite, quand la Zone ne s'appelait pas encore la Zone, quand il n'y avait ni instituts, ni mur, ni forces de police de l'ONU, quand la ville était paralysée d'horreur, tandis que le reste du monde ricanait du dernier canular des journalistes. Redrick avait alors dix ans, Barbridge était un homme fort et agile, il adorait boire aux dépens d'un autre, se bagarrer et peloter dans un coin une nana imprudente. À l'époque, ses propres enfants ne l'intéressaient absolument pas. Il était déjà une ordure, car, une fois ivre, il battait sa femme avec une volupté ignoble, bruyamment, pour que tout le monde fût témoin… Vint le jour où elle ne s'en était pas remise.

Redrick fit demi-tour et, sans prêter attention aux feux, fonça tout droit chez lui, à la maison, en faisant aboyer le klaxon contre les rares passants, en coupant les virages.

Il s'arrêta devant le garage et, lorsqu'il sortit de la voiture, vit le gérant qui s'approchait de lui du côté du petit square. Comme toujours, le gérant était de mauvaise humeur, son visage fripé aux yeux bouffis exprimait le comble de la répugnance, comme s'il ne marchait pas sur de la terre, mais sur du fumier liquide.

« Bonjour », lui dit Redrick poliment.

Le gérant s'arrêta à deux pas de lui et pointa son pouce par-derrière son épaule.

« C'est votre travail ? » demanda-t-il en marmonnant. On voyait que c'étaient ses premières paroles depuis la veille.

« De quoi parlez-vous ?

— Cette balançoire… C'est vous qui l'avez installée ?

— Oui.

— Pour quoi faire ? »

Sans répondre, Redrick alla vers la porte du garage et se mit à l'ouvrir. Le gérant le suivit et s'arrêta derrière lui.

« Je vous demande pourquoi vous avez installé cette balançoire. Qui vous a prié de le faire ?

— Ma fille », dit Redrick très tranquillement. Il fit coulisser la porte.

« Je ne vous demande pas si c'est votre fille. » Le gérant haussa la voix. « Votre fille, c'est à part. Je vous demande qui vous a permis… Qui, en fait, vous a permis de disposer du square ? »

Redrick se tourna vers lui et pendant quelque temps resta immobile, scrutant la racine du nez pâle, striée de petites veines. Le gérant recula d'un pas et prononça d'un ton plus bas :

« Et ne repeignez pas le balcon. Combien de fois je vous ai dit…

— Vous vous fatiguez pour rien, fit Redrick. De toute façon, je ne déménagerai pas d'ici. »

Il retourna vers la voiture, monta et alluma le moteur. Les mains posées sur le volant, il vit du coin de l'œil que les jointures de ses doigts étaient blanches. Alors il se pencha par la vitre et, ne se retenant plus, dit :

« Mais si je suis quand même obligé de déménager, alors, fais ta prière, salaud. »

Il rentra la voiture dans le garage, ouvrit la lumière et referma les portes. Puis il extirpa du faux réservoir le sac de gratte, mit la voiture en ordre, fourra le sac dans un vieux panier, posa dessus son attirail de pêche encore humide, avec des brins d'herbe et des feuilles collés dessus et y jeta les poissons endormis que Barbridge avait achetés la veille au soir dans une sombre boutique de banlieue. Puis il inspecta la voiture encore une fois de tous les côtés, par simple habitude. Un mégot écrasé était collé contre le garde-boue arrière gauche. Redrick le décolla. La cigarette se révéla être suédoise. Redrick réfléchit et la fourra dans sa boîte d'allumettes qui contenait déjà trois mégots.

Dans l'escalier il ne rencontra personne. Il s'arrêta devant sa porte, et la porte s'ouvrit en grand avant qu'il eût le temps de sortir sa clé. Il entra de côté, tenant le panier terriblement lourd sous son bras, et plongea dans la chaleur familière, dans les odeurs familières de sa maison, tandis que

Gouta, lui encerclant le cou de ses bras, se figeait, le visage serré contre sa poitrine. Même à travers la combinaison et la chemise épaisse, il sentait les battements fous de son cœur. Il la laissait faire, il attendait patiemment qu'elle se détachât de lui, bien que ce fût précisément à ce moment qu'il comprit à quel point il était exténué.

« Bon », prononça-t-elle enfin d'une voix basse, un peu rauque. Elle le lâcha, alluma la lumière dans l'entrée et, sans se retourner, se dirigea vers la cuisine. « Je te fais un café, lui dit-elle de là.

— J'ai amené du poisson, dit-il d'un ton faussement enjoué. Fais frire tout, j'ai envie de bouffer à en crever ! »

Elle revint, en cachant son visage dans ses cheveux défaits ; il posa le panier par terre, l'aida à sortir le filet ; ensemble ils le portèrent à la cuisine et versèrent les poissons dans l'évier.

« Va te laver, dit-elle. Le temps que tu te laves, tout sera prêt.

— Comment va Ouistiti ? » demanda Redrick, s'asseyant et enlevant ses bottes.

« Elle a bavardé toute la soirée, répliqua Gouta. J'ai eu du mal à la coucher. Elle me poursuivait tout le temps. Où est papa, où est papa ? Comme si je pouvais lui sortir son papa de ma poche… »

Elle bougeait dans la cuisine, habilement, sans aucun bruit, forte, bien faite. L'eau bouillait déjà dans la marmite sur le feu, les écailles volaient de sous le couteau, le beurre grésillait dans la plus grande poêle et l'odeur exquise du café frais se répandait dans l'air.

Redrick se leva, pieds nus, revint dans l'entrée, prit le panier et le porta dans le cagibi. Puis il jeta un coup d'œil dans la chambre à coucher. Ouistiti roupillait paisiblement, sa couverture rejetée pendait par terre, sa chemisette avait remonté, elle était là, offerte à ses yeux : petit animal en train de dormir en soufflant. Redrick ne se retint pas et caressa le dos couvert de petits poils doux, dorés, en s'étonnant pour la millième fois de voir à quel point ce pelage était soyeux et long. Il avait très envie de prendre Ouistiti dans ses bras, mais il eut peur de la réveiller, en plus, il était fichtrement sale, imbibé de Zone et de mort. Il regagna la cuisine, se mit à table et dit :

« Fais-moi un petit café. J'irai me laver après. »

La pile du courrier du soir était posée sur la table. Le *Journal de Harmont*, les magazines *Athlète, Playboy* — il y avait un tas de magazines — ainsi qu'un des « Rapports » de l'Institut international des cultures extraterrestres, le numéro 56, épais, sous couverture grise. Redrick reçut des mains de Gouta la tasse de café fumant et s'approcha du « Rapport ». Des gribouillis, de drôles de signes, des schémas... en photo, des objets familiers vus sous des angles bizarres. Ils publiaient un autre article posthume de Kirill : « Une propriété inattendue des pièges magnétiques de type 66 b ». Le nom de « Panov » était dans un cadre noir avec, en bas, en petits caractères, une note : « Docteur es sciences Kirill A. Panov, URSS, tragiquement disparu lors d'une expérience scientifique au mois d'avril 2019... » Redrick repoussa les magazines, but une gorgée de café qui lui brûla la gorge et demanda :

« Est-ce que quelqu'un est venu me voir ?

— Cirage », dit Gouta après un court silence. Elle se tenait devant la cuisinière et le regardait. « Il était beurré comme une tartine et je l'ai éconduit.

— Et Ouistiti ?

— Évidemment qu'elle ne voulait pas le laisser partir. Elle s'était déjà préparée à pleurnicher, mais je lui ai dit qu'oncle Cirage se sentait mal. Et elle, elle m'a répondu sur un ton très compréhensif : "Cirage s'est encore cuité !" »

Redrick sourit et but encore une gorgée. Puis il demanda :

« Et les voisins ? »

Une fois de plus, Gouta attendit un peu avant de répondre.

« Comme d'habitude, finit-elle par dire.

— Bon, ne raconte pas.

— Ah ! dit-elle en faisant un geste écœuré. Cette nuit la bobonne d'en bas a tapé à la porte. Les yeux gros comme des soucoupes, l'écume à la bouche. Qu'est-ce qu'on a à scier en pleine nuit dans la salle de bains ?

— Salope, dit Redrick entre ses dents. Écoute, peut-être vaut-il mieux partir pour de bon ? On s'achètera une maison dans une banlieue où personne n'habite, une villa abandonnée…

— Et Ouistiti ?

— Mon Dieu, dit Redrick. À nous deux, n'arriverons-nous pas à faire en sorte qu'elle soit bien ? »

Gouta secoua la tête.

« Elle aime les enfants. Eux aussi, ils l'aiment. Ce n'est pas leur faute si…

— Oui, proféra Redrick. Ce n'est sûrement pas leur faute.

— De quoi parlons-nous ? dit Gouta. Quelqu'un t'a téléphoné. Il ne s'est pas nommé. J'ai dit que tu étais à la pêche. »

Redrick posa son bol et se leva.

« Bon, dit-il. Je vais quand même aller me laver. J'ai encore une montagne de choses à faire. »

Il s'enferma dans la salle de bains, jeta ses vêtements dans le bac à linge, posa sur une petite étagère le coup-de-poing, le reste des boulons, les cigarettes et autres fonds de poche. Longtemps, il se retourna sous une douche bouillante, grogna, se frotta le corps d'un gant rêche jusqu'à ce que sa peau devînt cramoisie, puis arrêta la douche, s'assit sur le bord de la baignoire et alluma une cigarette. L'eau glougloutait dans les tuyaux, sa femme faisait tinter la vaisselle dans la cuisine, le poisson frit se fit sentir. Gouta frappa à la porte et lui tendit du linge propre.

« Viens vite, ordonna-t-elle. Le poisson va être froid. »

Elle avait déjà complètement récupéré et s'était de nouveau mise à le commander. En souriant, Redrick s'habilla, c'est-à-dire qu'il enfila son slip et son maillot, et, ainsi vêtu, regagna la cuisine.

« Voilà, maintenant on peut manger, dit-il en s'installant.

— Tu as mis le linge dans le bac ? demanda Gouta.

— Oui, marmonna-t-il, la bouche pleine. Qu'est-ce qu'il est bon, ce poisson !

— Tu as versé de l'eau dessus ?

— Non... Je vous demande pardon, sir, je ne le ferai plus jamais, sir... Ah ! laisse tomber, tu as tout ton temps, reste assise ! »

Il la saisit par la main et essaya de l'asseoir sur ses genoux, mais elle s'échappa et se mit à table en face de lui.

« Tu dédaignes ton mari », dit Redrick, de nouveau la bouche pleine. « Ainsi, je te dégoûte.

— Quel mari es-tu à présent ? dit Gouta. Tu es un sac vide, pas un mari. Il faut d'abord te bourrer.

— Et qui sait ? dit Redrick. Il arrive bien des miracles !

— Curieusement, je n'ai jamais vu de miracles pareils de ta part. Tu as peut-être envie de boire un coup ? »

Indécis, Redrick joua avec sa fourchette.

« Pas vraiment », prononça-t-il. Il regarda sa montre et se leva. « Je vais y aller maintenant. Prépare mon costume du dimanche. Je veux être sur mon trente et un. Une chemise, une cravate... »

Marchant bruyamment, avec délices, de ses pieds nus et propres sur le plancher frais, il entra dans le cagibi et ferma la porte avec le loquet. Puis il passa un tablier de caoutchouc, enfila jusqu'aux coudes des gants de caoutchouc et se mit à décharger le sac sur la table. Deux « creuses ». Une boîte d'« épingles ». Neuf « batteries ». Trois « bracelets ». Et encore un anneau genre « bracelet » mais en métal blanc, plus léger, et de trente millimètres environ de diamètre en plus. Seize « éclaboussures noires » dans un sachet de polyéthylène. Deux « éponges » merveilleusement bien conservées, de la taille d'un poing. Trois « zinzines ». Un pot d'« argile gazeuse ». Dans le sac il restait encore un lourd conteneur en porcelaine, soigneusement emballé dans de la laine de verre, mais Redrick n'y toucha pas. Il sortit une cigarette et se mit à fumer en examinant le magot étalé sur la table.

Puis il ouvrit un tiroir, en sortit une feuille de papier, un bout de crayon et un boulier. La cigarette coincée au coin de la bouche, les yeux plissés à cause de la fumée, il inscrivait chiffre sur chiffre, alignant tout sur trois colonnes ; il fit la somme des deux premières. La valeur totale s'annonçait considérable. Il écrasa son mégot dans le cendrier, ouvrit prudemment la boîte et versa les « épingles » sur du papier. Dans la lumière électrique les « épingles » avaient des reflets bleus et de temps en temps faisaient jaillir des couleurs spectrales pures : jaune, rouge, verte. Il en prit une et avec prudence, pour ne pas se piquer, la serra entre le pouce et l'index. Puis il éteignit la lumière et attendit un peu, s'habituant à l'obscurité. Mais l'« épingle » se taisait. Il la mit de côté, en prit à tâtons une autre et la serra entre ses doigts. Rien. Il serra plus fort, risquant de se piquer, et l'« épingle » parla : de faibles lueurs rouges la parcoururent et, soudain, elles cédèrent leur place à des lueurs plus espacées, vertes. Pendant quelques secondes, Redrick admira le jeu étrange de ces petits feux qui, comme il l'avait appris dans les « Rapports », devait signifier quelque chose, peut-être quelque chose de très important, de tout à fait primordial, puis il posa l'« épingle » loin de la première et prit la suivante...

Au total, il découvrit soixante-treize « épingles », dont douze parlaient ; les autres se taisaient. En réalité, elles devaient parler elles aussi, mais les doigts ne leur suffisaient pas, il leur fallait un dispositif spécial aux dimensions d'une table. Redrick ralluma la lumière et ajouta encore deux chiffres à ceux qui étaient déjà écrits. Après seulement il se décida.

Il fourra ses deux mains dans le sac et, en retenant son souffle, en extirpa un paquet mou, qu'il posa sur la table. Pendant quelque temps, il regarda ce paquet, en se frottant pensivement le menton du dos de la main. Puis, il prit son crayon, le tourna entre ses doigts maladroits gantés de caoutchouc et le rejeta. Il sortit encore une cigarette et, sans quitter le paquet des yeux, la fuma entièrement.

« Que diable ! » dit-il à haute voix. Il prit le paquet d'un geste résolu et le fourra dans le sac. « Fini. Terminé. »

Il remit rapidement les « épingles » dans la boîte et se leva. Il était temps d'y aller. Il aurait probablement dû dormir une petite demi-heure pour que sa tête devînt plus lucide, mais il était beaucoup plus utile d'arriver sur place plus tôt pour voir comment les choses se présentaient. Il enleva ses gants, accrocha le tablier et, sans éteindre la lumière, quitta le cagibi.

Son costume était déjà posé sur le lit et Redrick se mit à s'habiller. Il était en train de nouer la cravate devant la glace quand, dans son dos, les planches du parquet grincèrent doucement et un souffle enjoué retentit. Il se composa un visage maussade pour ne pas éclater de rire.

« Hou ! » cria soudain à côté de lui une petite voix, et on le saisit par la jambe.

« Ah ! » fit Redrick en tombant évanoui sur le lit.

Riant et glapissant, Ouistiti grimpa immédiatement sur lui. Elle le piétinait, lui tirait les cheveux, l'inondait d'un flot de nouvelles. Le voisin Willy avait arraché une jambe à la poupée. Au deuxième étage il y avait à présent un chaton blanc aux yeux rouges, c'est sûr qu'il n'avait pas écouté sa maman et était allé dans la Zone. Pour le dîner il y avait eu du porridge avec de la confiture. Oncle Cirage s'était encore cuité et était malade, même qu'il pleurait. Pourquoi les poissons ne coulent pas quand ils sont dans l'eau ? Pourquoi la nuit maman n'avait pas dormi ? Pourquoi on a cinq doigts, mais seulement deux mains et un seul nez ?... Redrick étreignait prudemment la petite créature chaude qui rampait sur lui, scrutait ses yeux immenses, entièrement sombres, sans blancs. Il écrasait sa joue contre la petite joue rebondie, couverte d'un duvet doré et soyeux, et il répétait :

« Ouistiti… Mon petit Ouistiti… Mon petit Ouistiti à moi… »

Le téléphone sonna bruyamment au-dessus de son oreille. Il tendit la main et décrocha.

« Oui. »

Le récepteur se taisait.

« Allô ! dit Redrick. Allô ! »

Personne ne répondit. Puis le récepteur émit un déclic et des sonneries brèves retentirent. Redrick se leva, posa Ouistiti par terre et, ne l'écoutant plus, enfila son pantalon et sa veste. Ouistiti jacassait sans répit, mais à présent Redrick souriait distraitement, de la bouche seulement, aussi lui déclara-t-on que papa avait avalé sa langue et mangé ses dents, et on le laissa en paix.

Il alla au cagibi, remplit sa sacoche des objets posés sur la table, courut à la salle de bains chercher son coup-de-poing, prit la sacoche d'une main, le panier avec le sac de l'autre, sortit, referma soigneusement à clé la porte du cagibi et cria à Gouta : « J'y vais !

— Quand est-ce que tu reviens ? » demanda sa femme, sortant de la cuisine. Elle était déjà coiffée et maquillée, à la place du peignoir elle portait une robe d'hôtesse, celle qu'il aimait le plus, d'un bleu vif, au décolleté profond.

« Je t'appellerai », dit-il en la regardant. Puis il s'approcha, se pencha et lui donna un baiser dans le décolleté.

« Vas-y alors…, dit Gouta à voix basse.

— Et moi ? Tu vas m'embrasser, moi ? » glapit Ouistiti, en se faufilant entre eux.

Redrick dut se pencher un peu plus. Gouta le regardait, les yeux fixes.

« Sornettes, dit-il. Ne t'inquiète pas. Je t'appellerai. »

Sur le palier de l'étage inférieur, Redrick vit un homme lourd vêtu d'un pyjama à rayures qui tripotait la serrure de sa porte. Une odeur chaude et aigre s'échappait du sombre tréfonds de l'appartement. Redrick s'arrêta et dit :

« Bonjour. »

L'homme lourd lui jeta un regard apeuré pardessus son épaule massive et grommela quelque chose.

« Votre épouse est venue nous voir cette nuit, dit Redrick. Soi-disant que nous sciions quelque chose. C'est un malentendu.

— En quoi ça me regarde ? marmonna l'homme au pyjama.

— Ma femme a fait la lessive hier, continua Redrick. Si nous vous avons dérangés, je vous demande de nous excuser.

— Moi, je n'ai rien dit, prononça l'homme au pyjama. Je vous en prie…

— Eh bien, vous m'en voyez ravi », dit Redrick.

Il descendit, entra au garage, posa le panier avec le sac dans un coin, jeta par-dessus un vieux siège, regarda tout pour la dernière fois et sortit dans la rue.

Il n'avait pas beaucoup de chemin à faire — deux pâtés de maisons jusqu'à la place, puis le parc à traverser et encore un pâté de maisons jusqu'à l'avenue Centrale. Devant le Métropole, comme d'habitude, étincelaient le nickel et le vernis de la file multicolore des voitures. Des porteurs en veste cramoisie traînaient des valises dans l'entrée, des gens sérieux, apparemment étrangers, conversaient par petits groupes de deux ou trois, tout en fumant des cigares, sur l'escalier en marbre. Redrick décida de ne pas y aller tout de suite. Il s'installa sous la tente d'un petit bar de l'autre côté de la rue, demanda un café et alluma une cigarette. À deux pas de lui, à la table voisine, il vit trois fonctionnaires d'Interpol, en civil. En silence, rapidement, ils engloutissaient des saucisses grillées à la harmontoise et buvaient de la bière sombre dans de hautes chopes de verre. De l'autre côté, à dix pas de lui, un sergent dévorait d'un air lugubre des pommes de terre frites, la fourchette serrée dans son poing. Son casque bleu était posé par terre à l'envers près de sa chaise, le ceinturon avec son étui pendait sur le dossier. C'étaient les seuls clients du bar. La serveuse, une inconnue âgée, se tenait à l'écart et de temps en temps bâillait, en cachant délicatement de sa main ses lèvres peintes. Il était neuf heures moins vingt.

Redrick vit Richard Nounane sortir de l'hôtel, la bouche encore pleine, en enfonçant un chapeau mou sur sa tête. Il dégringola énergiquement l'escalier — petit, potelé, rose, tellement prospère, tellement bien organisé, lavé de frais, fermement convaincu que la journée à venir ne lui apporterait aucun ennui. Il fit un signe de la main à quelqu'un, jeta son imperméable replié par-dessus son épaule droite et s'approcha de sa Peugeot. La Peugeot de Dick était, elle aussi, ronde, courte, lavée de frais et paraissait également sûre qu'aucun ennui ne la menaçait.

En se cachant le visage de la main, Redrick regardait Nounane s'installer au volant d'un air affairé, mettre quelque chose sur le siège arrière, se pencher pour prendre un objet, rajuster le rétroviseur. Puis la Peugeot lâcha une petite fumée bleue, klaxonna au nez d'un Africain en burnous et se mit à rouler allégrement. De toute évidence, Nounane se dirigeait vers l'Institut, donc il devait contourner la fontaine et passer devant le café. Il était déjà trop tard pour se lever et partir, et Redrick se borna à cacher complètement son visage derrière sa main et se pencha au-dessus de sa tasse. Mais cela ne l'aida pas. La Peugeot klaxonna juste contre son oreille, les freins grincèrent légèrement et la voix énergique de Nounane l'appela :

« Hé ! Shouhart ! Red ! »

Étouffant un juron, Redrick leva la tête. Nounane se dirigeait déjà vers lui, en tendant la main. Il rayonnait d'amabilité.

« Qu'est-ce que tu fabriques ici aux aurores ? » demanda-t-il, une fois proche. « Merci, madame, lança-t-il à la serveuse. Merci, je ne veux rien… » Et de nouveau, à Redrick : « Ça fait cent ans que je ne t'ai pas vu. Où te caches-tu ? Que fais-tu ?

— Ah ! des choses…, dit Redrick à contrecœur. Des bêtises la plupart du temps. »

Il observait Nounane qui s'installait sur la chaise d'en face avec son air habituel, agité et affairé, repoussait de ses petites mains potelées un verre avec des serviettes en papier d'un côté, une assiette où il y avait eu des sandwiches de l'autre, et il l'écoutait jacasser amicalement.

« Tu as l'air crevé, tu ne dors pas assez ou quoi ? Tu sais, ces derniers temps, moi aussi, j'ai été pris à la gorge par un nouvel équipement automatique, mais question sommeil, non, mon pote, pour moi le sommeil passe avant tout, qu'il aille au diable, cet équipement... » Soudain, il regarda autour de lui. « Excuse-moi, peut-être que tu attends quelqu'un ? Je ne te dérange pas ?

— Mais non..., dit mollement Redrick. Simplement, j'avais du temps et je me suis dit : je vais prendre une tasse de café.

— Tu sais, je ne te retiendrai pas longtemps », fit Dick, et il regarda sa montre. « Écoute, Red, laisse tomber tes bêtises, reviens à l'Institut. Tu sais bien qu'ils te reprendront tout de suite. Tu veux travailler avec un autre Russe ? Il y en a un qui vient juste d'arriver... »

Redrick secoua la tête.

« Non, dit-il. Il n'y a pas encore de deuxième Kirill... Et puis, je n'ai rien à faire dans votre Institut. Vous avez maintenant plein d'appareils automatiques, c'est les robots qui vont dans la Zone, il faut comprendre que c'est aussi les robots qui touchent la prime... Quant aux trois sous que gagne un laborantin, ils ne me suffiront même pas pour mes cigarettes.

— On pourrait t'arranger ça, protesta Nounane.

— Je n'aime pas qu'on m'arrange les choses,

dit Redrick. Je me suis toujours arrangé tout seul et j'ai l'intention de continuer.

— Tu es devenu fier », dit Nounane, désapprobateur.

« Je ne suis pas du tout fier. Ce qu'il y a, c'est que je n'aime pas compter l'argent.

— Eh bien, tu as raison », dit Nounane distraitement. Il lança un regard indifférent sur la sacoche de Redrick, posée sur la chaise à côté, frotta du doigt la plaque d'argent aux caractères cyrilliques gravés. « C'est vrai : l'homme a besoin d'argent, pour ne jamais y penser… C'est un cadeau de Kirill ? demanda-t-il, en montrant la sacoche.

— Un héritage, dit Redrick. Pourquoi ne te voit-on pas au Bortch ces derniers temps ?

— Disons que c'est toi qu'on n'y voit pas, protesta Nounane. Moi, j'y déjeune presque tous les jours, parce qu'ici, au Métropole, chaque steak haché te coûte la peau du dos… Écoute, dit-il soudain. Comment ça va question argent ?

— Tu voudrais m'en emprunter ? demanda Redrick.

— Non, l'inverse.

— Donc, m'en prêter…

— J'ai du travail à te proposer, dit Nounane.

— Ô Seigneur ! dit Redrick. Toi aussi !

— Qui d'autre en a ? demanda aussitôt Nounane.

— C'est que vous êtes plusieurs… employeurs. »

Comme s'il venait maintenant seulement de le comprendre, Nounane rit.

« Mais non, cela ne concerne pas ta profession principale.

— Laquelle, alors ? »

Nounane regarda de nouveau sa montre.

« Voilà ce que je vais te dire, prononça-t-il en se levant. Viens aujourd'hui au Bortch à l'heure du déjeuner, vers deux heures. On parlera.

— Il se peut que je n'aie pas le temps de venir vers deux heures, dit Redrick.

— Alors le soir, vers six heures. Ça te va ?

— On verra », dit Redrick qui regarda aussi sa montre.

Il était neuf heures moins cinq.

Nounane lui fit un signe de la main et s'en fut vers sa Peugeot. Redrick l'accompagna des yeux, appela la serveuse, demanda un paquet de Lucky Strike, régla et, prenant la sacoche, se dirigea sans se presser vers l'hôtel en traversant la rue. Le soleil chauffait déjà bien. La rue devenait rapidement humide, étouffante, et Redrick en ressentit la brûlure sous les paupières. Il plissa fortement les yeux, regrettant de n'avoir pas eu le temps de dormir, ne serait-ce qu'une petite heure, avant cette affaire importante. Et c'est là qu'il l'encaissa de plein fouet.

Une chose pareille ne lui était encore jamais arrivée en dehors de la Zone, et même dans la Zone il ne l'avait vécue que deux ou trois fois. Ce fut comme si soudain il s'était retrouvé dans un autre monde. Des millions d'odeurs se ruèrent d'un seul coup sur lui, des odeurs fortes, sucrées, métalliques, tendres, dangereuses, inquiétantes, immenses comme des maisons, minuscules comme des brins de poussière, grossières comme des pavés, fines et complexes comme des mouvements d'horlogerie. L'air se durcit ; à présent, il possédait des facettes, des angles, comme si l'espace s'était empli d'énormes boules rêches, de pyramides glissantes, de cristaux gigantesques et piquants. Redrick était obligé de se propulser à travers tout ça comme dans un rêve, à travers une boutique de vieilleries bourrée de monstrueux meubles anciens… Cela dura un instant. Il ouvrit les yeux et tout disparut. Ce n'était pas un autre monde, c'était son ancien monde familier qui avait tourné vers lui sa face inconnue ; cette face s'ouvrit à ses yeux l'espace d'un instant et se referma, de nouveau close, avant qu'il eût le temps de comprendre ce que c'était…

Un klaxon énervé retentit au-dessus de son oreille. Redrick accéléra le pas, puis se mit à courir et ne s'arrêta que devant le mur du Métropole. Son cœur battait à tout rompre. Il posa sa sacoche sur l'asphalte, ouvrit rapidement son paquet de cigarettes, en alluma une. Il avalait profondément les bouffées de tabac, se reposant comme après une bagarre ; un policier s'arrêta et lui demanda, l'air préoccupé :

« Puis-je vous aider, monsieur ?

— N-non », réussit à articuler Redrick, qui s'éclaircit la voix. « Il fait lourd…

— Voulez-vous que je vous raccompagne ? » Redrick se pencha et ramassa sa sacoche.

« C'est fini, dit-il. Tout va bien, l'ami. Merci. »

D'un pas rapide, il se dirigea vers l'entrée, monta les marches et pénétra dans le hall. Ici il faisait frais, sombre, chaque son retentissait distinctement. Il aurait aimé s'asseoir dans un de ces énormes fauteuils en cuir, récupérer, reprendre son souffle, mais il était déjà en retard. Il ne s'autorisa qu'à terminer sa cigarette, examinant la foule de ses yeux à moitié fermés. Le Décharné était déjà là ; d'un air irrité, il fouillait dans les magazines du kiosque à journaux. Redrick jeta le mégot dans un cendrier à pied et monta dans l'ascenseur.

Il n'eut pas le temps de fermer la porte : suivirent un gros homme à la respiration asthmatique, une dame solidement parfumée accompagnée d'un garçon bourru qui mâchait du chocolat et une énorme vieille au menton mal rasé. Redrick fut coincé dans un angle. Il ferma les yeux pour ne pas voir le garçon — sur son menton coulait de la salive pleine de chocolat, mais son visage était frais, net, sans un seul poil — pour ne pas voir sa mère dont la maigre poitrine s'ornait d'un sautoir de grosses « éclaboussures noires » montées sur argent... et pour ne pas voir le blanc des yeux écarquillés, sclérosés du gros homme, ni les verrues terrifiantes sur la gueule enflée de la vieille. Le gros tenta d'allumer une cigarette, mais la vieille lui rabattit le caquet et continua jusqu'au quatrième étage où elle dégoulina de l'ascenseur ; dès qu'elle eut dégouliné, le gros alluma quand même sa cigarette avec l'air d'avoir su protéger ses libertés de citoyen ; il se mit aussitôt à tousser, à s'étouffer, en sifflant et en râlant, en tendant ses lèvres comme un chameau et en poussant Redrick dans les côtes de son coude écarté par la souffrance.

Redrick descendit au septième étage et pour se défouler un peu il prononça avec application et à haute voix :

« Nique ta mère, vieille chipie mal rasée, baisée par le tousseur puant et chétif, avec le morveux baveux de chocolat… »

Puis il avança sur le tapis moelleux le long du couloir éclairé par la douce lumière de lampes cachées. Ici ça sentait le tabac cher, les parfums français, le vrai cuir étincelant des porte-monnaie bourrés à craquer, les petites femmes à cinq cents billets la nuit, les porte-cigarettes en or massif, toute cette camelote, toute cette moisissure ignoble qui avait poussé sur la Zone, qui buvait sur la Zone, qui bouffait et s'engraissait sur la Zone, qui se foutait de tout et plus particulièrement de ce qui arriverait lorsqu'elle serait repue et bourrée et que tout ce qui avait été dans la Zone se retrouverait dehors et se déposerait sur le monde. Redrick poussa sans frapper la porte de la chambre sept cent soixante-quatorze.

Rauque, assis sur la table près de la fenêtre, manipulait son cigare. Il portait encore un pyjama ; ses cheveux mouillés et clairsemés étaient cependant soigneusement peignés, avec une raie ; son visage malsain, enflé, était rasé de près.

« Ah ! déclara-t-il sans lever les yeux. L'exactitude est la politesse des rois. Bonjour, mon garçon ! »

Il finit de couper l'extrémité de son cigare, le prit à deux mains, l'approcha de sa moustache et y promena le nez d'un bout à l'autre.

« Où est donc notre bon vieux Barbridge ? » demanda-t-il, et il leva les yeux. C'étaient des yeux transparents, bleu ciel, angéliques.

Redrick posa la sacoche sur le divan, s'assit et sortit ses cigarettes.

« Barbridge ne viendra pas, dit-il.

— Ce bon vieux Barbridge », prononça Rauque. Il prit le cigare et l'approcha prudemment de sa bouche. « Les nerfs du vieux Barbridge lâchent… »

Ses yeux bleus et limpides ne quittaient pas Redrick et ne cillaient pas. Ils ne cillaient jamais. La porte s'entrouvrit et le Décharné se faufila dans la chambre.

« Qui était l'homme avec qui vous étiez en train de parler ? » demanda-t-il, encore sur le seuil.

« Ah ! bonjour », lui dit aimablement Redrick, en secouant la cendre par terre.

Le Décharné se fourra les mains dans les poches, s'approcha en faisant de grands pas de ses pieds énormes et tournés vers l'intérieur. Il s'arrêta devant Redrick.

« Nous vous l'avons déjà dit cent fois, prononça-t-il avec un air de reproche. Aucun contact avant le rendez-vous. Et vous, que faites-vous ?

— Je dis bonjour, répondit Redrick. Et vous ? »

Rauque rit, tandis que le Décharné, irrité, lançait :

« Bonjour, bonjour… » Il ne vrillait plus son regard chargé de reproches sur Redrick et se laissa choir à côté de lui sur le divan. « C'est interdit, dit-il. Vous comprenez ? Interdit !

— Alors, donnez-moi des rendez-vous là où je ne connais personne, dit Redrick.

— Ce garçon a raison, remarqua Rauque. C'est notre faute… Alors, qui était-ce ?

— Richard Nounane, dit Redrick. Il représente je ne sais quelles sociétés qui fournissent des équipements pour l'Institut. Il habite ici, à l'hôtel.

— Tu vois, c'est tout simple ! » dit Rauque au Décharné. Il prit sur la table un briquet gigantesque en forme de statue de la Liberté, l'examina d'un air dubitatif et le remit à sa place.

« Où est Barbridge ? demanda le Décharné, maintenant très amical.

— Barbridge est cuit », dit Redrick.

Les deux autres se regardèrent rapidement.

« Que son âme repose en paix, dit Rauque, tendu. Ou alors, vous voulez dire qu'il a été arrêté ? »

Pendant quelque temps Redrick ne répondit pas, terminant sa cigarette à lentes bouffées. Puis il jeta le mégot par terre et dit :

« N'ayez pas peur, tout est net. Il est à l'hôpital.

— Tu appelles ça "net" ? » dit le Décharné nerveusement. Il bondit sur ses pieds et alla vers la fenêtre. « Dans quel hôpital ?

— N'ayez pas peur, répéta Redrick. Il est dans l'hôpital qu'il faut. Parlons affaires, j'ai sommeil.

— Quel hôpital précisément ? demanda le Décharné, agacé.

— Vous pouvez toujours attendre que je vous le dise », répliqua Redrick. Il prit sa sacoche.

« S'occupera-t-on des affaires aujourd'hui ou non ?

— Oui, oui, mon garçon », dit Rauque avec entrain. Il sauta par terre avec une légèreté étonnante de sa part, approcha vite de Redrick la table basse, balaya d'un geste la pile de journaux et de revues et s'assit en face, ses mains roses et poilues appuyées sur ses genoux.

« Montrez », dit-il.

Redrick ouvrit la sacoche, sortit la liste avec les prix et la posa sur la table basse devant Rauque. Rauque y jeta un regard et, de son ongle, poussa la liste à côté. Le Décharné se mit dans son dos et vrilla ses yeux sur la liste, par-dessus son épaule.

« C'est le compte, dit Redrick.

— Je vois, répliqua Rauque. Montrez, montrez donc !

— L'argent d'abord, dit Redrick.

— Qu'est-ce que c'est que cet "anneau" ? » s'enquit d'un air soupçonneux le Décharné, en pointant son doigt sur la liste par-dessus l'épaule de Rauque.

Redrick se taisait. Il tenait la sacoche ouverte sur ses genoux et ne quittait pas du regard les angéliques petits yeux bleus. Rauque finit par sourire.

« Pourquoi est-ce que je vous aime tant, mon garçon ? roucoula-t-il. Et les gens disent que le coup de foudre n'existe pas ! » Il poussa un soupir théâtral. « Phil, vieux frère, comment ça se dit ici, chez eux ? Pèse-lui du chou, mouille-lui des billets verts… et donne-moi enfin une allumette ! Tu vois bien… » Il brandit son cigare, toujours serré entre deux doigts.

Phil le Décharné marmonna quelque chose, lui jeta la boîte d'allumettes et passa dans la chambre voisine par la porte dont le rideau était tiré. On l'entendait parler avec quelqu'un, d'un ton irrité et inintelligible, à propos de chat en poche, tandis que Rauque, ayant enfin allumé son cigare, scrutait toujours Redrick, un sourire figé sur ses lèvres minces et pâles, l'air de réfléchir à quelque chose ; Redrick, le menton posé sur la sacoche, le scrutait aussi et tâchait de ne pas ciller, bien que ses paupières le brûlent comme du feu et que les larmes lui montent aux yeux. Puis le Décharné revint, jeta sur la table deux liasses de billets étiquetées et, boudeur, s'assit à côté de Redrick, qui tendit paresseusement la main vers les billets. Mais Rauque l'arrêta d'un geste, arracha les étiquettes et les enfouit dans la poche de sa veste.

« Maintenant, je vous en prie », dit-il.

Redrick prit l'argent et, sans compter, fourra les liasses dans les poches intérieures de sa veste. Puis il se mit à étaler la gratte. Il le faisait lentement, leur donnant la possibilité d'examiner chaque objet à part et de le comparer avec la liste. Dans la pièce régnait le silence, interrompu seulement par la respiration lourde de Rauque et, derrière le rideau, un faible tintement, comme celui d'une cuillère contre le bord d'une tasse.

Lorsque Redrick referma sa sacoche et boucla les fermetures, Rauque leva les yeux sur lui et demanda :

« Et pour ce qui est du principal ?

— Rien », répondit Redrick. Il se tut quelques instants et ajouta : « En attendant.

— J'aime cet "en attendant", dit Rauque tendrement. Et toi, Phil ?

— Vous ne jouez pas cartes sur table, Shouhart, prononça le Décharné avec dédain. Mais pourquoi, je vous le demande !

— C'est mon métier de ne pas jouer cartes sur table, dit Redrick. Il n'est pas facile, notre métier à tous deux.

— Bon, d'accord, dit Rauque. Mais où est l'appareil photo ?

— Ah zut ! » fit Redrick. Il se frotta la joue de ses doigts, sentant le sang affluer vers son visage. « C'est ma faute, dit-il. Je l'ai complètement oublié.

— Là-bas ? » demanda Rauque, esquissant un mouvement incertain avec son cigare.

« Je ne me souviens pas… Oui, probablement… » Redrick ferma les yeux et se rejeta contre le divan. « Non. Je ne m'en souviens absolument pas.

— Dommage, dit Rauque. Avez-vous au moins vu ce truc ?

— Mais non, dit Redrick avec irritation. C'est là tout le problème. Parce que nous ne sommes pas arrivés jusqu'aux cowpers. Barbridge s'est foutu dans la "gelée" et il m'a fallu tout de suite faire demi-tour… Soyez sûrs que si je l'avais vu je n'aurais pas oublié…

— Écoute, Hew, regarde ! chuchota soudain le Décharné, apeuré. Qu'est-ce que c'est, hein ? »

Il était assis, l'index droit tendu devant lui. Autour de son doigt tournait un anneau en métal blanc et le Décharné le regardait, les yeux écarquillés.

« Il ne s'arrête pas ! » dit à haute voix le Décharné, en promenant son regard de l'anneau à Rauque et vice versa.

« Qu'est-ce que ça veut dire, il ne s'arrête pas ? » demanda prudemment Rauque, et il s'écarta légèrement.

« Je l'ai mis sur mon doigt et je l'ai fait tourner une fois... et voilà déjà une minute qu'il ne s'arrête pas ! »

Le Décharné bondit subitement sur ses pieds et, le doigt en avant, se précipita derrière le rideau. L'anneau lançait des reflets argentés et tournait tranquillement devant lui comme l'hélice d'un hélicoptère.

« Que nous avez-vous apporté là ? demanda Rauque.

— Le diable seul le sait ! dit Redrick. Aucune idée... Si j'avais pu le prévoir, je vous aurais fait débourser plus que ça. »

Pendant quelque temps, Rauque le regarda, puis il se leva et disparut, lui aussi, derrière le rideau. Un bourdonnement de voix retentit aussitôt. Redrick sortit une cigarette, l'alluma, ramassa sur le plancher un magazine et se mit à le feuilleter distraitement. Le magazine regorgeait de beautés époustouflantes, mais curieusement, les voir maintenant lui faisait mal au cœur. Redrick rejeta le magazine et promena son regard sur la pièce, cherchant quelque chose à boire. Puis il extirpa de sa poche intérieure une liasse et compta les billets. Tout était juste, mais pour ne pas s'endormir, il compta aussi la seconde liasse. Il était en train de la cacher dans sa poche quand Rauque revint.

« Vous avez de la chance, mon garçon, déclara-t-il en s'installant à nouveau en face de Redrick. Vous savez ce que c'est, le mouvement perpétuel ?

— Non, dit Redrick. On ne nous l'a pas enseigné.

— Tant mieux », dit Rauque. Il sortit encore une liasse de billets. « C'est le prix du premier exemplaire », prononça-t-il, en arrachant l'étiquette. « Pour chaque "anneau" suivant vous allez recevoir deux liasses comme ça. Vous avez bien compris, mon garçon ? Deux liasses. Mais à condition qu'à part nous personne n'en sache jamais rien. D'accord ? »

Redrick fourra la liasse dans sa poche sans dire un mot et se leva.

« Je m'en vais, dit-il. Où et quand, la prochaine fois ? »

Rauque se leva à son tour.

« On vous appellera, dit-il. Attendez le coup de téléphone chaque vendredi de neuf heures à neuf heures et demie du matin. On vous transmettra les salutations de Phil et Hew, et on vous fixera rendez-vous. »

Redrick hocha la tête et se dirigea vers la porte. Rauque le suivait, la main posée sur son épaule.

« Je voudrais que vous me compreniez, continua-t-il. Tout ça, c'est bien, très gentil et ainsi de suite, quant à l'"anneau", c'est carrément une merveille, mais avant tout nous avons besoin de deux choses : des photos et du conteneur plein. Rendez-nous notre appareil photo, mais avec la pellicule utilisée et notre conteneur en porcelaine, et plein, et vous n'aurez plus jamais à aller dans la Zone… »

Redrick rejeta sa main d'un mouvement de l'épaule, tourna la clé dans la serrure et sortit. Sans se retourner, il marchait sur le tapis moelleux et sentait sur sa nuque le regard bleu, angélique, fixe qui ne le quittait pas. Il décida de ne pas attendre l'ascenseur et descendit les sept étages à pied.

En sortant du Métropole, il prit un taxi et se rendit à l'autre bout de la ville. Le chauffeur était inconnu : un nouveau, un gamin boutonneux au gros nez, un parmi tant d'autres qui ces dernières années affluaient à Harmont poussés par une soif d'aventures inouïes, de richesses fabuleuses, de gloire mondiale, de religion particulière. Et ils devenaient chauffeurs de taxi, serveurs, ouvriers de chantier, videurs. Cupides, dépourvus de tout talent, torturés par des envies imprécises, mécontents de l'univers entier, terriblement déçus, ils étaient convaincus que, là aussi, on les avait roulés. La moitié de ces gens, au bout d'un ou deux mois de déveine, rentraient chez eux en proférant des malédictions, exportant leur déception profonde vers presque tous les coins du globe ; quelques élus rarissimes devenaient stalkers et périssaient très vite, sans avoir eu le temps de comprendre quoi que ce soit, devenant des héros légendaires à titre posthume. Certains arrivaient à se faire engager à l'Institut, où les plus doués et les plus cultivés acceptaient le poste de laborantin. Quant à tous les autres, ils fondaient nombre de partis politiques, de sectes religieuses et de groupes d'assistance mutuelle quelconques, passaient toutes leurs soirées dans les boîtes, se bagarrant à cause de leurs opinions, à cause des filles et sans autre raison que l'ivresse. De temps en temps, ils faisaient des manifestations avec pétitions, des marches de protestation, des grèves — debout, assis et même allongés — poussant à bout la police de la ville, le bureau de garnison et les anciens habitants. Mais plus cela durait, plus ils se calmaient, rabattaient leur orgueil et s'intéressaient de moins en moins au but pour lequel ils étaient ici.

Le chauffeur boutonneux puait l'alcool de loin, ses yeux étaient rouges comme ceux d'un lapin, il était terriblement excité, et à peine Redrick fut-il assis qu'il se mit à lui raconter comment ce matin, dans leur rue, était apparu un mort sorti du cimetière. Il était revenu chez lui, dans sa maison, mais sa maison avait les fenêtres obstruées de planches depuis des années, tout le monde en était parti : sa vieille veuve, sa fille et son gendre, ses petits-enfants. Les voisins lui avaient dit qu'il avait rendu l'âme trente ans plus tôt environ, avant la Visite, et le voilà, bonjour ! Il avait tourné autour de sa maison, avait gratté à la porte, puis s'était assis près de la palissade et n'en avait plus bougé. Toute une foule, le quartier entier avait rappliqué pour le voir, mais personne n'osait l'approcher : la peur, bien sûr. Puis quelqu'un avait eu une bonne idée : forcer la porte de sa maison, en dégager l'entrée. Et le croiriez-vous ? Il s'était levé, était entré et avait refermé la porte. Moi, il fallait que je fonce au travail, je ne sais pas comment ça s'est terminé, je sais seulement qu'on pensait téléphoner à l'Institut pour qu'ils viennent le chercher, le diable l'emporte. Savez-vous ce qu'on dit ? On dit que le bureau de garnison rédige un ordre d'après lequel tous ces défunts seront envoyés à leurs parents si ces derniers ont déménagé. Dis donc, quel cadeau pour les parents ! Qu'est-ce qu'il pue, ce défunt, mais rien à chiquer, c'est un défunt…

« Stop, dit Redrick. Arrête-toi ici. »

Il fouilla dans sa poche. Il n'avait pas de petite monnaie et il dut changer un nouveau billet. Puis il attendit près de l'entrée que le taxi s'en allât. Le cottage de Charognard était pas mal : un étage, une aile vitrée avec la salle de billard, un jardin bien entretenu, une serre, un pavillon blanc parmi les pommiers. Et tout autour, une grille en fer forgé travaillé, peinte en vert pâle. Redrick appuya plusieurs fois sur la sonnette, la porte s'ouvrit avec un grincement léger et Redrick se dirigea sans se presser le long d'un petit chemin de sable bordé de rosiers. Sur le perron du cottage, Loir l'attendait déjà : tordu, noir, cramoisi, tremblant de l'envie fiévreuse de rendre service. Impatient, il se tourna de côté, lança un pied incertain pour tâter le sol, s'y appuya, entreprit de poser son second pied à côté du premier et, ce faisant, agita vers Redrick sa main normale : attends, attends, j'arrive…

« Hé, Rouquin ! » appela du jardin une voix féminine.

Redrick tourna la tête et vit dans la verdure, à côté du pavillon au toit blanc ajouré, des épaules bronzées et nues, une bouche rouge vif, une main qui lui faisait des signes. Il inclina la tête en direction de Loir et, écrasant les rosiers, se dirigea vers le pavillon, en marchant sur la douce herbe verte.

Un énorme matelas rouge était étalé sur la pelouse ; sur le matelas, un verre à la main, trônait Dina Barbridge, vêtue d'un maillot de bain pratiquement invisible ; à côté d'elle traînait un livre à couverture vive ; tout près, dans l'ombre d'un buisson, il y avait un seau à glace étincelant d'où sortait le fin et long goulot d'une bouteille.

« Salut, Rouquin ! dit Dina Barbridge en levant son verre. Mais où est pépère ? Il s'est encore fait mettre la main au collet ? »

Redrick s'approcha et s'arrêta, les mains croisées dans le dos sur sa sacoche. Il la regarda de haut en bas. On ne savait qui, dans la Zone, avait cédé aux prières de Barbridge et lui avait donné des enfants extra. Dina semblait faite de satin resplendissant, bien bâtie, sans défaut : cent cinquante livres d'une chair appétissante de vingt ans, des yeux d'émeraude, illuminés de l'intérieur, une grande bouche humide, des dents blanches bien alignées, des cheveux aile de corbeau brillant sous le soleil rejetés négligemment sur l'épaule ; le soleil se promenait sur elle, faisait miroiter ses épaules, son ventre et ses hanches, dessinant des ombres entre ses seins presque nus. Redrick, au-dessus d'elle, la contempla sans se cacher ; elle le regardait par en dessous, avec un sourire entendu. Puis elle approcha son verre de ses lèvres et but quelques gorgées.

« Tu veux ? » demanda-t-elle en se passant la langue sur les lèvres. Ayant attendu exactement le temps qu'il fallait pour que l'équivoque fût claire, elle lui tendit son verre.

Il détourna la tête, chercha des yeux une chaise longue et, en découvrant une à l'ombre, s'assit en allongeant les jambes.

« Barbridge est à l'hôpital, dit-il. On lui coupe les jambes. »

Toujours souriante, elle le regardait d'un œil, l'autre étant caché par la masse épaisse des cheveux qui lui tombait sur l'épaule. Seulement, à présent, son sourire était figé : rictus de sucre blanc sur son visage bronzé. Puis elle secoua machinalement son verre comme si elle prêtait l'oreille au tintement des glaçons, et demanda :

« Les deux jambes ?

— Oui. Peut-être jusqu'aux genoux, peut-être plus haut. »

Elle posa le verre et rejeta ses cheveux en arrière. Elle ne souriait plus.

« Dommage, prononça-t-elle. Donc, toi… »

C'était précisément à elle, à Dina Barbridge qu'il aurait pu raconter en détail comment tout s'était passé. Peut-être aurait-il même pu lui raconter comment il était revenu vers la voiture, le coup-de-poing tout prêt, et comment Barbridge avait prié, non pour lui, mais pour eux, pour elle et Archie, ses enfants, et comment il lui avait promis la Boule d'or. Mais il ne raconta rien. Il fourra la main dans sa poche intérieure sans rien dire, sortit une liasse de billets et la jeta sur le matelas rouge du côté des longues jambes nues de Dina. Les billets s'éparpillèrent en un éventail arc-en-ciel. Dina en prit quelques-uns d'un geste distrait et se mit à les examiner, comme si elle les voyait pour la première fois, mais qu'elle ne s'y intéressait pas outre mesure.

« Donc, c'est le dernier salaire », prononça-t-elle.

Redrick se pencha sur sa chaise longue, tendit la main vers le seau à glace et, sortant la bouteille, regarda l'étiquette. L'eau ruisselait sur le verre sombre et Redrick éloigna la bouteille pour que les gouttes ne tombent pas sur son pantalon. Il n'aimait pas le whisky cher, mais là il s'en serait bien envoyé une gorgée, cher ou pas cher. Il ouvrait déjà la bouche pour boire directement au goulot, mais fut arrêté par des sons inintelligibles de protestation derrière son dos. Il se retourna et vit Loir, un grand verre rempli d'un mélange transparent dans ses mains tendues, qui traversait la pelouse à toute vitesse en déplaçant douloureusement ses jambes tordues. L'effort faisait ruisseler la sueur en grosses gouttes sur son visage noir et cramoisi, ses yeux injectés de sang lui sortaient des orbites et, en voyant que Redrick le regardait, il tendit le verre dans un geste désespéré, et de nouveau meugla — ou geignit — en ouvrant toute grande sa bouche édentée et impuissante.

« Oui, oui, j'attends », lui dit Redrick, et il fourra la bouteille dans la glace.

Loir finit par clopiner jusqu'à Redrick, lui tendit le verre et, d'un geste où perçait une désinvolture timide, lui tapota l'épaule, de sa main qui avait l'air d'une pince.

« Merci, Dickson, dit sérieusement Redrick. C'est exactement ce qui me manquait. Comme toujours, tu es parfait, Dickson. »

Tandis que Loir, confus et ravi, secouait la tête et se frappait convulsivement la hanche de sa main normale, Redrick leva solennellement son verre, en vida la moitié d'un trait et lui fit un signe de tête. Puis il regarda Dina.

« Tu en veux ? » demanda-t-il, en montrant le verre.

Elle ne répondit pas. Elle pliait un billet en deux, encore en deux, et encore en deux.

« Laisse tomber, dit-il. Vous ne mourrez pas. Ton pépère a de quoi… »

Elle lui coupa la parole :

« Donc, tu l'as porté sur ton dos », dit-elle. Elle ne posait pas une question, elle affirmait. « Pauvre idiot, tu l'as traîné sur ton dos à travers toute la Zone, crétin de rouquin, tu l'as traîné sur ton dos, cette ordure, toi, espèce de morveux. Rater une telle occasion… »

Il la regardait, oubliant son verre. Elle se leva, s'approcha de lui en marchant sur les billets éparpillés, et elle s'arrêta à sa hauteur, les poings serrés contre ses hanches lisses, l'isolant du reste du monde, de son corps somptueux qui fleurait le parfum et la sueur sucrée.

« C'est comme ça qu'il vous roule tous… C'est comme ça qu'il vous piétine… Ne t'inquiète pas, même avec des béquilles il vous piétinera encore, il vous en fera voir de l'amour fraternel et de la charité ! » À présent, elle criait presque. « Il t'a promis la Boule d'or, c'est ça ? La carte, les pièges, c'est ça ? Idiot ! Pauvre imbécile ! Je vois sur ta gueule qu'il te l'a promis… Ah oui ! il te la donnera, la carte ! Seigneur, ayez pitié de l'âme stupide de Redrick Shouhart, de ce rouquin idiot… »

Alors Redrick se leva lentement et la gifla à toute volée ; elle se tut, tomba sur l'herbe comme si elle avait eu les jambes sciées et se cacha le visage derrière les mains.

« Idiot… rouquin…, prononça-t-elle inintelligiblement. Rater une telle occasion… une telle occasion… »

La regardant de haut en bas, Redrick termina son verre et, sans se retourner, le rendit à Loir. Il n'y avait plus rien à dire. Ah oui ! Charognard Barbridge à force de supplications a rapporté de bons enfants de la Zone ! Des enfants aimants et respectueux !

Il sortit dans la rue, héla un taxi et demanda à être conduit au Bortch. Il fallait en finir avec toutes ces affaires, il avait mortellement sommeil, tout était flou devant ses yeux ; il s'endormit malgré ses efforts, écrasant la sacoche de tout son corps, et ne se réveilla que lorsque le chauffeur le secoua par l'épaule.

« On est arrivé, monsieur…

— Mais où sommes-nous donc ? » articula-t-il, regardant autour de lui, les yeux encore embrumés de sommeil. « Je t'ai dit pourtant de me conduire à la banque…

— Je vous prie de m'excuser, monsieur, mais c'est au Bortch que vous m'avez dit de vous amener, fit le chauffeur avec un rictus. Vous voilà devant le Bortch.

— Bon, grogna Redrick. J'ai dû rêver… »

Il régla la course et descendit de la voiture, bougeant avec peine ses jambes ankylosées. L'asphalte était déjà chauffé par le soleil, la chaleur montait. Redrick sentit qu'il était tout mouillé, il avait un mauvais goût dans la bouche, ses yeux larmoyaient. Avant d'entrer, il promena son regard alentour. Comme toujours à cette heure, la rue était vide devant le Bortch. Les établissements d'en face n'étaient pas encore ouverts, d'ailleurs, le Bortch était fermé aussi, en fait ; mais Ernest occupait déjà son poste : il frottait les verres, jetant des regards renfrognés sur trois types inconnus qui lampaient de la bière à une table de coin. Les autres tables étaient encore encombrées de chaises ; un Noir inconnu vêtu d'une veste blanche grattait le plancher ; un autre Noir, penché, portait de lourdes caisses de bière dans le dos d'Ernest. Redrick s'approcha du zinc, posa la sacoche dessus et salua.

Ernest répondit inintelligiblement quelque chose de pas accueillant.

« De la bière », dit Redrick, et il bâilla convulsivement.

Ernest posa bruyamment une chope vide sur le zinc, attrapa une bouteille dans le réfrigérateur, la déboucha et la pencha au-dessus de la chope. Se cachant la bouche de ses doigts, Redrick fixa des yeux la main d'Ernest. Elle tremblait. Le goulot de la bouteille tinta plusieurs fois contre le bord de la chope. Redrick regarda le visage d'Ernest. Ses paupières lourdes étaient baissées, sa petite bouche tordue, ses grosses joues affaissées. Le Noir grattait avec son balai-brosse sous le nez de Redrick, les types du coin se disputaient avec entrain, méchamment, à propos de courses de chevaux, le Noir qui remuait les caisses poussa Redrick de son derrière, si fort qu'il chancela. Le Noir se mit à marmotter des excuses. D'une voix étranglée, Ernest demanda :

« Tu l'as apporté ?

— Quoi ? » Redrick se retourna par-dessus son épaule. L'un des types se leva paresseusement de sa table, passa vers la sortie et s'arrêta sur le seuil pour allumer une cigarette.

« Viens, on va parler », dit Ernest.

À présent, le Noir avec le balai-brosse se tenait lui aussi entre Redrick et la porte. Un Noir énorme, genre Cirage, mais deux fois plus large.

« On y va », dit Redrick en prenant la sacoche. Toute trace de sommeil avait disparu.

Il contourna le zinc et se faufila devant le Noir aux caisses de bière. Apparemment, celui-ci s'était fait coincer un doigt : il se léchait l'ongle, regardant Redrick par en dessous. Lui aussi était très costaud, nez cassé et oreilles écrasées. Ernest entra dans la pièce du fond et Redrick le suivit, car à présent les trois types se tenaient devant l'entrée, tandis que le Noir au balai-brosse s'était retrouvé devant le passage de la réserve.

Dans la pièce du fond, Ernest s'écarta et, le dos voûté, s'assit sur une chaise près du mur, tandis que le capitaine Quaterblood se levait de table, jaune, douloureux, et qu'un soldat de l'ONU, énorme, le casque enfoncé sur les yeux, sortait du côté gauche. Il prit rapidement Redrick par les côtes et passa ses paumes énormes sur ses poches. Il s'attarda à la poche latérale droite, en sortit le coup-de-poing et poussa légèrement Redrick vers le capitaine. Redrick s'approcha de la table et posa la sacoche devant le capitaine Quaterblood.

« Ordure ! » dit-il à Ernest.

Ce dernier fit un mouvement résigné des sourcils et haussa une épaule. Tout était clair. Les deux Noirs se tenaient déjà, ricanant, sur le seuil ; il n'y avait pas d'autre issue. Quant à la fenêtre, elle était fermée et pourvue à l'extérieur d'une grille solide.

En faisant une grimace de dégoût, le capitaine Quaterblood fouillait la sacoche des deux mains. Il posa sur la table : des petites « creuses » — deux, des « batteries » — neuf, des « éclaboussures noires » de tailles différentes — seize dans un sachet de polyéthylène, des « éponges » merveilleusement conservées — deux, de l'« argile gazeuse » — un pot…

« Vous avez quelque chose dans vos poches ? demanda le capitaine Quaterblood à voix basse. Étalez ça…

— Salopards, dit Redrick. Ordures. »

Il fourra la main dans la poche intérieure de sa veste et lança sur la table une liasse de billets. Les billets s'éparpillèrent de tous côtés.

« Eh bien ! prononça le capitaine Quaterblood. Y en a-t-il encore ?

— Crapauds puants ! » hurla Redrick en sortant la deuxième liasse de sa poche et la semant à tour de bras sous ses pieds. « Bouffez ! Étranglez-vous !

— C'est très intéressant, fit le capitaine Quaterblood tranquillement. Et maintenant ramasse tout ça.

— À d'autres ! lui dit Redrick en se croisant les bras derrière le dos. Tes larbins ramasseront. Toi, tu ramasseras !

— Ramasse l'argent, stalker », dit le capitaine Quaterblood sans élever la voix, penché en avant, les poings appuyés sur la table.

Pendant quelques secondes ils se regardèrent silencieusement dans les yeux, puis Redrick, marmonnant des jurons, s'accroupit et se mit à ramasser les billets à contrecœur. Les Noirs ricanèrent dans son dos, le type de l'ONU pouffa avec une joie mauvaise.

« Rigole pas trop ! lui dit Redrick. Sinon tu vas faire dans ta culotte ! »

Il était déjà en train de ramper sur les genoux, ramassant les billets un par un, s'approchant de plus en plus de l'anneau de cuivre sombre posé innocemment sur un trou du parquet poussiéreux. Il se retourna pour prendre une position plus pratique, continuant à cracher des jurons, tous ceux qui lui venaient à l'esprit en plus de ceux qu'il inventait au fur et à mesure. Le moment venu, il se tut, se raidit, saisit l'anneau et le tira de toutes ses forces ; le couvercle de la trappe n'eut pas le temps de se fracasser contre le plancher qu'il avait déjà plongé la tête en bas, ses bras tendus en avant, dans le noir humide et froid de la cave à vin.

Il tomba sur les mains, culbuta, se remit sur ses pieds et, courbé en deux, se jeta, sans rien voir, en se fiant uniquement à sa mémoire et à la chance, dans un passage étroit entre les caisses empilées, les faisant basculer tout en courant, les entendant s'écrouler avec fracas derrière lui ; il escalada, en glissant, des marches invisibles, força de tout son corps une porte couverte de fer-blanc rouillé et se retrouva dans le garage d'Ernest. Il tremblait des pieds à la tête, il respirait péniblement, des taches de sang flottaient devant ses yeux, son cœur frappait dans sa gorge des coups lourds et douloureux, mais il ne s'arrêta pas une seconde. Il se précipita aussitôt dans le coin le plus éloigné et, en s'écorchant les mains, se mit à chambouler la pile de vieilleries derrière lesquelles quelques planches manquaient dans le mur du garage. Puis il se coucha sur le ventre et rampa par ce trou, en entendant quelque chose se déchirer bruyamment dans sa veste ; dans la cour étroite comme un puits, il s'assit entre les poubelles, retira sa veste, arracha sa cravate, s'examina rapidement, dépoussiéra son pantalon, se releva et, après avoir traversé la cour, plongea dans un tunnel bas et nauséabond qui menait dans la cour voisine, semblable à celle-ci. En courant, il dressa l'oreille, mais n'entendit pas le hurlement des sirènes de police ; il courut encore plus vite, effrayant la marmaille qui se jetait de côté, plongeant sous le linge suspendu aux cordes, se faufilant par les trous des haies pourries, s'efforçant de quitter ce quartier avant que le capitaine Quaterblood n'eût le temps d'installer un cordon. Il connaissait ces endroits par cœur. Encore enfant, il avait joué dans toutes ces cours, ces caves, ces buanderies abandonnées, dans ces dépôts de charbon ; ici, il avait des relations partout, des amis même, et en d'autres circonstances il lui aurait été plus que facile de se cacher là et rester une semaine au calme ; cependant, ce n'était pas pour ça qu'il avait « commis un délit de fuite en état d'arrestation » sous le nez du capitaine Quaterblood, récoltant ainsi, d'un seul coup, un an de plus.

Il eut une chance de tous les diables. Dans la Septième Rue déferlait, hurlant et semant la poussière, une manifestation d'une ligue quelconque : deux cents idiots à longs cheveux et des idiotes à cheveux courts agitaient des banderoles stupides. Ils étaient aussi déchirés et sales que lui, et même pires ; c'était à croire qu'ils venaient eux aussi de se faufiler par les trous des palissades, de tomber sur les poubelles et, en plus, de passer une nuit déchaînée dans le dépôt de charbon. Il émergea d'une porte cochère, entra comme un couteau dans cette foule et se fraya un chemin de biais, bousculant les manifestants, leur marchant sur les pieds, recevant des beignes et rendant la pareille, jusqu'à l'autre côté de la rue, où il plongea sous une autre porte cochère, juste au moment où retentissait devant lui le hurlement familier, écœurant, des voitures de patrouille. La manifestation s'arrêta, en se repliant comme un accordéon. Mais à présent, il se trouvait dans un autre quartier et le capitaine Quaterblood ne pouvait pas savoir exactement dans lequel.

Il déboucha sur son garage, du côté du dépôt des appareils de radio, et il lui fallut attendre quelque temps pendant que les ouvriers chargeaient un camion d'énormes caisses de postes de télévision. Il s'installa dans de rachitiques buissons de lilas devant le mur aveugle de la maison voisine, reprit un peu son souffle et fuma une cigarette. Il fumait avec avidité, accroupi, le dos appuyé contre le plâtre rêche du mur portant l'échelle d'incendie, se passant de temps à autre la main sur la joue pour calmer un tic nerveux, et réfléchissait, profondément ; lorsque le camion avec des ouvriers sortit en klaxonnant par la porte cochère, il rit et prononça à haute voix dans leur direction : « Merci, les gars, vous m'avez retenu, moi, l'imbécile… vous m'avez donné le temps de réfléchir. » À partir de ce moment, il agit vite, mais sans hâte ni fièvre, adroitement, recueilli, comme s'il travaillait dans la Zone.

Il se faufila dans son garage par un passage secret, enleva sans faire de bruit le vieux siège, fourra la main dans le panier, sortit prudemment le paquet du sac et le mit dans son sein. Puis il décrocha d'un clou une vieille veste en cuir râpé, retrouva dans un coin un képi taché d'huile et se l'enfonça sur le front des deux mains. D'étroits rayons de soleil pleins de brins de poussière étincelants tombaient dans la demi-obscurité du garage par les fentes de la porte ; dans la cour glapissaient joyeusement les mômes et il faillit s'en aller lorsqu'il reconnut la voix de sa fille. Il colla alors son œil contre la fente la plus large et regarda quelque temps Ouistiti courir autour de la nouvelle balançoire, traînant deux ballons ; trois vieilles voisines, le tricot sur les genoux, étaient assises à côté, sur un banc, en train de l'observer, les lèvres pincées avec méchanceté. Elles échangeaient leurs opinions à la gomme, les vieilles casseroles. Mais les mômes, ça allait, ils jouaient avec elle comme si de rien n'était, ce n'est quand même pas en vain qu'il leur avait fait tant de fleurs : un toboggan en bois, une maison de poupée, et maintenant la balançoire… Le banc où étaient assises les vieilles casseroles, c'était lui aussi. « Bon », prononça-t-il silencieusement. Il se détacha de la fente, promena un dernier regard sur le garage et plongea dans la trappe.

Dans la banlieue sud-ouest de la ville, près de la station d'essence abandonnée au bout de la rue Minière, il y avait une cabine téléphonique. Qui pouvait bien l'utiliser maintenant ? Tout autour il n'y avait que des maisons vides, aux fenêtres et aux portes obstruées de planches, et plus loin, vers le sud, s'étendait à l'infini le terrain vague de l'ancien dépôt d'ordures de la ville. Redrick s'assit par terre à l'ombre de la cabine et fourra la main dans une fente par en dessous. Il trouva en tâtonnant le papier huilé poussiéreux et la crosse du pistolet qui y était enveloppé ; la boîte en zinc avec des cartouches était aussi à sa place, ainsi que le petit sachet avec des « bracelets » et le vieux portefeuille avec les faux papiers. La cachette était en ordre. Alors il enleva sa veste de cuir et son képi, et glissa la main dans sa poche intérieure. Il resta assis une minute, pesant dans sa paume le petit conteneur de porcelaine rempli d'une mort inévitable. Là, il sentit le tic lui tirer de nouveau la joue.

« Shouhart, marmonna-t-il sans entendre le son de sa voix. Mais qu'est-ce que tu es en train de faire, ordure ? Non, mais quelle charogne tu es ! Ils nous étoufferont tous avec ce truc… » Il pressa ses doigts contre sa joue parcourue de tics, mais en vain. « Salopards, dit-il à l'adresse des ouvriers qui avaient chargé les postes de télévision. Qui vous a demandé de vous foutre sur mon chemin… Je l'aurais balancée, cette saleté, là d'où elle vient, dans la Zone, ni vu ni connu… »

Il jeta autour de lui un regard angoissé. L'air chaud tremblait au-dessus de l'asphalte craquelé, les fenêtres obstruées l'observaient, maussades, la poussière se promenait en petits tourbillons sur le terrain vague. Il était seul.

« Bon, dit-il d'un ton résolu. Chacun pour soi et Dieu pour tous. On en aura assez pour ce qu'il nous reste à vivre... »

Précipitamment, pour ne pas changer d'avis, il fourra le conteneur dans le képi, enveloppa le képi de la veste de cuir. Puis il s'agenouilla et, en appuyant de tout son corps, fit pencher légèrement la cabine de téléphone. L'épais paquet fut couché au fond du trou où il restait encore beaucoup de place. Il rabaissa prudemment la cabine, la secoua des deux mains et se releva en s'époussetant les mains.

« Fini, dit-il. Terminé. »

Il entra dans la chaleur étouffante de la cabine, inséra une pièce de monnaie et composa le numéro.

« Gouta, dit-il. S'il te plaît, ne t'inquiète pas. Je me suis fait de nouveau coincer. » Il entendit son soupir convulsif et enchaîna rapidement : « Des bagatelles, six ou huit mois en tout et pour tout... avec des visites... On survivra. Quant à l'argent, tu en auras, on t'en enverra... » Elle continuait à se taire. « Demain matin on te convoquera à la police, c'est là qu'on se verra. Amène Ouistiti.

— Ils vont venir fouiller ? demanda-t-elle sourdement.

— Et alors ? Tout est net. Ça ne fait rien, garde la tête haute... les oreilles dressées, le nez au vent. Tu as épousé un stalker, alors ne t'en plains pas maintenant. Bon, à demain... Note bien que je ne t'ai pas appelée... Je t'embrasse sur tes petites fesses. »

Il raccrocha brutalement et resta quelques secondes immobile, plissant les yeux de toutes ses forces, serrant les dents à tel point que ça lui résonnait dans les oreilles. Puis il mit une autre pièce et composa un autre numéro.

« Je vous écoute, dit Rauque.

— Shouhart à l'appareil, dit Redrick. Écoutez attentivement et ne m'interrompez pas…

— Shouhart ? s'étonna Rauque avec beaucoup de naturel. Quel Shouhart ?

— Je vous dis de ne pas m'interrompre ! Je me suis fait prendre, je me suis enfui et maintenant je vais me rendre. On me collera deux ans et demi ou trois ans. Ma femme reste sans argent. Vous allez assurer son existence. Pour qu'elle ne manque de rien, compris ? C'est compris, je vous le demande ?

— Continuez, dit Rauque.

— À côté de l'endroit où nous nous sommes rencontrés pour la première fois, il y a une cabine téléphonique. Elle est la seule du coin, vous ne pourrez pas vous tromper. La porcelaine est en dessous. Prenez-la si vous voulez, ne la prenez pas si vous n'en voulez pas, mais que ma femme ne manque de rien. Nous avons encore à travailler longtemps ensemble. En revanche, si je m'en sors et que j'apprends que vous n'avez pas joué cartes sur table… Je vous le déconseille. Compris ?

— J'ai tout compris, dit Rauque. Merci. » Puis, après un silence, il demanda : « Vous voulez peut-être un avocat ?

— Non, dit Redrick. Tout l'argent à ma femme jusqu'au dernier billet. Salut. »

Il raccrocha, regarda autour de lui, enfonça les mains dans les poches de son pantalon et se mit à remonter sans se presser la rue Minière, entre ses deux files de maisons vides aux fenêtres obstruées.

3

Richard H. Nounane, 51 ans, représentant des fournisseurs d'équipement électronique auprès de la filiale harmontoise de l'IICE

Richard H. Nounane était assis à sa table en train de dessiner de petits diables sur son énorme bloc-notes. Ce faisant, il souriait avec compassion, hochait sa tête chauve et n'écoutait pas son visiteur. Simplement, il attendait un coup de téléphone, tandis que son visiteur, le docteur Pilman, le sermonnait paresseusement. Ou voulait se convaincre qu'il le sermonnait.

« Nous prendrons tout cela en considération, Valentin », finit par dire Nounane, après avoir terminé son dixième petit diable pour faire un compte rond. Puis il referma le bloc. « En effet, ça ne va pas du tout… »

Valentin tendit sa main fine et secoua soigneusement la cendre dans le cendrier.

« Que prendrez-vous en considération, au juste ? s'enquit-il poliment.

— Tout ce que vous venez de dire », répondit gaiement Nounane, se rejetant dans son fauteuil. « Tout, jusqu'au dernier mot.

— Et qu'est-ce que je viens de dire ?

— Ce n'est pas important, prononça Nounane. N'importe laquelle de vos paroles sera prise en considération. »

Valentin (le docteur Valentin Pilman, prix Nobel, etc.) était assis devant lui dans un fauteuil profond : petit, élégant, soigné, vêtu d'une veste de daim sans tache, d'un pantalon sans un pli qu'il avait remonté aux genoux avant de s'asseoir, chemise éblouissante, cravate unie, stricte, chaussures étincelantes, petit sourire moqueur sur ses minces lèvres pâles, yeux cachés derrière d'énormes lunettes noires, dure brosse de cheveux au-dessus d'un front large et bas.

« À mon avis, on vous paye un salaire fantastique pour rien, dit-il. De plus, à mon avis, vous êtes un saboteur, Dick.

— Ch-chut ! murmura Nounane. Pour l'amour de Dieu, pas si fort.

— En effet, continua Valentin. Ça fait un bon bout de temps que je vous surveille : à mon avis, vous ne travaillez absolument pas…

— Un instant ! interrompit Nounane en agitant son doigt rose et potelé. Comment ça, je ne travaille pas ! Citez-moi au moins une réclamation restée sans suite !

— Je ne sais pas », dit Valentin, et il secoua de nouveau la cendre. « On reçoit du bon équipement, on reçoit du mauvais équipement. Plus souvent du bon, mais ce que vous, vous faites là-dedans, je ne sais pas.

— Justement, sans moi ce serait moins souvent du bon équipement, protesta Nounane. En outre, vous autres, savants, vous passez votre temps à gâcher le bon équipement et puis vous faites des réclamations, et qui est-ce qui vous couvre alors ? Par exemple, qu'avez-vous fait avec le "limier" ? C'est un appareil magnifique, il a fait ses preuves dans la prospection géologique, il est résistant, autonome… Et vous l'éprouviez dans les régimes absolument anormaux, vous avez crevé le mécanisme comme vous l'auriez fait avec un cheval de course…

— Vous ne l'avez pas abreuvé à temps et ne lui avez pas donné d'avoine, remarqua Valentin. Vous êtes valet d'écurie, Dick, mais pas industriel !

— Un valet d'écurie, répéta Nounane d'un air pensif. C'est déjà mieux. Il y a quelques années le docteur Panov travaillait ici ; vous le connaissiez peut-être, et puis, il a péri… Donc, il estimait que ma vocation était d'élever des crocodiles.

— Je lisais ses travaux, dit Valentin. C'était un homme très sérieux et avisé. À votre place je réfléchirais à ses paroles.

— Bon. Je le ferai à loisir… Dites-moi plutôt à quoi a abouti le lancement d'essai de SK-3 ?

— SK-3 ? » répéta Valentin, plissant son front pâle. « Ah… le "Baladin". Rien de spécial. Il a bien suivi son itinéraire, a rapporté quelques "bracelets" et une plaque d'utilité inconnue… » Il garda le silence pendant un peu de temps. « Et une boucle de bretelles de marque "Luxe".

— C'est quoi, cette plaque ?

— Un alliage à base de vanadium. Pour

l'instant il est difficile d'en dire plus exactement. La conductivité est de zéro.

— Alors, pourquoi SK l'a amenée ?

— Demandez-le à la société. C'est déjà de votre compétence. »

Nounane, l'air pensif, tapa avec un crayon sur le bloc-notes.

« Au bout du compte ça n'était que le lancement d'essai, fit-il. Il se peut que la plaque se décharge… Écoutez, je vais vous donner un conseil. Relancez-la dans la Zone, et dans un ou deux jours envoyez le "limier" la chercher. Je me souviens, l'avant-dernière année… »

Le téléphone sonna et Nounane, oubliant aussitôt Valentin, saisit l'appareil.

« Monsieur Nounane ? demanda la secrétaire. M. Lemkhen vous demande de nouveau.

— Passez-le-moi. »

Valentin se leva, mit le mégot dans le cendrier, agita deux doigts près de sa tempe en guise d'adieu et sortit : petit, droit, bien proportionné.

« Monsieur Nounane ? » Une voix lente et familière retentit dans l'appareil.

« Je vous écoute.

— Il n'est pas facile de vous joindre au bureau, monsieur Nounane.

— Nous avons reçu une nouvelle série de…

— Oui, je suis déjà au courant. Monsieur Nounane, je suis venu pour peu de temps. Il y a quelques questions dont je voudrais discuter avec vous en tête à tête. Je parle des derniers contrats de Mitsubishi Densi. Côté juridique.

— Je suis à votre service.

— Alors, si vous n'y voyez pas d'inconvénient, dans une demi-heure environ dans nos bureaux. Cela vous arrange ?

— Parfaitement. Dans trente minutes. »

Richard Nounane raccrocha, se leva et, en frottant ses mains potelées, se promena dans son bureau. Il se mit même à fredonner un air à la mode, mais fit un couac et rit gentiment de lui-même. Puis il prit son chapeau, jeta son imperméable sur son bras et passa dans la salle d'attente.

« Ma petite, déclara-t-il à sa secrétaire, je vais m'occuper de clients. Restez et mettez sous vos ordres la garnison, protégez bien la forteresse, comme on dit, et moi, je vous apporterai un chocolat. »

La secrétaire s'épanouit. Nounane lui envoya un baiser et roula le long des couloirs de l'Institut. Plusieurs personnes essayèrent de l'attraper par le pan de sa veste, mais il s'esquivait, répondait par des plaisanteries, demandait qu'on garde les positions le temps de son absence, qu'on ne s'énerve pas et, à la fin des fins, sans que quelqu'un pût l'attraper, il sortit de l'immeuble en roulant bord sur bord et agita d'un geste familier sous le nez du sergent de service son laissez-passer replié.

Des nuages bas surplombaient la ville, il faisait lourd, les premières gouttes incertaines s'écrasaient en petites étoiles noires sur l'asphalte. Se couvrant la tête et les épaules de son imperméable, Nounane trottina le long de la file des voitures vers sa Peugeot, plongea dedans, arracha l'imperméable de sur sa tête et le jeta sur le siège arrière. Il extirpa de la poche latérale de sa veste le bâtonnet rond et noir de la batterie « etak », l'inséra dans la prise d'alimentation et, du pouce, l'enfonça jusqu'au déclic. Puis, en se trémoussant, il s'installa plus confortablement au volant et appuya sur la pédale. La Peugeot roula sans bruit au milieu de la rue et fila vers la sortie de l'avant-Zone.

La pluie tomba soudain, d'un seul coup, comme si quelqu'un au ciel avait renversé une bassine pleine d'eau. Le pavé devint glissant, la voiture dérapait aux tournants. Nounane actionna les essuie-glaces et ralentit. Ainsi, le rapport est arrivé à destination, pensait-il. Maintenant on va entendre des compliments. Eh bien, je ne suis pas contre. J'aime quand on me fait des compliments. Surtout quand c'est M. Lemkhen en personne qui les fait, avec un effort sur lui-même. C'est étrange, pourquoi aimons-nous les compliments ? Ils ne donnent pourtant pas d'argent en plus. La gloire ? Quelle gloire ? « Il est devenu célèbre : à présent, trois personnes connaissent son existence. » Bon, mettons quatre, y compris Beylis. Quel drôle d'énergumène est l'homme !… On dirait que nous aimons les louanges en tant que telles. Comme les mômes aiment la glace. Le complexe d'infériorité, voilà ce que c'est. Les éloges réjouissent nos complexes. Et c'est très bête. Comment puis-je me grandir à mes propres yeux ? Je me connais trop bien ! Ce gros vieux Richard H. Nounane ! En fait, qu'est-ce que c'est, ce « H » ? Eh bien voilà autre chose ! Il n'y a personne à qui demander…

Ce n'est quand même pas à M. Lemkhen que je vais le demander… Ah ! ça y est, je m'en suis souvenu ! Herbert. Richard Herbert Nounane. Non, mais quelle pluie…

Il bifurqua sur l'avenue Centrale et pensa soudain : qu'est-ce qu'elle a grandi, cette petite ville, au cours des dernières années !… Il y a maintenant de ces gratte-ciel… En voilà encore un qu'on est en train de construire. Qu'est-ce que ça va être ? Ah ! un Luna Park, le meilleur jazz du monde, et des variétés, et la maison de tolérance à mille places, tout ce qu'on veut pour notre glorieuse garnison et nos courageux touristes, surtout les vieux, ainsi que pour les nobles chevaliers de la science… La banlieue, entre-temps, se vide. Et il n'y a plus de place où peuvent retourner les défunts sortis de leurs tombes.

« La voie est bloquée à ceux qui se sont relevés des tombes, dit-il à haute voix, c'est pourquoi ils sont tristes et furieux… »

Oui, j'aimerais bien savoir comment tout ça va se terminer. À propos, il y a une dizaine d'années, je savais avec exactitude comment ça devait se terminer. Des cordons infranchissables. Une ceinture de terrains vides large de cinquante kilomètres. Des savants, des soldats, et plus personne. Un ulcère affreux sur le corps de ma planète est bloqué à résidence… De plus, tous étaient de cet avis, pas seulement moi. Oh ! les beaux discours qu'on prononçait ! Oh ! les magnifiques projets de lois qu'on suggérait !… Tandis que maintenant je ne me souviens même plus comment cette résolution d'acier s'est soudain transformée en gelée de groseille. « D'une part on ne peut pas ne pas reconnaître, mais d'autre part on ne peut pas ne pas accepter... » Il me semble que tout a commencé le jour où les stalkers ont sorti de la Zone les premières batteries « etak »... Oui, je crois bien que c'est là que tout a commencé. Surtout quand on a découvert qu'elles se multipliaient. L'ulcère se révélait moins horrible, même plus un ulcère, mais un genre de cave aux trésors... Maintenant plus personne ne sait ce que c'est : un ulcère, une cave aux trésors, une tentation diabolique, une boîte de Pandore ou encore autre chose... On en profite doucement. Ça fait vingt ans qu'ils se crèvent avec ça, que des milliards sont gaspillés, mais ils n'ont toujours pas pu monter un cambriolage bien organisé. Chacun fait son petit business, tandis que les savants clament d'un air important : d'une part on ne peut pas ne pas reconnaître, mais d'autre part on ne peut pas ne pas accepter, parce que l'objet numéro tant, soumis aux rayons X sous un angle de dix-huit degrés émet des électrons quasi calorifiques sous un angle de vingt-deux degrés... Au diable ! De toute façon, je ne vivrai pas la vraie fin...

La voiture roula devant l'hôtel particulier de Charognard Barbridge. À cause de l'averse, toutes les fenêtres étaient allumées, on voyait au premier étage, dans les chambres de la belle Dina, des couples en train de danser. Ou ils avaient commencé aux aurores ou ils n'arrivaient pas à terminer depuis la veille. C'est une nouvelle mode dans la ville : danser des journées d'affilée. Oui, nous avons élevé des gaillards costauds, résistants et sûrs de leurs intentions…

Nounane arrêta sa voiture devant un immeuble de piètre apparence avec une pancarte peu voyante : « Étude juridique Korch, Korch et Symak ». Il enleva et cacha dans sa poche la batterie « etak », remonta la capuche de son imperméable, ramassa son chapeau et se jeta à toute vitesse dans l'entrée, passant en flèche devant le concierge plongé dans son journal ; il escalada l'escalier couvert d'un tapis usé, fit résonner ses talons dans le couloir sombre du premier étage, imbibé d'une odeur spécifique dont il avait, en son temps, vainement cherché à identifier la nature, ouvrit toute grande la porte au bout du couloir et entra dans la salle d'attente. À la place de la secrétaire était assis un jeune homme inconnu très basané. Il n'avait pas de veste, les manches de sa chemise étaient remontées. Il fouillait dans les entrailles d'un dispositif électronique extrêmement compliqué installé sur la table à la place de la machine à écrire. Richard Nounane accrocha son imperméable et son chapeau sur un clou, se lissa des deux mains ce qui lui restait de cheveux derrière les oreilles, et jeta un regard interrogateur sur le jeune homme. L'autre hocha la tête. Alors Nounane ouvrit la porte du bureau.

M. Lemkhen se leva lourdement d'un grand fauteuil de cuir posé devant une fenêtre aux rideaux tirés. Son visage de général, carré, se couvrit de plis pour mimer un sourire aimable, la désolation à propos du mauvais temps ou une envie d'éternuer difficilement réprimée.

« Eh bien, vous voilà, prononça-t-il lentement. Entrez, installez-vous. »

Nounane chercha du regard où il pouvait s'installer et ne découvrit rien qu'une chaise dure au dossier droit, cachée derrière la table. Il s'assit alors sur le bord de la table. Curieusement, son humeur gaie de tout à l'heure disparut et il n'en comprenait pas lui-même la raison. Soudain, il se rendit compte qu'on n'allait pas lui faire de compliments. Plutôt le contraire. Jour de colère, pensa-t-il avec philosophie, et il se prépara au pire.

« Vous voulez fumer ? » proposa M. Lemkhen, replongeant dans son fauteuil.

« Merci, je ne fume pas. »

M. Lemkhen hocha la tête comme si les pires de ses pressentiments s'étaient révélés justes, joignit devant son visage le bout de ses dix doigts et contempla pendant un certain temps la figure géométrique ainsi formée.

« Je suppose que nous n'allons pas discuter des affaires juridiques de la maison Mitsubishi Densi », prononça-t-il enfin.

C'était une plaisanterie. Richard Nounane sourit avec empressement et dit :

« Comme vous voudrez ! »

Il était bougrement inconfortable d'être assis sur la table : ses pieds n'atteignaient pas le plancher, il avait mal aux fesses.

« Malheureusement, je dois vous annoncer, Richard, dit M. Lemkhen, que votre rapport a produit une impression extrêmement favorable en haut lieu.

— Hum… », prononça Nounane. Ça commence, pensa-t-il.

« On a même failli vous donner une décoration, continua M. Lemkhen, mais j'ai proposé d'attendre. Et j'ai bien fait. » Il se détacha enfin de la contemplation de ses dix doigts et lança à Nounane un regard par en dessous. « Vous allez me demander pourquoi j'ai manifesté cette prudence apparemment excessive.

— Je pense que vous aviez vos raisons, dit Nounane d'une voix lasse.

— Oui. Que résultait-il de votre rapport, Richard ? Le groupe Métropole est liquidé. Grâce à vos efforts. Le groupe "Verte Fleurette" est pris en totalité, la main dans le sac. Brillant travail. Le vôtre également. Les groupes "Varr", "Quasimodo", "Musiciens ambulants" et d'autres dont je ne me rappelle pas les noms se sont liquidés d'eux-mêmes, comprenant qu'ils seraient pris dans un jour ou deux. C'est ainsi que ça s'est passé, c'est confirmé par les recoupements de l'information. Le champ de bataille est déblayé. Il est à vous, Richard. L'adversaire a battu en retraite dans le désordre avec des grandes pertes. Ai-je bien exposé la situation ?

— En tout cas, prononça prudemment Nounane, depuis les trois derniers mois, la fuite du matériel de la Zone par Harmont n'a plus lieu… Tout au moins, selon mes renseignements à moi, ajouta-t-il.

— L’adversaire a battu en retraite, n’est-ce pas ?

— Si vous insistez absolument sur cette expression… Oui.

— Non ! dit M. Lemkhen. Le fait est que cet adversaire ne bat jamais en retraite. Je le sais avec certitude. En vous dépêchant de nous envoyer un rapport de victoire, Richard, vous avez fait preuve d’immaturité. C’est précisément pour ça que j’ai proposé de retarder votre décoration immédiate. »

Qu’elle aille au diable, ta décoration, pensa Nounane, balançant son pied et regardant, maussade, le bout de sa chaussure. Aux chiottes, voilà où je mettrai tes décorations ! Un moraliste, un éducateur, voyez-vous ça. Je n’ai pas besoin de toi pour savoir à qui j’ai affaire dans cette histoire, je n’ai pas besoin de tes sermons pour savoir quel genre d’adversaire j’ai. Dis plutôt simplement et clairement : où et comment je me suis trompé… qu’est-ce qu’ils ont encore fabriqué, ces salauds… où ont-ils trouvé des failles… Et sans préambule, je ne suis pas un petit morveux de sous-fifre, j’ai plus de cinquante piges et ce n’est pas pour tes décorations que je suis venu ici…

« Qu’avez-vous entendu dire sur la Boule d’or ? » demanda soudain M. Lemkhen.

Seigneur, pensa, agacé, Nounane. Qu’est-ce qu’elle vient faire là-dedans, la Boule d’or ? Va te faire voir avec tes façons d’aborder le sujet…

« La Boule d’or est une légende, répondit-il d’une voix dépourvue d’inflexions. Une construction mythique de la Zone, ayant la forme et l'aspect d'une boule d'or, destinée à réaliser les vœux des gens.

— N'importe quels vœux ?

— Selon le texte canonique de la légende, n'importe quels vœux. Cependant, il existe des variantes…

— Bien, prononça M. Lemkhen. Et qu'avez-vous entendu dire à propos de la "mort-lampe" ?

— Il y a huit ans, psalmodia Nounane d'une voix toujours aussi monotone, un stalker du nom de Stephan Norman, surnommé Binoclard, a sorti de la Zone un certain dispositif qui représentait, dans la mesure de nos compétences, un système d'émetteurs de rayons mortels pour les organismes terrestres. Le susnommé Binoclard voulait vendre ce dispositif à l'Institut. Ils ne sont pas tombés d'accord sur le prix. Binoclard est parti dans la Zone et n'en est pas revenu. Personne ne sait où le dispositif se trouve actuellement. À l'Institut, on s'arrache toujours les cheveux. Hew du Métropole, que vous connaissez, a proposé pour l'avoir toutes les sommes pouvant tenir sur un chèque.

— C'est tout ? demanda M. Lemkhen.

— C'est tout », répondit Nounane. Ostensiblement, il examinait le bureau. Le bureau était ennuyeux, il n'y avait rien à voir.

« Bien, dit M. Lemkhen. Et qu'avez-vous entendu dire au sujet de l'"œil d'écrevisse" ?

— Quel œil ?

— D'écrevisse. Une écrevisse. Vous connaissez ? » M. Lemkhen bougea les doigts comme des ciseaux. « Avec des pinces.

— C'est la première fois que j'en entends parler », dit Nounane, renfrogné.

« Et que savez-vous sur les "serviettes détonantes" ? »

Nounane descendit de la table et se posta devant Lemkhen, enfonçant ses mains dans ses poches.

« Je ne sais rien, dit-il. Et vous ?

— Malheureusement, moi non plus, je ne sais rien. Ni sur l'"œil d'écrevisse" ni sur les "serviettes détonantes". Pourtant, ils existent.

— Dans ma Zone ? demanda Nounane.

— Asseyez-vous, asseyez-vous », dit M. Lemkhen, agitant la main. « Notre conversation vient seulement de commencer. »

Nounane contourna la table et s'assit sur la chaise dure au dossier droit.

Où veut-il en venir ? pensait-il fiévreusement. Qu'est-ce que c'est que ces histoires ? On a dû trouver quelque chose dans d'autres Zones, et lui, la vache, il me monte un coup. Il ne m'a jamais aimé, le vieux crabe, il n'arrive pas à oublier ce poème…

« Continuons notre petit examen », déclara Lemkhen. Il écarta le rideau et regarda par la fenêtre. « Des trombes d'eau, constata-t-il. J'aime. » Il relâcha le rideau, se rejeta dans son fauteuil et, contemplant le plafond, demanda : « Comment va le vieux Barbridge ?

— Barbridge ? Charognard Barbridge est sous surveillance. Infirme, a de l'argent. Aucune liaison avec la Zone. Possède quatre bars, une école de danse et organise des pique-niques pour les officiers de la garnison et les touristes. Sa fille, Dina, mène une vie dissipée. Son fils, Arthur, vient de terminer ses études de droit. »

M. Lemkhen hocha la tête, l'air satisfait.

« C'est net, complimenta-t-il. Et que devient Créon le Maltais ?

— Un des rares stalkers encore actifs. A été lié au groupe Quasimodo, maintenant largue la gratte à l'Institut par mon intermédiaire. Je le laisse en liberté : un jour quelqu'un mordra à l'hameçon. Il est vrai que ces derniers temps il boit beaucoup et je crains qu'il ne tienne pas longtemps.

— Contacts avec Barbridge ?

— Il fait la cour à Dina. Sans succès.

— Très bien, dit M. Lemkhen. Et quoi de neuf sur Shouhart le Rouquin ?

— Il est sorti de prison il y a un mois. A de l'argent. A essayé d'émigrer, mais il… » Nounane se tut. « Bref, il a des ennuis de famille. Pour l'instant, il n'a pas la tête à la Zone.

— C'est tout ?

— C'est tout.

— Ce n'est pas beaucoup, dit M. Lemkhen. Et comment ça va pour Carter le Veinard ?

— Ça fait plusieurs années qu'il n'est plus stalker. Il vend des voitures d'occasion et possède un atelier où on modifie les voitures pour qu'elles marchent sur batteries "etak". Quatre enfants. Sa femme est morte il y a un an. Belle-mère. »

Lemkhen hocha la tête.

« Quels stalkers ai-je oubliés ? demanda-t-il, bienveillant.

— Vous avez oublié Jonathan Miles, surnommé Cactus. Actuellement il est à l'hôpital où il meurt du cancer. Et vous avez aussi oublié Cirage…

— Oui, c'est vrai. Alors, Cirage ?

— Cirage n'a pas changé, dit Nounane. Il a un groupe de trois personnes. Ils passent des semaines dans la Zone. Tout ce qu'ils trouvent, ils le détruisent sur place. Quant à son Association d'anges guerriers, elle n'existe plus.

— Pourquoi ?

— Eh bien, comme vous vous rappelez, les membres de cette association rachetaient la gratte et Cirage la ramenait dans la Zone. Rendons au diable ce qui est au diable. À présent, il n'y a rien à acheter, en plus, le nouveau directeur de la filiale a monté la police contre eux.

— Je vois, dit M. Lemkhen. Et les jeunes ?

— Les jeunes… Ils vont et viennent. Il y a cinq ou six personnes avec un peu d'expérience, mais ces derniers temps ils n'ont pas d'acheteurs, alors ils se sentent déconcertés. Je les apprivoise petit à petit… Je suppose, chef, que le stalkérisme est pratiquement terminé dans ma Zone. Les vieux ne sont plus là, les jeunes ne savent rien, en outre, le prestige du métier n'est plus ce qu'il était. Maintenant, c'est la technique qui progresse : on a des stalkers automatiques.

— Oui, oui, j'en ai entendu parler, dit M. Lemkhen. Cependant, ces automates ne justifient pas encore l'énergie qu'ils consomment. Ou suis-je en train de me tromper ?

— C'est une question de temps. Bientôt ils justifieront ça et autre chose.

— Quand, bientôt ?

— Dans cinq ou six ans… »

M. Lemkhen hocha de nouveau la tête.

« À propos, vous ne devez pas encore être au courant, mais l'adversaire, lui aussi, s'est mis à utiliser des stalkers-automates.

— Dans ma Zone ? demanda Nounane, déconcerté.

— Dans la vôtre aussi. Chez vous ils sont basés à Rexopolis, ils transportent l'équipement par hélicoptères au-dessus des montagnes vers la gorge du Serpent, vers le lac Noir, au pied du pic Bolder…

— Mais c'est la province », dit Nounane, incrédule. « C'est vide par là, que peuvent-ils y trouver ?

— Peu de chose, très peu. Mais ils les trouvent. Au demeurant, je vous l'ai dit à titre de renseignement, cela ne vous concerne pas… Dressons le bilan. À Harmont, il ne reste presque plus de stalkers professionnels. Ceux qui restent n'ont pas de rapport avec la Zone. Les jeunes sont déconcertés et commencent à s'apprivoiser. L'adversaire est écrasé, rejeté, il est caché quelque part en train de soigner ses blessures. Il n'y a pas de gratte, et même quand il y en a, personne ne l'achète. Voilà trois mois qu'il n'y a plus de fuite illégale de matériel en provenance de la Zone de Harmont. C'est bien ça ? »

Nounane se taisait. C'est pour maintenant, pensait-il. C'est maintenant qu'il va m'envoyer au tapis. Mais où est donc ma faille ? Et, apparemment, c'est un gros trou. Allez, vas-y, vieux cornichon ! Ne me fais pas languir…

« Je n'ai pas entendu la réponse », prononça M. Lemkhen, et il posa la main sur son oreille ridée et poilue.

« Bon, chef », dit Nounane, maussade. « Ça suffit. Vous m'avez assez cuisiné, passons à table. »

M. Lemkhen émit un grognement incertain.

« Vous n'avez même rien à me dire, prononça-t-il avec une amertume inattendue. Vous restez bouche bée devant la direction, alors imaginez ce que j'ai ressenti moi, quand avant-hier... » Il s'interrompit brusquement, se leva et clopina vers le coffre-fort. « Bref, ces deux derniers mois, d'après nos seules informations à nous, l'adversaire a reçu plus de six mille unités de matériel des différentes Zones. » Il s'arrêta devant le coffre-fort, caressa son côté peint et se tourna brusquement vers Nounane. « Ne vous faites pas d'illusions ! hurla-t-il. Les empreintes digitales de Barbridge ! Les empreintes digitales du Maltais ! Les empreintes digitales de Ben le Gros Nez, que vous n'avez même pas jugé utile de mentionner ! Les empreintes digitales de Ben-Galevi le Nasillard et du Nain Tsmyg ! C'est ainsi que vous apprivoisez la jeunesse ! Des "bracelets" ! Des "aiguilles" ! Des "toupies blanches" ! Et, par-dessus le marché, je ne sais quels "yeux d'écrevisse", "hochets de chienne", "serviettes détonantes", le diable les emporte ! »

Il s'interrompit à nouveau, retourna vers son fauteuil, joignit ses doigts et demanda poliment : « Qu'en pensez-vous, Richard ? »

Nounane sortit un mouchoir, s'essuya le cou et la nuque.

« Je n'en pense rien, siffla-t-il honnêtement. Excusez-moi, chef, mais pour l'instant… Laissez-moi souffler… Barbridge ? Vous pouvez vous torcher avec mon état de service mais Barbridge n'a aucun rapport avec la Zone ! Je suis au courant de chaque pas qu'il fait ! Il organise des beuveries et des pique-niques sur les lacs, ramasse beaucoup d'argent et n'en a pas besoin… Excusez-moi, évidemment, je dis des bêtises, mais je vous assure que je ne perds pas Barbridge de vue depuis qu'il est sorti de l'hôpital…

— Je ne vous retiens plus, dit M. Lemkhen. Je vous donne un délai d'une semaine. Pour présenter vos conclusions sur le sujet suivant : comment le matériel de votre Zone tombe entre les mains de Barbridge… Et de tous les autres salauds. Au revoir ! »

Nounane se leva, salua maladroitement le profil de M. Lemkhen et, essuyant toujours la sueur qui ruisselait de son cou, sortit dans la salle d'attente. Le jeune homme basané fumait, contemplant pensivement le tréfonds de l'appareil électronique éventré. Il jeta un regard distrait sur Nounane ; ses yeux étaient vides, tournés vers l'intérieur.

Richard Nounane enfonça tant bien que mal son chapeau, se fourra l'imperméable sous le bras et sortit. Une chose pareille ne m'était encore jamais arrivée, je crois, pensa-t-il. Ses idées se bousculaient. Ça alors, Ben-Galevi le Gros Nez ! Il a déjà eu le temps de se faire attribuer un surnom… Mais quand ? Un gamin, un petit morveux… Non, ce n'est pas ça… Et toi, vieille vache sans jambes ! Charognard ! Non mais comment m'as-tu possédé ? Parce que me voilà maintenant sans culotte, le derrière à l'air, comme un gosse... Comment est-ce que ça a pu arriver ? Ça ne pouvait tout simplement pas arriver ! Exactement comme l'autre fois à Singapour, quand on m'a fracassé la gueule contre une table et la nuque contre un mur...

Il monta dans sa voiture et pendant quelque temps, n'y comprenant rien, tâtonna sur le tableau de bord, en cherchant l'allumage. L'eau lui dégoulinait du chapeau sur le pantalon, alors il enleva son couvre-chef et, sans regarder, l'envoya en arrière. L'averse inondait le pare-brise et bizarrement Richard Nounane s'imaginait que c'était précisément à cause de ça qu'il n'arrivait pas à comprendre ce qu'il devait faire. L'ayant compris, il frappa du poing son front dégarni. Cela lui fit du bien. Il se rappela aussitôt que la clé de contact ne pouvait pas exister et qu'il avait dans la poche une batterie « etak ». Un accumulateur éternel. Il lui fallait donc la tirer de sa poche, qu'elle aille au diable, et l'insérer dans le réceptacle, alors il pourrait au moins aller quelque part, loin de cette maison, où ce vieux cornichon l'observait à coup sûr de la fenêtre...

La main de Nounane tenant la batterie se figea à mi-chemin. Bon. Au moins, je sais par qui commencer. Eh bien, c'est par lui que je vais commencer. Oh oui, je vais commencer par lui ! Personne n'a jamais commencé par quelqu'un comme je vais le faire. Et avec quel plaisir je vais procéder. Il brancha les essuie-glaces et fonça le long du boulevard, sans voir quasiment personne devant lui, mais en se calmant quand même peu à peu. Ça ne fait rien. Que ce soit comme à Singapour. Après tout, à Singapour tout a fini par s'arranger… Bon, on lui avait foutu une fois la gueule sur la table, et alors ? Ça aurait pu être pire. Ça aurait pu ne pas être la gueule, ni la table, mais un truc avec des clous… Mon Dieu, comme cela aurait pu être facile à faire ! Mettre tous ces salauds en tas, les jeter en prison pour quinze ans… ou les déporter au diable ! En Russie, on n'a même pas entendu parler de stalkers. Là-bas, il y a vraiment du vide autour de la Zone, cent kilomètres, personne de trop, ni touristes ni Barbridge… Il faut agir plus simplement, Messieurs, plus simplement ! Je vous jure, on n'a besoin d'aucune complexité. Si tu n'as rien à faire dans la Zone, alors va au cent et unième kilomètre… Bon, ne nous éloignons pas du sujet. Où est-il donc, mon cher petit établissement ? On ne voit fichtrement rien… Ah ! le voilà !

Ce n'était pas l'heure convenable, mais l'établissement Cinq Minutes étincelait de tous ses feux, rivalisant avec le Métropole. En s'ébrouant comme un chien sorti de l'eau, Richard Nounane entra dans le hall brillamment éclairé qui empestait le tabac, le parfum et le champagne aigre. Le vieux Benny, encore sans livrée, était assis devant le zinc placé en biais par rapport à l'entrée et dévorait quelque chose, le poing serré sur la fourchette. En face de lui, sa poitrine monstrueuse disposée parmi les verres vides, trônait Madame ;

l'air affligé, elle le regardait manger. Le hall n'était pas encore rangé depuis la soirée de la veille. Quand Nounane entra, Madame tourna immédiatement vers lui son large visage plâtré, d'abord mécontent, fondant ensuite dans un sourire professionnel.

« Oh ! prononça-t-elle d'une voix de basse. On dirait M. Nounane en personne ! C'est les fillettes qui vous manquent ? »

Benny continuait à dévorer, il était sourd comme un pot.

« Salut ma vieille ! répliqua Nounane en s'approchant. Que ferais-je avec des fillettes quand j'ai devant moi une vraie femme ? »

Benny finit par le remarquer. Le masque horrible, couvert de cicatrices bleues et cramoisies, se tordit avec effort en un sourire accueillant.

« Bonjour patron ! dit-il dans un râle. Vous venez histoire de vous sécher ? »

En réponse, Nounane sourit et fit un geste de la main. Il n'aimait pas parler avec Benny : il était obligé de crier tout le temps.

« Où est mon gérant, les gars ? demanda-t-il.

— Chez lui, répondit Madame. Demain il faut payer les impôts.

— Ah ! ces impôts ! dit Nounane. Bon. Madame, je vous prierai de me préparer mon verre préféré. Je reviens tout de suite. »

Marchant sans bruit sur un épais tapis synthétique, il longea le couloir, en passant devant les loggias aux rideaux tirés — à côté de chaque loggia le mur était orné d'une fleur peinte différente —, tourna dans une petite impasse peu visible et sans frapper ouvrit une porte tendue de cuir.

Katioucha[1] Gros Os trônait devant une table et examinait dans un petit miroir l'abcès menaçant qu'il avait sur le nez. Il s'en foutait complètement, de devoir payer ses impôts le lendemain. Sur la table devant lui, tout ce qu'il y a de plus vide, il y avait un petit pot de pommade au mercure et un verre de liquide transparent. Katioucha Gros Os leva sur Nounane ses yeux injectés de sang et bondit sur ses pieds, laissant tomber le petit miroir. Sans prononcer un mot, Nounane s'assit dans un fauteuil en face de lui et pendant un certain temps dévisagea en silence cette crapule, en l'écoutant marmonner quelque chose sur cette maudite pluie et ses rhumatismes. Puis il dit :

« Ferme donc la porte à clé, mon vieux. »

Gros Os, martelant le plancher de ses pieds plats, courut vers la porte, tourna la clé et revint vers la table. Semblable à une montagne poilue, il dominait Nounane, buvant ses paroles avec dévouement. Nounane continuait à l'examiner à travers ses paupières légèrement baissées. Puis, sans savoir pourquoi, il se rappela que le vrai prénom de Katioucha Gros Os était Raphaël. Il avait reçu le surnom de Gros Os à cause de ses poings osseux, monstrueux, bleu, rouge et nus, qui émergeaient des poils épais lui couvrant les bras comme des manchettes. C'est lui-même qui

1. Un diminutif du prénom russe Ékatérina. *(N.d.T.)*

se surnommait Katioucha, croyant fermement que c'était le nom traditionnel des grands tsars mongols. Raphaël. Eh bien, Raphaël, commençons.

« Comment ça va ? demanda-t-il tendrement.

— Tout va très bien, boss, répondit rapidement Raphaël Gros Os.

— Tu as étouffé le scandale dans le bureau du commandant ?

— J'ai déboursé cent cinquante billets. Tout le monde est content.

— Dans ce cas, tu m'en dois cent cinquante, dit Nounane. C'est ta faute, mon vieux. Il fallait surveiller. »

Gros Os se composa un visage malheureux et soumis, écarta ses bras énormes.

« Il faudrait changer le parquet du hall, dit Nounane.

— À vos ordres. »

Nounane se tut quelque temps, faisant la moue.

« La gratte ? demanda-t-il en baissant la voix.

— Il y en a un peu, prononça Gros Os en baissant aussi la voix.

— Fais voir. »

Gros Os se précipita vers le coffre-fort, en sortit un paquet, le posa devant Nounane sur la table et le défit. Du doigt, Nounane fouilla dans le petit tas d'« éclaboussures noires », prit un « bracelet », l'examina de tous les côtés et le remit à sa place.

« C'est tout ? demanda-t-il.

— On n'apporte plus rien, dit Gros Os d'un air coupable.

— On n'apporte plus rien… », répéta Nounane.

Il visa soigneusement et lança de toutes ses forces le bout de sa chaussure dans le mollet de Gros Os. Gros Os poussa un cri, faillit se pencher pour tâter l'endroit endolori, mais se redressa aussitôt, les bras serrés le long du corps. Alors, Nounane bondit comme si on lui avait donné un coup aux fesses, en rejetant le fauteuil, saisit Gros Os par le col de la chemise et le fit reculer, en lui assenant des coups de pied, en roulant les yeux et chuchotant des jurons. Gémissant, rejetant la tête en arrière comme un cheval qui a peur, Gros Os recula jusqu'à ce qu'il tombât sur le divan.

« Alors, tu travailles pour deux patrons, ordure ? » siffla Nounane, droit dans ses yeux blancs d'épouvante. « Charognard se vautre dans la gratte, et à moi, tu offres des boules dans un bout de papier ? » Il prit son élan et frappa Gros Os au visage, en visant le nez avec son abcès. « Je te ferai pourrir en prison ! Je te ferai vivre dans le fumier… Tu boufferas du fumier… Tu regretteras d'être né ! » De nouveau, il frappa à toute volée dans l'abcès. « D'où vient la gratte de Barbridge ? Pourquoi on la lui apporte à lui et pas à toi ? Qui la lui apporte ? Pourquoi je n'en sais rien ? Pour qui travailles-tu, sale porc velu ? Réponds ! »

Gros Os ouvrait et fermait la bouche sans proférer un son. Nounane le relâcha, retourna vers son fauteuil, s'assit et posa les jambes sur la table.

« Alors ? » dit-il.

Gros Os aspira bruyamment le sang qui lui coulait du nez et dit :

« Dieu m'est témoin, boss... Qu'est-ce qui vous prend ? D'où Charognard pourrait-il avoir de la gratte ? Il n'a pas de gratte. De nos jours personne n'a de gratte...

— Tu vas peut-être me contredire ? » demanda tendrement Nounane, remettant les pieds par terre.

« Mais non, boss... Dieu m'est témoin..., se hâta de dire Gros Os. Que je crève sur place ! Qui parle de contredire ! Je n'y pense même pas...

— Je vais te foutre à la porte », prononça Nounane, lugubre. « Parce que soit tu cours la gueuse, soit tu ne sais pas travailler. Que veux-tu que je fiche de toi comme tu es ? J'en aurai dix comme toi pour vingt-cinq billets. Dans cette affaire, j'ai besoin d'un vrai homme, mais toi, tu dépraves seulement les nanas et siffles de la bière...

— Attendez, boss », dit Gros Os, plein de bon sens, en s'essuyant le nez et en se tachant de sang tout le visage. « Pourquoi vous jeter sur moi comme ça, sans rien expliquer ?... Tâchons d'y voir clair, quand même. » Il se tâta prudemment l'abcès sur le nez. « Vous dites que Barbridge a beaucoup de gratte ? Je ne suis pas au courant. Je m'excuse, naturellement, mais quelqu'un vous a menti. À présent personne n'en a. Il n'y a plus que des morveux qui vont dans la Zone, mais eux, ils n'en reviennent presque jamais. Non, boss, quelqu'un vous a raconté des salades... »

Nounane le surveillait d'un regard en biais. Effectivement, Gros Os paraissait tout ignorer.

D'ailleurs, quel intérêt aurait-il à mentir ? Avec Barbridge on ne gagne pas beaucoup.

« Ses pique-niques, ça rapporte ? demanda-t-il.

— Ses pique-niques ? Pas tellement. On ne peut pas dire qu'il y ramasse le fric à la pelle… Parce que maintenant il ne reste plus d'affaires intéressantes dans la ville…

— Où ont-ils lieu, ces pique-niques ?

— Où ? Dans des endroits différents. Au pied de la montagne Blanche, sur les sources Chaudes, près des lacs Irisés…

— Qui sont ses clients ?

— Ses clients ? » Gros Os renifla, cilla et déclara d'un ton confidentiel : « Si vous avez envie de monter la même affaire, boss, je vous le déconseille. Vous ne pourrez rien contre Charognard.

— Pourquoi donc ?

— Les clients de Charognard sont : des casques bleus — un. » Gros Os fermait les doigts. « Des officiers du bureau du commandant — deux. Des touristes du Métropole, du Lys blanc, du Visiteur — trois. De plus, il a déjà monté sa publicité. Les gars d'ici viennent aussi chez lui… C'est vrai, boss, il ne faut pas y toucher. Il nous paye des filles régulièrement, pas beaucoup, mais…

— Ceux d'ici vont aussi chez lui ?

— En général les jeunes.

— Et que font-ils pendant ces pique-niques ?

— Que font-ils ? Bon. On y va en car. Sur place, il y a déjà des tentes, un buffet, de la musique… Chacun se distrait comme il veut. Les officiers surtout avec des filles, les touristes foncent regarder la

Zone, parce que si c'est sur les sources Chaudes, la Zone est à deux pas, droit par la gorge de Soufre… Charognard y avait dispersé des os de chevaux, alors ils les regardent avec des jumelles…

— Et les habitants locaux ?

— Les habitants locaux ? Évidemment, ça ne les intéresse pas… Ils s'amusent comme ils peuvent…

— Et Barbridge ?

— Mais quoi, Barbridge ? Barbridge est comme tout le monde…

— Et toi ?

— Quoi, moi ? Moi, je suis comme les autres. Je veille à ce qu'on ne m'abîme pas les filles, et… c'est-à-dire… Bref, comme tout le monde.

— Et combien de temps durent-ils, ces pique-niques ?

— Ça dépend. Parfois trois jours, parfois toute une semaine.

— Et combien ça coûte, ce plaisir ? » demanda Nounane, la tête complètement ailleurs. Gros Os répondit quelque chose, mais Nounane ne l'entendit pas. La voilà, ma faille, pensait-il. Quelques jours… quelques nuits… Dans ces conditions il est simplement exclu de surveiller Barbridge, même si tu n'as que ça comme objectif, que tu ne couches pas avec les nanas et ne sirotes pas de la bière comme mon tsar mongol… Et cependant, ça reste incompréhensible. Il est cul-de-jatte, et par là, c'est les gorges des montagnes… Non, il doit y avoir autre chose…

« Qui des habitants locaux y va régulièrement ?

— Qui des habitants locaux ? C'est ce que j'ai dit : surtout les jeunes. Les plus fieffés coquins de la ville : Galevi, Rajba… Zapfa le Poussin… Parfois le Maltais. Une joyeuse compagnie. Ils appellent ça l'"école du dimanche". Alors, disent-ils, si on allait à l'"école du dimanche" ? Ils y vont surtout pour les touristes âgées, et ils gagnent pas mal. Mettons, une vieille débarque d'Europe…

— L'"école du dimanche" », répéta Nounane.

Une idée étrange surgit soudain dans son esprit. École. Il se leva.

« Bon, dit-il. Oublions les pique-niques. Ce n'est pas pour nous. Mais sache une chose : Charognard a de la gratte, et ça, c'est notre affaire, mon vieux. Nous ne pouvons absolument pas laisser ça comme ça. Cherche, Gros Os, cherche, sinon je te fous dehors. D'où il prend cette gratte, qui la lui livre, renseigne-toi sur tout et propose vingt pour cent de plus que lui. Compris ?

— Compris, boss. » Gros Os était déjà debout, les bras serrés le long du corps, sa gueule barbouillée exprimant le dévouement.

« Et arrête de draguer les nanas, animal ! » hurla soudain Nounane, et il sortit.

Il réintégra le hall, avala rapidement son apéritif, conversa avec Madame de la dégradation des mœurs, fit allusion à ce que, dans peu de temps, il se préparait à agrandir l'établissement et, en baissant la voix pour paraître plus significatif, demanda conseil à propos de Benny, qui devenait vieux, qui n'entendait plus, dont les réactions n'étaient plus ce qu'elles étaient, qui n'arrivait plus à travailler comme autrefois… Il était déjà six heures, il avait faim, mais une petite pensée inattendue vrillait toujours son cerveau, elle y tournait toujours, cette petite pensée qui ne rimait à rien et qui, en même temps, expliquait beaucoup de choses. Au demeurant, certains points étaient déjà éclaircis ; le côté mystique de cette affaire, irritant et effrayant, avait déjà disparu, il ne restait que le mécontentement de soi-même, de n'avoir pas pensé plus tôt à cette possibilité. Pourtant, ce n'était pas ça, l'essentiel. L'essentiel résidait dans cette petite idée qui tournait, qui tournait toujours dans sa tête et ne le laissait pas en paix.

Ayant salué Madame et serré la main de Benny, Nounane se dirigea directement vers le Bortch. Tout le malheur réside dans le fait que nous ne voyons pas les années passer, pensait-il. Non, les années, c'est de la foutaise, nous ne remarquons pas les changements. Nous savons que tout change dès l'enfance, on nous apprend que tout change, nous avons vu tout changer, de nos propres yeux, plusieurs fois, et cependant, nous sommes parfaitement incapables de saisir le moment où le changement en question se produit. Ou nous cherchons ce changement au mauvais endroit. Voilà que de nouveaux stalkers équipés par la cybernétique sont apparus. Le vieux stalker était un homme sale, maussade, qui, obstiné comme une bête, rampait sur le ventre dans la Zone, millimètre par millimètre, pour gagner de l'argent. Le nouveau stalker, c'est un dandy avec une cravate, un ingénieur, installé à un bon kilomètre de la Zone, cigarette entre les dents, verre de remontant près du coude, en train de surveiller des écrans. Un gentleman salarié. Le tableau est très logique. Tellement logique que les autres possibilités ne viennent tout simplement pas à l'esprit. Cependant, elles existent. L'« école du dimanche », par exemple.

Et soudain, apparemment sans raison aucune, il sentit le désespoir l'envahir. Tout était inutile. Tout était vain. Mon Dieu, pensa-t-il, nous n'arriverons à rien ! Nous ne pourrons ni rattraper ni arrêter les choses ! Personne n'aura assez de force pour maintenir cette pâte qui monte, pensa-t-il, horrifié. Non que nous travaillions mal. Non qu'ils soient plus rusés et plus malins que nous. Simplement, notre monde est ainsi. Et dans notre monde l'homme est ainsi. S'il n'y avait pas eu de Visite, il y aurait eu quelque chose d'autre. Un cochon trouvera toujours de la boue…

Le Bortch était brillamment éclairé, il dégageait une odeur savoureuse. Le Bortch aussi avait changé : plus de danses, plus de rigolades. Cirage n'y venait plus, il le dédaignait, Redrick Shouhart aussi avait dû y fourrer son nez couvert de taches de rousseur, faire la grimace et s'en aller. Ernest était encore en prison, c'était sa vieille qui gérait les affaires. Enfin elle avait obtenu ce qu'elle voulait tant : une clientèle sérieuse, stable, tout l'Institut y venait déjeuner, même des officiers supérieurs : des box confortables, de la bonne cuisine, pas chère, la bière toujours fraîche. Une bonne vieille auberge.

Dans un des box Nounane vit Valentin Pilman. Le prix Nobel était assis devant une tasse de café et lisait un magazine plié en deux. Nounane s'approcha.

« Vous permettez que je m'installe en voisin ? » demanda-t-il.

Valentin leva sur lui ses lunettes noires.

« Ah ! dit-il. Je vous en prie.

— Une minute, je vais juste me laver les mains », dit Nounane, se rappelant subitement l'abcès.

Ici, on le connaissait bien. Lorsqu'il revint et s'installa en face de Valentin, il y avait déjà sur la table un réchaud à braise avec du churrasco fumant et une haute chope de bière, ni froide ni tiède, juste comme il l'aimait. Valentin posa le magazine à côté et but une gorgée de café.

« Écoutez, Valentin, dit Nounane en coupant un morceau de viande. À votre avis, comment tout ça va-t-il se terminer ?

— De quoi parlez-vous ?

— La Visite, les Zones, les stalkers, les complexes militaro-industriels, tout ça… Comment ça peut-il se terminer ? »

Valentin le regarda longtemps de ses verres noirs aveugles. Puis il alluma une cigarette et dit :

« Pour qui ? Concrétisez.

— Mettons, pour l'humanité en général.

— Cela dépend de la chance que nous aurons ou pas, dit Valentin. À présent, nous savons que pour l'humanité en général la Visite n'a pas eu, pour ainsi dire, de conséquences. Bien sûr, il n'est pas exclu qu'en tirant à l'aveuglette les marrons du feu nous finissions par en obtenir quelque chose qui rendrait la vie impossible non seulement chez nous, mais sur toute la planète. Ce serait alors de la malchance. Cependant, convenez que ce genre de chose a toujours menacé l'humanité. » Il chassa la fumée de la main et sourit. « Voyez-vous, ça fait longtemps que j'ai perdu l'habitude de parler de l'humanité en général. L'humanité en général est un système trop stationnaire, rien ne lui fait rien.

— Vous croyez ? » prononça Nounane, déçu. « Eh bien, c'est peut-être vrai…

— Dites-moi honnêtement, Richard », enchaîna Valentin, visiblement dans le seul but de se divertir. « Pour un homme d'affaires comme vous, qu'y a-t-il de changé depuis la Visite ? Bon, vous savez maintenant qu'il existe dans l'Univers au moins une autre intelligence à part celle des humains. Et alors ?

— Comment vous expliquer… », bredouilla Nounane. Il regrettait déjà d'avoir entamé cette conversation. Il n'y avait rien à dire. « Qu'y a-t-il de changé pour moi ?… Eh bien, par exemple, ça fait déjà plusieurs années que je ressens une certaine gêne, un certain inconfort. Bon, ils sont venus et ils sont repartis aussitôt. Et s'ils reviennent et si, ce coup-ci, ils décident de rester ? Voyez-vous, pour moi, en tant qu'homme d'affaires, c'est loin d'être une question vaine : qui sont-ils, comment vivent-ils, de quoi ont-ils besoin ?… Dans le cas le plus simple, je dois penser à changer ma production. Je dois être prêt. Et si je me retrouve inutile dans leur système ? » Il s'anima. « Et si nous tous, nous nous révélons inutiles ? Écoutez, Valentin, puisqu'on en parle, est-ce que les réponses à ces questions existent ?

Qui sont-ils, que sont-ils venus chercher, reviendront-ils ou non ?…

— Les réponses existent, dit Valentin en souriant. Il y en a même plein, choisissez celle qui vous plaît.

— Mais vous, qu'en pensez-vous ?

— À parler franc, je ne me suis jamais autorisé à y réfléchir sérieusement. Pour moi, la Visite est avant tout un événement unique, susceptible de nous offrir la possibilité d'escalader d'un seul coup plusieurs marches dans le processus de l'acquisition du savoir. Une sorte de voyage dans l'avenir de la technologie. Un peu comme si Isaac Newton avait trouvé un générateur de quanta moderne dans son laboratoire…

— Newton n'aurait rien compris.

— Erreur ! Newton était un homme très perspicace.

— Ah bon ? Bien, laissons-le en paix, Newton. Mais malgré tout, comment interprétez-vous la Visite ? Même d'une façon pas sérieuse…

— D'accord, je vais vous le dire. Mais je vous préviens, Richard, votre question relève de la pseudoscience nommée xénologie. La xénologie, c'est un mélange artificiel de science-fiction et de logique formelle. À la base de sa méthode se trouve un procédé vicieux : le fait de plaquer la psychologie humaine sur une intelligence extraterrestre.

— Pourquoi vicieux ? demanda Nounane.

— Mais parce que les biologistes se sont déjà cassé la figure en essayant de plaquer la psychologie humaine sur les animaux. Les animaux terrestres, notez-le.

— Permettez, dit Nounane. Cela n'a rien à voir. Vous et moi, nous parlons de la psychologie des êtres INTELLIGENTS...

— Oui. Et tout serait très bien si nous savions ce que c'est, l'intelligence.

— Parce que nous ne le savons pas ? s'étonna Nounane.

— Figurez-vous que non. Généralement, on part d'une définition très plate : l'intelligence est la particularité qui distingue l'homme de l'animal. Une tentative, voyez-vous, de séparer le maître et son chien qui, prétend-on, comprend tout, mais ne peut pas le dire. Remarquez que cette définition plate donne naissance à d'autres, plus spirituelles. Elles sont fondées sur l'observation amère de l'activité humaine en question. Par exemple : l'intelligence est la faculté qu'a un être vivant d'accomplir des actes incongrus ou inutiles.

— Oui, c'est bien à propos de nous, confirma Nounane.

— Malheureusement, oui. Ou prenons une autre définition hypothétique : l'intelligence est un instinct complexe qui ne s'est pas encore formé. On sous-entend que l'activité instinctive est toujours utile et naturelle. Dans un million d'années, l'instinct sera formé et nous ne commettrons plus ces erreurs qui représentent, probablement, une propriété inséparable de l'intellect. Et alors, si quelque chose change dans l'univers, nous deviendrons tranquillement une race en voie de disparition, de nouveau précisément parce que nous aurons perdu la faculté de commettre des erreurs, c'est-à-dire d'essayer des variantes différentes, non prévues par un programme rigide.

— Vous en arrivez là à quelque chose… d'humiliant.

— Dans ce cas, je vous présente encore une définition, très élevée et noble. L'intelligence est la faculté d'utiliser les forces du monde qui nous entoure sans le détruire. »

Nounane fit une grimace et secoua la tête.

« Non, dit-il. C'est trop… Nous n'avons pas cette intelligence-là… Et que diriez-vous du fait que l'homme, contrairement aux animaux, est un être qui éprouve un besoin de connaissance invincible ? J'ai lu quelque chose à ce sujet.

— Moi aussi, dit Valentin. Mais le malheur est que l'homme, en tout cas, l'homme des masses, arrive très facilement à vaincre son besoin de connaissances. À mon avis, ce besoin n'existe pas. Il y a le besoin de comprendre qui ne nécessite pas de connaissances. Par exemple, l'hypothèse de Dieu donne la possibilité inégalable de comprendre absolument tout sans rien apprendre… Donnez à l'être humain un schéma du monde extrêmement simpliste et interprétez chaque événement sur la base de ce modèle simplifié. Cette approche n'exige aucune connaissance. Quelques formules apprises par cœur, plus ce qu'on appelle l'intuition, l'entregent et le bon sens.

— Attendez », dit Nounane. Il termina sa bière et posa bruyamment la chope vide sur la table.

« Ne vous éloignez pas du sujet. Envisageons les choses de la façon suivante. L'homme a rencontré une créature extraterrestre. Comment chacun découvrira-t-il que l'autre est intelligent ?

— Aucune idée », dit Valentin, amusé. « Tout ce que j'ai lu sur le sujet mène à un cercle vicieux. S'ils sont capables d'entrer en contact, c'est qu'ils sont intelligents. Et à l'inverse : s'ils sont intelligents, ils sont capables d'entrer en contact. Ou tout simplement : si un être extraterrestre a l'honneur d'avoir la même psychologie que l'être humain, il est intelligent. Et voilà où en sont les choses, Richard. Avez-vous lu Vonnegut ?

— Nous voilà bien, dit Nounane. Et moi qui pensais que vous aviez déjà tout étiqueté…

— Même un singe peut étiqueter, nota Valentin.

— Non, attendez », dit Nounane. Curieusement, il se sentait trompé. « Mais si vous ignorez des choses aussi simples… Bon, laissons tomber l'intelligence. Apparemment, le diable s'y casserait les dents. Mais la Visite ? Quand même, que pensez-vous de la Visite ?

— Je vais vous le dire, prononça Valentin. Imaginez un pique-nique… »

Nounane sursauta.

« Comment avez-vous dit ?

— Un pique-nique. Imaginez : une forêt, un chemin, une clairière. Une voiture passe du chemin dans la clairière, apparaissent des jeunes gens, des paniers à provisions, des jeunes filles, des transistors, des appareils photo et des caméras… On allume un feu, on dresse des tentes, on branche la musique. Et le lendemain matin, ils repartent. Les animaux, les oiseaux et les insectes qui la nuit, épouvantés, avaient observé le cours des événements, sortent de leurs abris. Que voient-ils ? Sur l'herbe tachée d'huile traînent de vieilles bougies, un filtre à huile, des chiffons, des ampoules grillées, quelqu'un a laissé tomber une clé à molette… Les garde-boue ont laissé des saletés ramenées d'un marécage… et, évidemment, les traces du feu de bois, des morceaux de pommes, les papiers de bonbons, les boîtes de conserve, les bouteilles vides, un mouchoir, un couteau de poche, des journaux déchirés, de la petite monnaie, des fleurs fanées venues des autres clairières…

— J'ai compris. Un pique-nique au bord du chemin.

— Exactement. Un pique-nique au bord de je ne sais quel chemin cosmique. Et vous me demandez : reviendront-ils ou non ?

— Donnez-moi une cigarette, dit Nounane. Le diable l'emporte, votre pseudo-science ! Je m'imaginais tout ça différemment.

— C'est votre droit, remarqua Valentin.

— Mais alors, ils ne nous ont pas vus du tout ?

— Pourquoi ?

— Eh bien, en tout cas, ils n'ont pas prêté attention à nous…

— Vous savez, à votre place je n'en serais pas chagriné », conseilla Valentin.

Nounane aspira la fumée, toussa et jeta la cigarette.

« Quoi qu'il en soit, dit-il, obstiné, c'est impossible… Le diable vous emporte, vous autres, savants ! Pourquoi ce dédain envers l'homme ? Pourquoi essayez-vous constamment de le rabaisser ?…

— Attendez, dit Valentin. Écoutez. "Vous allez me demander par quoi l'homme est grand ? cita-t-il. D'avoir créé une seconde nature ? D'avoir mis en mouvement des forces presque cosmiques ? D'avoir, en des délais minimes, conquis la planète et ouvert une fenêtre dans l'Univers ? Non ! Il est grand parce qu'en dépit de tout cela, il a survécu et est décidé à continuer à survivre." »

Un silence s'installa. Nounane réfléchissait.

« Peut-être, dit-il, mal assuré. Bien sûr, de ce point de vue…

— Ne vous en faites pas, dit Valentin avec indulgence. Le pique-nique, ce n'est que mon hypothèse. Et, à proprement parler, même pas une hypothèse, juste une image… Des xénologues soi-disant sérieux essayent d'argumenter des versions bien plus solides et aimables pour l'amour-propre humain. Par exemple, qu'il n'y a eu aucune Visite, qu'elle est encore à venir. Une certaine intelligence élevée aurait jeté chez nous, sur Terre, des conteneurs avec des échantillons de sa culture matérielle. Nous sommes censés étudier ces échantillons, produire un bond technologique et arriver à envoyer un signal de réponse qui justement signifiera que nous sommes réellement prêts à un contact. Qu'en pensez-vous ?

— C'est déjà nettement mieux, dit Nounane.

Je vois que parmi les savants il y a aussi des gens bien.

— Je vous propose une autre version. La Visite a eu lieu pour de bon, mais elle est loin d'être terminée. En fait, nous nous trouvons actuellement en état de contact sans nous en douter. Les Visiteurs se sont fait des nids dans les Zones et nous étudient scrupuleusement, nous préparant en même temps aux "miracles violents de l'avenir".

— Ça, ça me plaît ! dit Nounane. Au moins, on comprend alors ce remue-ménage mystérieux qui se produit dans les ruines de l'usine. À propos, votre pique-nique n'explique absolument pas ce remue-ménage.

— Pourquoi donc ? protesta Valentin. Une de mes gamines aurait très bien pu oublier dans la clairière son ourson mécanique préféré…

— Laissez tomber, dit Nounane d'un ton résolu. La terre tremble et vous appelez ça un ourson… Remarquez, ça peut aussi bien être un ourson. Vous voulez une bière ? Rosalia ! Hé, la vieille ! Deux bières à ces messieurs xénologues !… Ça fait quand même plaisir de parler avec vous, dit-il à Valentin. Un vrai lavage de cerveau, comme si on se fourrait du sel de magnésie dans le crâne. Parce qu'on travaille, on bosse, mais pourquoi, dans quel but, l'avenir, est-ce qu'on l'aimera passionnément, à la folie ou pas du tout ?… »

On leur servit de la bière. Nounane en but une gorgée, regardant par-dessus la mousse Valentin qui étudiait sa chope avec une expression dubitative et dégoûtée.

« Quoi, elle ne vous plaît pas ? demanda-t-il en se pourléchant.

— À vrai dire, je ne bois pas, dit Valentin, indécis.

— Oh ! fit Nounane, stupéfait.

— Au diable ! dit Valentin. Il doit exister dans ce monde au moins un abstinent. » Il repoussa la chope d'un geste résolu. « Puisque c'est comme ça, commandez-moi plutôt un cognac.

— Rosalia ! » aboya aussitôt Nounane, définitivement égayé.

Lorsque le cognac fut apporté, il dit :

« Et malgré tout, cela ne devrait pas être comme ça. Je ne parle plus du pique-nique, ça, c'est vraiment un coup vache. Mais même en acceptant que tout cela n'est qu'un prélude au contact, cela reste moche. Je comprends : les "bracelets", les "creuses"... Mais pourquoi la "gelée de sorcière" ? Les "calvities de moustique" et ce duvet ignoble...

— Excusez-moi, dit Valentin en choisissant une tranche de citron, mais je ne comprends pas très bien votre terminologie. Quelles calvities, je vous demande pardon ? »

Nounane rit.

« C'est du folklore, cxpliqua-t-il. L'argot professionnel des stalkers. Les "calvities de moustique" sont des endroits à la gravitation élevée.

— Ah ! les graviconcentrés... La gravitation dirigée. Voilà un sujet que j'aborderais avec plaisir, mais vous n'y comprendriez rien.

— Et pourquoi donc n'y comprendrais-je rien ? Je suis quand même ingénieur...

— Parce que moi-même, je n'y comprends rien, dit Valentin. Je possède des systèmes d'équations, mais je n'ai aucune idée sur leur interprétation... Quant à la "gelée de sorcière", ça doit être du gaz colloïdal ?

— Exactement. Avez-vous entendu parler de la catastrophe des laboratoires de Carrigan ?

— Oui, j'en ai entendu dire un mot, répliqua Valentin à contrecœur.

— Ces crétins ont placé un conteneur de porcelaine avec de la "gelée" dans une chambre spéciale, totalement isolée... C'est-à-dire qu'ils pensaient que la chambre était totalement isolée... Quand ils ont ouvert le conteneur avec des manipulateurs, la "gelée" a traversé le métal et le plastique comme l'eau traverse le buvard, et tout ce qui entrait en contact avec elle devenait à son tour de la "gelée". Trente-cinq personnes sont mortes, plus de cent sont handicapées et l'immeuble du laboratoire est entièrement hors d'état. Vous est-il arrivé de le voir ? Une construction magnifique ! Puis la "gelée" a dégouliné dans les caves et les étages inférieurs... Voilà le prélude à vos contacts. »

Valentin fit une grimace.

« Oui, je sais tout ça, dit-il. Cependant, avouez, Richard, que les Visiteurs n'y sont pour rien. Comment pouvaient-ils supposer l'existence chez nous de complexes militaro-industriels ?

— Ils auraient dû le savoir ! répondit Nounane d'un ton de reproche.

— Ils vous auraient répondu : vous auriez dû

détruire il y a très longtemps les complexes militaro-industriels.

— C'est vrai, confirma Nounane. Pourquoi ne l'entreprendraient-ils pas, puisqu'ils sont si puissants ?

— C'est-à-dire que vous proposez une ingérence dans les affaires intérieures de l'humanité ?

— Hum, fit Nounane. Évidemment, de cette façon nous pouvons facilement aller trop loin. N'en parlons pas. Revenons plutôt au début de notre conversation. Comment tout cela va-t-il se terminer ? Vous autres, les savants, espérez-vous trouver dans la Zone quelque chose de fondamental, quelque chose qui serait vraiment susceptible de bouleverser la science, la technologie, la façon de vivre ?... »

Valentin finit son cognac et haussa les épaules.

« Vous vous êtes trompé d'adresse, Richard. Je n'aime pas me livrer à de vaines fantaisies. Lorsqu'il s'agit de sujets aussi sérieux, je préfère rester prudemment sceptique. Partant de ce que nous avons déjà reçu, nous possédons devant nous tout un spectre de possibilités. Pour le moment, on ne peut rien dire de concret.

— Rosalia, encore du cognac ! Bon, essayons alors par l'autre bout. D'après vous, qu'avons-nous déjà reçu ?

— Si amusant que cela puisse paraître, assez peu. Nous avons découvert beaucoup de choses miraculeuses. Dans certains cas nous avons même appris à utiliser ces miracles pour nos besoins. Nous nous y sommes habitués... Un singe de laboratoire appuie sur un bouton rouge et reçoit une banane, il appuie sur un bouton blanc et reçoit une orange, mais il ne sait pas comment se procurer des bananes et des oranges sans boutons. Il ne comprend pas non plus quel rapport existe entre les boutons et les fruits. Prenons, par exemple, les batteries “etak”. Nous avons appris à les utiliser. Nous avons même découvert les conditions de leur scissiparité. Mais jusqu’ici nous n’avons pu en fabriquer aucune, nous ne comprenons pas comment elles fonctionnent et, visiblement, ne sommes pas près de le comprendre… Voilà ce que j’en pense : il y a des objets que nous avons appris à utiliser. Nous les utilisons, mais pas comme le font les Visiteurs, c’est presque certain. Je suis totalement convaincu que dans la plupart des cas nous enfonçons des clous avec des microscopes. Mais malgré cela, nous en utilisons certains : les batteries “etak”, les “bracelets” qui stimulent les processus vitaux… les types différents de masses quasi biologiques qui ont permis une telle révolution dans la médecine !… Nous avons reçu de nouveaux tranquillisants, de nouveaux engrais minéraux, ce qui a causé une révolution dans l’agronomie… Au fait, pourquoi vous les énumérer ? Vous êtes au courant aussi bien que moi : je vois que vous-même, vous portez un “bracelet”… Appelons les objets de ce groupe “utiles”. On peut dire que dans une certaine mesure ils ont joué un rôle de bienfaiteurs envers l’humanité, bien qu’il ne faille jamais oublier que dans notre monde euclidien chaque bâton possède deux bouts…

— L'utilisation indésirable ? intervint Nounane.

— Précisément. Mettons, l'utilisation des batteries “etak” dans l'industrie de guerre… Mais ça, ce n'est pas si grave. L'action de chaque objet utile est plus ou moins étudiée par nous, elle est plus ou moins tirée au clair. Maintenant, c'est la technologie qui freine tout, mais dans une cinquantaine d'années nous apprendrons nous-mêmes comment on fabrique ces sceaux royaux et nous casserons alors à cœur joie des noix avec. Les choses se compliquent avec l'autre groupe d'objets. Se compliquent justement parce qu'ils ne trouvent chez nous aucune utilisation. Quant à leurs propriétés, dans le cadre de nos notions actuelles, elles sont résolument inexplicables. Par exemple, les pièges magnétiques de types différents. Nous comprenons que c'est un piège magnétique, Panov l'a prouvé d'une façon très spirituelle. Mais nous ne comprenons ni où se trouve la source d'un champ magnétique aussi puissant, ni quelle est la raison de sa superstabilité… Nous ne comprenons rien. Nous ne pouvons que forger des hypothèses fantastiques relatives à des facultés de l'espace que nous n'avons jamais soupçonnées. Ou le K-23… Comment les appelez-vous, ces jolies boules noires qui servent à faire des bijoux ?

— Des “éclaboussures noires”, dit Nounane.

— C'est ça. Des “éclaboussures noires”… Joli nom. Bien, vous connaissez leurs facultés. Si on dirige un rayon de lumière sur une de ces boules, la lumière en sort avec retard. De surcroît, ce retard dépend du poids de la boule, de sa dimension et de quelques autres de ses paramètres… La fréquence de la lumière qui sort est toujours moindre que celle de la lumière qui entre… Qu'est-ce que c'est ? Pourquoi ? Il existe une idée démente selon laquelle ces "éclaboussures noires" sont les domaines gigantesques d'un espace qui possède d'autres propriétés que le nôtre et qui a adopté cette forme rétrécie sous l'influence de notre espace à nous… » Valentin sortit une cigarette et l'alluma. « Bref, les objets de ce groupe sont totalement inutiles pour la pratique humaine actuelle, bien que du point de vue scientifique ils possèdent une signification fondamentale. Ce sont des réponses tombées du ciel à des questions que nous ne savons pas encore poser. Le sir Isaac susmentionné n'aurait probablement pas vu clair dans le laser, mais en tout cas, il aurait compris que cette chose est possible, ce qui aurait exercé une forte influence sur sa conception scientifique. Je ne vais pas entrer dans les détails, mais l'existence d'objets tels que les pièges magnétiques, le K-23 et les "anneaux blancs" a supprimé d'emblée tout un champ de théories qui fleurissaient encore récemment et a fait naître des idées totalement nouvelles. Mais n'oublions pas qu'il y a encore le troisième groupe…

— Oui, dit Nounane. La "gelée de sorcière" et autres choses charmantes…

— Non, non. Tout cela se rapporte soit au premier groupe, soit au deuxième. Je parle des objets dont nous ne savons rien, dont nous avons seulement entendu parler, que nous n'avons jamais eu dans les mains. Ce que les stalkers nous ont fauchés sous notre nez, ce qu'ils ont vendu à on ne sait qui, ce qu'ils ont planqué. Ce qu'ils taisent. Les légendes et les demi-légendes : la "machine des désirs", le "vagabond Dick", les "gais fantômes"...

— Une seconde, dit Nounane. Qu'est-ce que c'est que ça ? La "machine des désirs", je comprends, mais... »

Valentin rit.

« Vous voyez, nous aussi, nous avons notre argot professionnel. Le "vagabond Dick", c'est justement cet ourson mécanique hypothétique qui fait les cent coups dans les ruines de l'usine. Quant aux "gais fantômes", c'est une turbulence dangereuse qui a lieu dans certaines régions de la Zone.

— C'est la première fois que j'en entends parler, dit Nounane.

— Vous voyez, dit Valentin, nous fouillons la Zone depuis vingt ans, mais nous ne connaissons même pas un millième de son contenu. Quant à l'influence que la Zone exerce sur l'homme... Tenez, à propos, il nous faudra introduire ici dans notre classification un autre groupe, le quatrième. Ce ne sont plus des objets, mais des influences. Ce groupe est honteusement peu étudié, bien qu'à mon point de vue il y ait plus qu'assez de faits accumulés. Et vous savez, Richard, je suis physicien et donc sceptique. Parfois, quand je pense à ces faits, j'ai la chair de poule.

— Des cadavres vivants, marmonna Nounane.

— Comment ? Ah !... Non, c'est mystérieux,

mais sans plus. Comment dire… Mettons que c'est imaginable. Mais quand autour d'un homme commencent à se produire soudain des phénomènes extraphysiques et extrabiologiques…

— Je vois, vous parlez des émigrés…

— Justement. Voyez-vous, la statistique mathématique est une science extrêmement précise, bien qu'elle relève de valeurs occasionnelles. De plus, c'est une science très éloquente, très visuelle… »

Apparemment, Valentin était un peu gris. À présent, il parlait plus fort. Ses joues rosirent, ses sourcils se haussèrent au-dessus de ses lunettes noires, lui plissant le front en accordéon.

« Rosalia ! hurla-t-il. Encore du cognac ! Un grand ballon !

— J'aime les gens qui ne boivent pas, dit Nounane avec respect.

— Ne vous éloignez pas du sujet ! dit sévèrement Valentin. Écoutez ce qu'on vous dit. C'est très étrange. »

Il leva son verre, en avala la moitié d'un trait et reprit : « Nous ne savons pas ce qui s'est passé avec les pauvres Harmontois au moment même de la Visite. Mais voilà qu'un d'eux a décidé d'émigrer. Un petit-bourgeois tout ce qu'il y a de plus ordinaire. Un coiffeur. Fils de coiffeur et petit-fils de coiffeur. Mettons qu'il déménage à Detroit. Il ouvre un salon de coiffure et voilà que commence je ne sais quel délire diabolique. Plus de quatre-vingt-dix pour cent de ses clients trouvent la mort en l'espace d'un an : ils périssent dans des accidents de voiture, tombent par les fenêtres, se font

égorger par des gangsters, se noient où l'eau n'est pas profonde, et ainsi de suite. Et ce n'est pas tout. Le nombre de catastrophes urbaines augmente brusquement. Les chaudières explosent deux fois plus souvent qu'avant. Les incendies provoqués par des perturbations sur les réseaux se déclarent trois fois et demie plus souvent. Le nombre des accidents de la route augmente trois fois plus. La mortalité pour cause de pandémies de grippe augmente deux fois plus. Et ce n'est pas tout. Dans Detroit et ses environs, le nombre des cataclysmes augmente. Apparaissent mystérieusement des ouragans et des typhons qu'on n'avait pas vus depuis mille sept cent… tout le monde a oublié combien. Survient une averse du tonnerre de Dieu et le lac Ontario ou Michigan ou un autre, je ne sais pas où se trouve Detroit, déborde… Et ainsi de suite dans le même genre. Ces cataclysmes ont lieu dans chaque ville, dans chaque village où s'installe un émigré venu d'une des régions de la Visite. Le nombre de ces cataclysmes est en proportion directe avec le nombre d'émigrés qui se sont installés dans l'endroit en question. Et, notez-le, seuls les émigrés qui ont vécu eux-mêmes la Visite exercent une action semblable. Ceux qui sont nés après n'ont aucune influence sur la statistique des accidents. Ça fait dix ans que vous vivez à Harmont, mais vous y êtes arrivé après la Visite, donc, on peut vous mettre sans aucun danger même au Vatican. Comment expliquer ça ? Que faut-il croire ? La statistique ou le bon sens ? »
Valentin saisit son verre et le vida d'un trait.

Richard Nounane se gratta derrière l'oreille.

« Ouais, dit-il. J'ai entendu parler de ça, mais à vrai dire, j'ai toujours pensé que c'était légèrement exagéré, pour ne pas dire autre chose… On a simplement eu besoin d'un prétexte pour interdire l'émigration. »

Valentin eut un sourire sardonique.

« Dis donc, un prétexte ! Qui va croire ce délire ? On aurait pu inventer par exemple des pandémies… le danger de la propagation des bruits nuisibles… enfin plein d'autres choses ! »

Il s'appuya avec les coudes sur la table et s'assombrit, cachant son visage dans ses mains.

« Je compatis, dit Nounane. C'est vrai, du point de vue de notre science puissante et positiviste…

— Ou, mettons, l'influence de la mutation par la Zone », l'interrompit Valentin. Il enleva ses lunettes et vrilla ses noirs yeux de taupe sur Nounane. « Tous ceux qui ont des contacts suffisamment longs avec la Zone subissent des changements, aussi bien phénotypiques que génotypiques. Vous savez comment sont les enfants des stalkers, vous savez ce qui arrive aux stalkers eux-mêmes. Pourquoi ? Où est le facteur de la mutation ? Dans la Zone il n'y a aucune radiation. La structure chimique de l'air et du sol de la Zone, tout en possédant son côté spécifique, ne représente aucune menace de mutation. Que me reste-t-il à faire dans ces conditions ? Croire en la magie noire ? Au mauvais œil ?… Écoutez, Richard, prenons encore un verre. Je suis très excité, que le diable emporte tout… »

Souriant malicieusement, Richard Nounane demanda d'apporter encore un ballon de cognac pour le lauréat et une chope de bière pour lui-même. Puis, il dit :

« Eh bien, je vous plains. Bien sûr, vous ne savez plus où donner de la tête. Mais, à parler franc, les cadavres ressuscités me tapent sur les nerfs, beaucoup plus que les données statistiques. D'autant plus que je n'ai jamais vu ces données. Quant aux cadavres, je les ai vus et reniflés au-delà du nécessaire… »

Valentin fit un léger geste de la main.

« Ah ! vos cadavres !… dit-il. Écoutez, Richard, vous n'avez pas honte ? Vous êtes quand même un homme instruit… Est-ce que cela n'est pas clair que, du point de vue des principes fondamentaux, vos défunts ne sont pas plus étonnants que des accumulateurs éternels ? Simplement, les batteries "etak" violent le premier principe de la thermodynamique et les défunts violent le second, voilà toute la différence. Tous, nous sommes en un sens des hommes des cavernes : nous ne pouvons rien imaginer de plus horrible qu'un fantôme ou un vampire. Cependant, la violation du principe de causalité est une chose bien plus terrifiante que des troupeaux entiers de fantômes… et autres monstres de Rubinstein… ou Wallenstein ?

— Frankenstein.

— Oui, bien sûr, Frankenstein. Madame Shelley. Épouse du poète. Ou sa fille. » Soudain, il rit. « Vos défunts ont une drôle de faculté : la viabilité autonome. On peut, par exemple, leur couper une jambe et elle continuera à marcher… pas à marcher, bien sûr… mais à vivre. À part. Sans solutions physiologiques… Ce que je voulais dire, c'est qu'il n'y a pas longtemps, on nous a livré à l'Institut un de ces types… non réclamé. On l'a disséqué… C'est le laborantin de Boyd qui me l'a raconté… Ils lui ont coupé le bras droit pour je ne sais quels besoins, puis ils arrivent le lendemain matin et le bras en question leur fait la nique… » Valentin éclata de rire. « Voyez-vous ça ? Et cela continue ! Soit le bras desserre les doigts, soit il les serre. Qu'en pensez-vous, qu'est-ce qu'il veut dire par cela ?

— À mon avis c'est un symbole assez transparent… Il ne serait pas temps de rentrer, Valentin ? dit Nounane en regardant sa montre. J'ai encore une affaire importante à régler.

— Allons-y », dit Valentin en faisant de vaines tentatives pour placer son visage entre la monture de ses lunettes. « Pouh-h, vous m'avez murgé, Richard… » Il finit par les prendre avec ses deux mains et les remit soigneusement à leur place. « Vous êtes en voiture ?

— Oui, je vais vous raccompagner. »

Ils réglèrent l'addition et se dirigèrent vers la sortie. Valentin se tenait plus droit que d'habitude et, à tout bout de champ, pointait un doigt contre sa tempe, saluant ainsi les laborantins qu'il connaissait. Ils contemplaient avec curiosité l'astre mondial de la physique. À la sortie, saluant le portier qui avait fondu en sourires, il fit tomber ses lunettes, et tous les trois se précipitèrent pour les attraper.

« Pouh-h, Richard…, dit Valentin en montant dans la Peugeot. Vous m'avez salement murgé. Vous ne devriez pas le faire, sapristi… Je me sens gêné. Demain je fais une expérience. Une chose curieuse, vous savez… »

Et il se mit à parler de l'expérience du lendemain, s'écartant à chaque instant pour raconter des histoires drôles et répétant tout le temps : « Vous m'avez murgé… ça alors ! Au diable… » Nounane l'emmena dans la ville des sciences, il coupa court au désir de boire encore un coup qui s'alluma brusquement chez le lauréat (« … que le diable emporte cette expérience ! Savez-vous ce que je ferai avec cette expérience ? Je l'ajournerai !… ») et le remit en main propre à sa femme, qui à la vue de son époux piqua une joyeuse colère.

« Des in-invités ? criait l'époux. Qui ? Le professeur Boyd ? Parfait ! Nous allons en écluser un ensemble. Pas avec des ballons, le diable vous emporte, mais avec des grands verres… Richard ! Vous êtes où, Richard ?… »

Mais Nounane descendait déjà l'escalier en trombe lorsqu'il entendit ces mots. Eux aussi, ils ont peur, pensait-il, se réinstallant dans sa Peugeot. Elles ont peur, les grosses têtes… Comme il se doit. Ces savants doivent même avoir plus peur que nous tous, les gens simples réunis. Parce que nous, nous ne comprenons rien à rien, tandis qu'eux, au moins, ils comprennent à quel point ils ne comprennent rien. Ils regardent dans cet abîme sans fond et savent qu'inévitablement ils doivent y descendre ; leur cœur flanche, pourtant il faut y descendre. Mais comment descendre, qu'est-ce qui se trouve au fond et, surtout, pourra-t-on remonter après ?… Quant à nous, pécheurs, nous regardons, pour ainsi dire, dans une autre direction. Mais peut-être est-ce justement ça qu'il faut faire ? Que tout suive son chemin et nous, on vivra doucement comme on pourra. C'est vrai ce qu'il a dit : l'acte le plus héroïque de l'humanité, c'est d'avoir survécu et d'avoir l'intention de continuer… Et, malgré tout, le diable vous emporte, pensa-t-il à l'adresse des Visiteurs. Vous ne pouviez pas organiser votre pique-nique ailleurs ? Sur la Lune, par exemple. Ou sur Mars. Vous êtes des salauds aussi indifférents que tous les autres, même si vous avez appris à réduire l'espace. Un pique-nique, voyez-vous ça. Un pique-nique…

Qu'est-ce que je peux pour mes pique-niques à moi ? pensait-il, en conduisant lentement dans les rues brillamment éclairées et mouillées. Comment goupiller tout ça ? Par le principe de l'action minimale. Comme en mécanique. À quoi me sert-il, mon satané diplôme d'ingénieur, si je ne peux pas trouver comment coincer ce salaud de cul-de-jatte…

Il arrêta sa voiture devant la maison où habitait Redrick Shouhart et resta quelque temps au volant, réfléchissant à la manière de mener la conversation. Puis il sortit la batterie « etak », descendit de la voiture et c'est seulement alors qu'il remarqua que la maison paraissait inhabitée.

Presque toutes les fenêtres étaient sombres, il n'y avait personne dans le petit square et même les réverbères n'y étaient pas allumés. Cela lui rappela ce qu'il allait voir et il eut un frisson. Il alla jusqu'à envisager de faire venir Redrick par téléphone et de lui parler en voiture ou dans un bar paisible, mais il chassa cette pensée. Pour toute une série de raisons. Et en plus, se dit-il, ne ressemblons pas à ces minables qui ont fui la maison comme des cafards ébouillantés.

Il entra, monta sans se presser l'escalier, qui n'avait pas été balayé depuis longtemps. Autour régnait le silence d'une maison inhabitée, plusieurs portes étaient entrouvertes ou même grandes ouvertes, des relents d'humidité et de poussière suintaient des entrées obscures. Il s'arrêta devant la porte de l'appartement de Redrick, lissa ses cheveux derrière ses oreilles, émit un profond soupir et appuya sur la sonnerie. Pendant quelque temps il n'entendit rien, puis les planches grincèrent, la serrure émit un déclic et la porte s'ouvrit doucement. Il n'avait pas entendu de pas.

Ouistiti, la fille de Redrick Shouhart, se tenait sur le seuil. Une vive lumière tombait de l'entrée sur le palier ; la première seconde, Nounane n'aperçut que la silhouette sombre de la fillette et pensa qu'elle avait beaucoup grandi pendant ces quelques mois ; puis elle recula et il vit son visage. Sa gorge devint immédiatement sèche.

« Bonjour, Maria », dit-il, s'efforçant de parler aussi tendrement que possible. « Comment vas-tu, Ouistiti ? »

Elle ne répondit rien. Silencieuse, elle reculait sans faire le moindre bruit vers la porte du salon, le regardant par en dessous. Apparemment, elle ne le reconnaissait pas. À vrai dire, lui non plus ne la reconnaissait pas. La Zone, pensa-t-il. Cette saloperie de Zone…

« Qui est là ? demanda Gouta, sortant de la cuisine. Mon Dieu, Dick ! Où étiez-vous passé ? Vous savez, Redrick est revenu ! »

Elle se dépêcha d'aller à sa rencontre, tout en s'essuyant les mains avec une serviette jetée par-dessus son épaule. Toujours aussi jolie, énergique, forte, mais amincie d'une certaine manière : le visage tiré, les yeux étrangement fiévreux…

Il l'embrassa sur la joue, lui donna son imperméable et son chapeau, puis dit :

« Oui, oui, j'en ai entendu parler… Je n'avais pas le temps de faire un saut chez vous. Il est là ?

— Oui, dit Gouta. Il est avec un type… Je pense qu'il va partir bientôt, ça fait longtemps qu'ils parlent. Entrez, Dick… »

Il fit quelques pas le long du couloir et s'arrêta sur le seuil du salon. Devant la table était assis un vieillard. Seul. Immobile et légèrement penché de côté. La lumière rose de l'abat-jour tombait sur le visage large et sombre, comme taillé dans du vieux bois ; une bouche creusée sans lèvres, des yeux fixes, sans éclat. Nounane sentit immédiatement une odeur. Il savait que c'était son imagination qui lui jouait des tours, l'odeur n'existait que les premiers jours, puis elle disparaissait complètement, mais il sentait en quelque sorte de mémoire : l'odeur étouffante, lourde, de la terre éventrée.

« Venez plutôt à la cuisine, dit vivement Gouta. Je suis en train de préparer le dîner, on va bavarder.

— Oui, avec plaisir, dit Nounane, énergique. Ça fait si longtemps que nous ne nous sommes pas vus !... Vous n'avez pas encore oublié que j'aime bien prendre un verre avant de dîner ? »

Ils passèrent à la cuisine. Gouta ouvrit aussitôt le réfrigérateur ; Nounane s'installa devant la table et regarda autour de lui. Comme toujours, tout était propre, tout étincelait, la vapeur montait au-dessus des casseroles. La cuisinière était toute neuve, semi-automatique, il y avait donc de l'argent dans la maison.

« Comment est-il ? demanda Nounane.

— Comme d'habitude, répondit Gouta. En prison, il a maigri, mais maintenant il a déjà retrouvé son poids.

— Toujours rouquin ?

— Je pense bien !

— Méchant ?

— Oh oui ! Ça, il le sera jusqu'à sa mort. »

Gouta posa sur la table devant Nounane un verre de bloody mary. La couche transparente de vodka russe paraissait flotter au-dessus du jus de tomate.

« Pas trop ? demanda-t-elle.

— Juste ce qu'il faut. » Nounane respira profondément et, les yeux clos, avala le mélange. C'était bien. Il se rappela qu'en fait, c'était la première fois de la journée qu'il buvait quelque chose de substantiel. « Ça, c'est pas pareil, dit-il. Maintenant, on peut vivre.

— Et vous, tout va bien ? demanda Gouta. Pourquoi n'êtes-vous pas venu depuis si longtemps ?

— Ces foutues affaires, dit Nounane. Chaque semaine je pensais passer vous voir ou juste téléphoner, mais d'abord j'ai été obligé d'aller à Rexopolis, puis il y a eu un scandale, puis on m'a dit : "Redrick est revenu", alors j'ai pensé que je ferais mieux d'attendre un peu, pour ne pas vous déranger… Bref, je boulonne, Gouta. Parfois je me demande : pourquoi, diable, boulonnons-nous comme ça ? Pour gagner de l'argent ? Mais à quoi bon cet argent si nous n'arrêtons pas de boulonner ?… »

Gouta fit tinter les couvercles des casseroles, prit un paquet de cigarettes sur une petite étagère et s'assit en face de Nounane. Ses yeux étaient baissés. Nounane se dépêcha de sortir son briquet et lui offrit du feu. De nouveau, pour la deuxième fois de sa vie, il vit que les doigts de Gouta tremblaient, comme quand Redrick venait d'être jugé et qu'il était venu la voir pour lui donner de l'argent : dans les premiers temps elle dépérissait sans argent et pas un salaud de leur immeuble ne lui prêtait un sou. Puis, l'argent avait réapparu dans la maison, des sommes importantes et Nounane avait deviné d'où il venait. Cependant, il continuait toujours à passer la voir, apportait des sucreries et des jouets pour Ouistiti, buvait du café avec Gouta pendant des soirées entières et, ensemble, ils forgeaient des plans concernant le futur heureux de Redrick. Plus tard, après avoir discuté, il allait voir les voisins et essayait de les rendre un peu plus raisonnables. Il expliquait, il priait ; à la fin, ayant perdu patience, il menaçait : « Attendez que Redrick sorte de prison, il vous brisera les os… » Tout avait été vain.

« Comment va votre amie ? demanda Gouta.

— Laquelle ?

— Celle qui était avec vous l'autre fois… Une blonde…

— Vous l'appelez mon amie ? C'était ma dactylo. Elle s'est mariée et a démissionné.

— Vous devriez vous marier, Dick, dit Gouta. Vous voulez que je vous trouve une fiancée ? »

Nounane était sur le point de répondre son habituel : « Attendons que Ouistiti soit grande… » mais il se rattrapa à temps. À présent, cela n'aurait pas sonné pareil.

« J'ai besoin d'une sténodactylo et pas d'une épouse, grogna-t-il. Laissez tomber votre diable roux et je vous prends comme sténodactylo. Vous en étiez une formidable. Le vieux Harris se souvient encore de vous.

— Je pense bien, dit-elle. J'avais tout le bras ankylosé à force de lui taper dessus.

— Ah bon ? » Nounane feignit l'étonnement. « Le vieux Harris, ça alors !

— Seigneur ! dit Gouta. Il ne me laissait pas faire un pas ! Je ne craignais qu'une chose : que Red l'apprenne. »

Sans le moindre bruit Ouistiti entra : elle apparut sur le seuil, regarda les casseroles et Richard, puis s'approcha de sa mère et se serra contre elle, détournant le visage.

« Alors, Ouistiti, dit Richard Nounane, enjoué. Tu veux un chocolat ? »

Il fourra la main dans la poche de son gilet, en sortit une petite voiture en chocolat emballée dans du papier transparent et la tendit à la fillette. Elle ne bougea pas. Gouta prit le chocolat et le posa sur la table. Ses lèvres devinrent subitement pâles.

« Oui, Gouta, dit Nounane, toujours enjoué. Vous savez, je pense déménager. J'en ai assez de l'hôtel. Premièrement, c'est loin de l'Institut…

— Elle ne comprend presque plus rien », dit Gouta à voix basse.

Nounane s'interrompit, prit le verre dans ses deux mains et se mit à le tourner distraitement entre ses doigts.

« Vous ne demandez pas comment va notre vie, continua-t-elle, et vous faites bien. Mais vous êtes un vieil ami, Dick, et nous n'avons rien à vous cacher. D'ailleurs, comment le cacher ?

— Vous êtes allés voir un médecin ? demanda Nounane sans lever les yeux.

— Oui. Ils ne peuvent rien faire. L'un d'eux a dit… » Elle se tut.

Lui aussi se taisait. Il n'y avait rien à dire, il n'avait pas envie d'y penser, mais là, soudain, une idée horrible le frappa : c'est l'invasion. Ni le pique-nique au bord du chemin ni l'appel à établir un contact, non. Une invasion. Ils ne peuvent pas nous changer, nous, mais ils pénètrent les corps de nos enfants et en font leurs semblables. Il se sentit frissonner, mais se rappela aussitôt avoir déjà lu quelque chose dans ce genre, un livre de poche à la couverture glacée, et ce souvenir le soulagea. On peut inventer tout ce qu'on veut. La réalité n'est jamais telle qu'on l'imagine.

« Il y en a un qui a dit qu'elle n'était plus humaine, prononça Gouta.

— Sornettes, dit Nounane d'une voix sourde. Adressez-vous à un vrai spécialiste. Allez voir James Cutterfield. Voulez-vous que je lui en parle ? Je vais vous arranger un rendez-vous…

— Boucher ? » Elle eut un rire nerveux. « Pas la peine, Dick. C'est lui qui me l'a dit. Ça doit être le destin. »

Lorsque Nounane eut assez de courage pour relever les yeux, Ouistiti n'était plus là. Gouta était assise, immobile, la bouche entrouverte, les yeux vides ; une petite colonne de cendre grise prolongeait le bout de sa cigarette. Alors, il poussa son verre sur la table et dit :

« Faites-m'en donc encore un, ma petite… Et à vous aussi. Buvons. »

Elle laissa tomber la cendre, chercha des yeux où mettre le mégot et le jeta dans l'évier.

« Boire à quoi ? demanda-t-elle. C'est ça que je ne comprends pas ! Qu'avons-nous fait de si grave ? Nous ne sommes quand même pas les pires de cette ville… »

Nounane pensa qu'elle allait pleurer, mais elle ne pleura pas. Elle ouvrit le réfrigérateur, en sortit la vodka et le jus de tomate et prit un autre verre sur l'étagère.

« Ne désespérez quand même pas, dit Nounane. Dans le monde il n'existe rien d'irréparable. Croyez-moi, Gouta, j'ai de très vastes relations. Je ferai tout ce que je pourrai… »

À présent, il croyait lui-même en ce qu'il disait. Déjà il passait en revue dans sa tête les noms, les relations et les villes, il lui semblait qu'il avait déjà entendu parler de cas semblables, et que tout s'était bien fini ; il lui fallait seulement retrouver où c'était, et qui était le médecin ; c'est alors qu'il se rappela pourquoi il était venu dans cette maison, il se rappela M. Lemkhen, il se rappela pourquoi il s'était lié d'amitié avec Gouta et il ne voulut plus penser à rien. Il balaya toutes ses pensées cohérentes, s'installa plus confortablement, se détendit et se mit à attendre son verre.

À ce moment retentirent dans l'entrée des pas crissants, un bruit sec, et la voix de Charognard Barbridge, écœurante, surtout maintenant, nasilla :

« Hé, Rouquin ! Quelqu'un doit être venu voir ta Gouta, regarde le chapeau… À ta place, je ne laisserais pas ça comme ça… »

Puis la voix de Redrick :

« Prends garde à tes prothèses, Charognard. Et tiens ta langue. La porte est par là. N'oublie pas de t'en aller, il est temps que je dîne. »

Barbridge :

« Par Dieu et tous les saints, on ne peut plus plaisanter ? »

Redrick :

« Toi et moi, nous avons déjà fait le tour de toutes nos plaisanteries. Terminé. Déblaye le plancher, ne me retarde pas ! »

La porte claqua et les voix devinrent plus basses : visiblement, ils sortaient sur le palier. Barbridge prononça quelque chose doucement et Redrick lui répondit : « Ça va, ça va, on s'est tout dit ! » De nouveau, les grognements de Barbridge et la voix coupante de Redrick : « J'ai dit : c'est fini ! » La porte claqua, des pas rapides parcoururent l'entrée et Redrick Shouhart apparut sur le seuil de la cuisine. Nounane se leva à sa rencontre et ils échangèrent une forte poignée de main.

« Je savais bien que c'était toi », dit Redrick, examinant Nounane de ses yeux verdâtres et vifs. « Hou, tu as encore grossi, mon vieux ! Tu cultives dans les bars tes bourrelets de graisse sur les fesses, c'est ça… Hé ! Mais je vois que vous ne vous êtes pas ennuyés ici ! Gouta, ma vieille, prépare-moi un verre, il faut que je vous rattrape !

— Nous n'avons pas encore commencé, dit Nounane. Nous étions seulement sur le point de le faire. Et puis, de toute façon, comment veux-tu qu'on arrive à boire plus que toi ? »

Redrick eut un rire tranchant et donna une bourrade sur l'épaule de Nounane.

« On va voir qui gagnera ! Tu sais, mon vieux, j'ai jeûné pendant deux ans, pour que je puisse te rattraper, je dois siffler une citerne… Viens, viens, ne restons pas à la cuisine ! Gouta, amène le dîner… »

Il plongea dans le réfrigérateur et se redressa, tenant dans chaque main une bouteille différente.

« On va se payer un gueuleton ! déclara-t-il. Il faut régaler dignement mon meilleur ami Richard Nounane, qui n'oublie pas les siens dans le malheur ! Bien qu'il n'en tire aucun profit… C'est dommage que Cirage ne soit pas là…

— Téléphone-lui », proposa Nounane.

Redrick secoua sa tête d'un roux vif.

« Là où il se trouve maintenant, le téléphone n'est pas encore installé. Bon, viens, viens… »

Il entra le premier dans le salon et posa bruyamment les bouteilles sur la table.

« On va faire un gueuleton de première, papa ! dit-il au vieillard immobile. Ça, c'est Richard Nounane, notre ami ! Dick, c'est mon papa, Shouhart senior… »

Richard Nounane, transformant sa sensibilité en un bloc étanche, sourit jusqu'aux oreilles, agita la main et dit au défunt :

« Je suis enchanté de vous connaître, monsieur Shouhart. Comment allez-vous ?… Tu sais que nous nous connaissons, Red ? dit-il à Shouhart junior qui fouillait dans le bar. Nous nous sommes déjà vus une fois, à la va-vite, il est vrai…

— Assieds-toi », lui dit Redrick en faisant un mouvement de tête vers la chaise devant le vieillard. « Si tu veux lui parler, hausse la voix : il n'entend rien. »

Il disposa les verres, déboucha rapidement les bouteilles et dit à Nounane :

« Verse. Pour le papa un petit peu, juste une larme... »

Nounane se mit à remplir les verres sans se presser. Le vieillard gardait la même pose, regardant le mur. Il n'eut aucune réaction lorsque Nounane lui approcha un verre. Nounane, lui, était déjà en train de se reconnecter à la nouvelle situation. C'était un jeu, horrible et pitoyable. C'était Redrick qui le menait et Nounane y entra comme il entrait toujours dans le jeu des autres : jeux horribles, pitoyables, honteux, sauvages et bien plus dangereux que celui-ci. Redrick leva son verre et prononça : « Eh bien, à la tienne ! » Nounane regarda le vieillard le plus naturellement du monde, Redrick trinqua impatiemment avec Nounane et dit : « On y va, on y va... ne t'inquiète pas pour lui, il ne manquera pas cette occasion... » Alors, Nounane opina, tout aussi naturellement, et ils burent.

Redrick, les yeux brillants, se mit à parler sur le même ton excité, légèrement artificiel :

« Fini, mon pote ! La prison ne me reverra plus. Si tu pouvais savoir comme on est bien à la maison ! J'ai de l'argent, j'ai un joli petit cottage en vue, on aura un jardin pas pire que celui de Charognard... Tu sais que je voulais émigrer, je l'ai décidé en prison. Qu'est-ce que je fous dans cette ville minable ? Qu'elle aille se faire foutre, me suis-je dit. Puis, je sors de prison et voilà qu'on a interdit l'émigration ! On est devenu pestiféré en l'espace de ces deux ans ou quoi ? »

Il parlait, il parlait toujours, et Nounane opinait, sirotant son whisky ; il intercalait des jurons compatissants, des interrogations rhétoriques, puis se mit à poser des questions sur le cottage : comment est-il, quel en est le prix — et ils se disputèrent. Nounane démontrait que le cottage était cher et mal situé ; il sortit son agenda, commença à le feuilleter et à citer les adresses d'autres cottages abandonnés qu'on vendrait pour rien ; quant aux travaux, ils coûteraient encore moins à condition de faire une demande d'émigration, de recevoir un refus de la part des autorités et d'exiger une compensation.

« Je vois que tu t'occupes aussi d'immobilier maintenant, dit Redrick.

— Je m'occupe un peu de tout », répondit Nounane, avec un clin d'œil.

« Je sais, je sais, on m'a parlé de tes occupations ! »

Nounane ouvrit grands les yeux, fit « chut ! » du doigt et esquissa un geste vers la cuisine.

« Laisse tomber, tout le monde est au courant, dit Redrick. L'argent n'a pas d'odeur. Maintenant, je le sais avec exactitude... Mais quand on m'a dit que tu avais engagé Gros Os comme gérant, j'ai failli crever de rire. Tu as laissé entrer un renard dans ton poulailler... Il est dingue, je le connais depuis l'enfance ! »

À ce moment-là, d'un mouvement raide, le vieillard, telle une énorme marionnette, souleva un bras de son genou et le laissa tomber sur la table, à côté de son verre, produisant en même temps un bruit de bois. Le bras était sombre, bleuté, ses doigts contractés le faisaient ressembler à une patte de poule. Quelque chose frémit sur son visage et Nounane vit avec stupéfaction, sur cette physionomie rapace semée de taches de rousseur, l'amour et la tendresse les plus vrais, les plus sincères.

« Buvez, buvez, papa, dit Redrick avec douceur. Vous pouvez boire un peu, buvez... C'est rien », dit-il à mi-voix à Nounane en clignant de l'œil, avec un regard de connivence. « Il prendra son verre, sois tranquille... »

En le regardant, Nounane se rappela comment les laborantins de Boyd étaient arrivés ici pour chercher ce défunt. Ils étaient deux, deux gars costauds, modernes, sportifs et le reste ; il y avait aussi un médecin de l'hôpital municipal avec deux infirmiers grossiers et forts comme des taureaux, prévus pour porter la civière et mater les fous dangereux. Plus tard, un des laborantins raconta que « d'abord, ce rouquin n'a pas compris de quoi il s'agissait, il leur a ouvert la porte, les a laissés examiner son père, et ils l'auraient probablement emmené, parce que Redrick semblait croire que le papa allait faire un check-up à l'hôpital. Mais ces abrutis d'infirmiers, qui à la phase initiale des pourparlers flânaient dans l'entrée et louchaient sur Gouta en train de laver les carreaux de la cuisine, ont traité le vieux comme une poutre : ils l'ont traîné, l'ont laissé tomber par terre. Redrick s'est foutu aussitôt en rage et c'est là que cet abruti de médecin a surgi et s'est mis à expliquer en détail quoi, pourquoi et où. Redrick l'a écouté une minute ou deux, puis, sans aucun avertissement, a explosé comme une bombe H ». Le laborantin qui racontait tout cela ne se souvenait pas lui-même comment il s'était retrouvé dans la rue. Le diable roux leur avait fait descendre l'escalier à tous les cinq. En plus, il n'en avait laissé aucun s'en aller par ses propres moyens. D'après le laborantin, tous, ils avaient débouché de l'entrée de l'immeuble comme des boulets de canon. Deux étaient restés sur le trottoir, inconscients, les trois autres avaient été pourchassés par Redrick le long de quatre pâtés de maisons, après quoi il était revenu vers la voiture de l'Institut et en avait brisé toutes les vitres. Le chauffeur n'était plus là : il s'était sauvé dans la direction opposée…

« On m'a montré dans un bar un nouveau cocktail », dit Redrick, versant du whisky. « Il s'appelle la "gelée de sorcière", je t'en ferai un après, quand on aura mangé. Je vais te dire, mon vieux, c'est un truc tel que si tu l'absorbes à jeun ça met ta vie en danger ; ça te paralyse les bras et les jambes dès le premier verre… Tu peux dire ce que tu veux, Dick, mais aujourd'hui je vais te faire un sacré gueuleton, je te le jure. On va se rappeler le bon vieux temps, on va se rappeler le Bortch… Tu sais que le pauvre Ernie est toujours en taule ? » Il but, s'essuya les lèvres du dos de la main et demanda avec nonchalance : « Les autres de l'Institut, ils se sont attaqués à la "gelée de sorcière" ou pas encore ? Tu sais, je suis maintenant un peu en retard sur la science… »

Nounane comprit immédiatement pourquoi Redrick avait amené la conversation sur ce sujet. Il agita les mains et dit :

« Ne m'en parle pas, mon vieux ! Tu connais l'histoire qui est arrivée avec cette "gelée" ? Tu as entendu parler des laboratoires de Carrigan ? C'est une boîte privée… Bon, ils se sont donc procuré une ration de "gelée"… »

Il raconta la catastrophe, le scandale, il dit qu'on n'avait toujours pas trouvé d'où provenait cette "gelée", ni qui l'avait fournie. Redrick paraissait écouter distraitement, faisait claquer sa langue, hochait la tête, puis versa encore résolument du whisky dans les verres et dit :

« Bien fait pour eux, ordures, qu'ils claquent… »

Ils burent. Redrick regarda son papa et de nouveau quelque chose frémit sur son visage. Il tendit une main et rapprocha le verre plus près des doigts contractés, et ces doigts se desserrèrent brusquement et puis se resserrèrent en entourant le cul du verre.

« Et voilà, ça passera plus vite comme ça, dit Redrick. Gouta ! vociféra-t-il. Tu vas nous laisser crever de faim encore longtemps ?… C'est pour toi qu'elle s'applique, expliqua-t-il à Nounane. Elle prépare à coup sûr ta salade préférée aux fruits de mer, ça fait longtemps qu'elle les garde en réserve, je les ai vus… Et comment ça va à l'Institut en général ? A-t-on découvert quelque chose de nouveau ? On dit que maintenant chez vous les automates travaillent à pleine puissance, mais avec peu de résultats… »

Nounane se mit à raconter les affaires de l'Institut et, pendant qu'il parlait, à côté du vieillard surgit silencieusement Ouistiti ; elle resta quelque temps debout, ses petites pattes poilues posées sur la table et puis, soudain, dans un mouvement purement enfantin, s'inclina vers le défunt et posa sa tête sur son épaule. Nounane, tout en bavardant, pensa, en regardant ces deux monstrueux enfants de la Zone : Seigneur, que nous faut-il de plus ? Mais que nous faut-il de plus pour que nous comprenions enfin ? Ça, ce n'est pas encore assez ?... Il savait que ce n'était pas encore assez. Il savait que des milliards et des milliards de gens ignoraient tout et ne voulaient rien savoir, et que, même s'ils l'apprenaient, ils auraient peur pendant une dizaine de minutes et reviendraient aussitôt à leur petit train-train. Il faut que je me saoule, pensa-t-il avec véhémence. Au diable Barbridge, au diable Lemkhen, au diable cette famille maudite, au diable ! Je vais me saouler !

« Qu'est-ce que tu as à les reluquer ? demanda à mi-voix Redrick. Ne t'inquiète pas, ça ne peut pas lui faire du mal à elle. Même au contraire : on dit qu'ils irradient la santé.

— Oui, je sais », dit Nounane, et il vida son verre d'un trait.

Gouta entra. D'un ton affairé elle ordonna à Redrick de mettre les assiettes et posa sur la table un grand plat d'argent avec la salade préférée de Nounane. Et à ce moment-là, comme si quelqu'un s'était réveillé et avait tiré sur les ficelles, le vieillard porta d'un mouvement brusque le verre à sa bouche ouverte.

« Eh bien, les gars, dit Redrick d'une voix admirative, maintenant on va se payer un de ces gueuletons ! »

4

Redrick Shouhart, 31 ans

La nuit, la vallée s'était refroidie et, à l'aube, il fit complètement froid. Ils suivaient le remblai, marchant entre les rails rouillés sur des traverses pourries et Redrick regardait les gouttelettes de brouillard briller sur la veste de cuir d'Arthur Barbridge. Le gosse avançait, léger, gai, comme s'il n'avait pas vécu une nuit pénible, subi une tension nerveuse qui faisait encore trembler chaque parcelle de leurs corps, passé deux horribles heures au sommet d'une colline chauve, dans un demi-sommeil douloureux, dos à dos pour avoir plus chaud, attendant que le flot de « sirop vert » qui contournait la colline disparût dans le ravin.

Un brouillard épais bordait le remblai. De temps en temps, il rampait en lourdes bandes grises sur les rails. Alors ils marchaient, plongés jusqu'aux genoux dans cette brume qui ondulait lentement. Ça sentait la rouille humide ; une odeur de charogne montait du marécage à droite du remblai. Autour, on ne voyait rien que le brouillard, mais Redrick savait que des deux côtés s'étirait une plaine vallonnée avec des terrains pierreux et que derrière la plaine, dans l'obscurité, se cachaient les montagnes. Il savait autre chose encore : lorsque le soleil se lèverait et que le brouillard se déposerait en rosée, il devrait voir quelque part à gauche la carcasse de l'hélicoptère qui s'était écrasé ici et, devant lui, un convoi de wagonnets. C'est alors que tout commencerait vraiment.

Sans ralentir, Redrick fourra sa main entre son dos et le sac, et le remonta pour que le bord du ballon d'hélium ne lui sciât pas la colonne vertébrale. Qu'il peut être lourd, ce foutu truc, comment vais-je ramper avec ? Un kilomètre et demi à quatre pattes… Bon, stalker, ne ronchonne pas, tu savais ce à quoi tu allais te décider. Cinq cent mille billets t'attendent au bout du chemin, on peut se faire suer pour ça. Cinq cent mille billets, un beau morceau, non ? Ils peuvent toujours courir pour que je la leur cède à moins de cinq cent mille. Charognard aussi peut toujours courir pour que je lui balance plus de trente mille. Quant au morveux… au morveux, je ne lui donnerai rien. Si ce vieux salaud n'avait dit que la moitié de la vérité, je ne donnerais rien au morveux.

Il jeta encore un regard sur le dos d'Arthur et pendant quelque temps l'observa, les yeux plissés, en train de franchir facilement deux traverses d'une seule enjambée ; ses épaules larges, ses hanches minces, ses cheveux longs, aile de corbeau comme ceux de sa sœur, frémissaient en suivant la cadence de sa marche. C'est lui qui a insisté pour que je le prenne, pensa Redrick, maussade. Lui. Pourquoi a-t-il insisté avec un tel désespoir ? Il tremblait de tout son corps, avait les larmes aux yeux… « Prenez-moi avec vous, monsieur Shouhart ! D'autres me l'ont proposé, mais c'est avec vous que je voudrais aller, parce que les autres ne valent rien ! Le père… mais à présent, il ne peut plus ! » D'un effort de volonté, Redrick se débarrassa de ce souvenir. Y penser lui faisait mal au cœur, alors il se mit à songer à la sœur d'Arthur, à ce fait qu'il couchait avec elle : il le faisait sobre comme ivre, mais chaque fois quelle déception profonde il éprouvait. Impensable : une femme somptueuse, on aurait pu avoir un faible pour elle toute sa vie durant, mais en réalité, une tromperie, une poupée inanimée, pas une femme. Exactement, se souvenait-il, comme les boutons du gilet de sa mère : en ambre, opaques, dorés, ils donnaient envie de se les fourrer dans la bouche et de les sucer en attendant on ne sait quelle douceur extraordinaire ; il les prenait dans sa bouche, les suçait, et chaque fois était terriblement déçu ; pourtant, la fois suivante, il oubliait sa déception, et même s'il ne l'oubliait pas, il refusait simplement de se fier à sa propre mémoire, dès qu'il les revoyait.

Et si c'était son papa qui me l'avait envoyé ? pensa-t-il d'Arthur. Il n'y a qu'à voir le flingue qu'il a dans sa poche arrière… Non, peu probable. Charognard me connaît. Charognard sait qu'avec moi il vaut mieux ne pas jouer à ce jeu-là. Il sait aussi comment je suis dans la Zone.

Non, tout ça, c'est des foutaises. Il n'est pas le premier à me demander, il n'est pas le premier à verser des larmes, y en avait d'autres qui se mettaient à genoux… Quant aux flingues, tous, ils les traînent avec eux la première fois. La première et la dernière. La dernière pour de bon ? Eh oui, la dernière, mon gars ! Voilà ce qu'il en résulte, Charognard, la dernière. Oui, papa, si tu avais appris ce qu'il avait derrière la tête, tu l'aurais tabassé avec tes béquilles, ce fiston pour qui tu avais tant prié dans la Zone… Soudain, il sentit que, devant, il y avait quelque chose, pas loin, à trente ou quarante mètres.

« Stop », dit-il à Arthur.

L'autre s'immobilisa, docile. Sa réaction était bonne : il se figea littéralement, un pied en l'air, puis le posa par terre lentement, prudemment. Redrick se mit à côté de lui. Ici, les rails suivaient visiblement la pente qui descendait, et disparaissaient complètement dans le brouillard. Et là, dans le brouillard, il y avait quelque chose. Quelque chose de grand et d'immobile. D'inoffensif. Redrick aspira l'air avec précaution. Oui. Inoffensif.

« En avant », dit-il à mi-voix, et il attendit qu'Arthur fît un pas et le suivît. Du coin de l'œil, il voyait le visage d'Arthur, son profil ciselé, la peau nette de sa joue et ses lèvres résolument serrées sous une moustache fine.

Ils plongèrent dans le brouillard jusqu'à la taille puis jusqu'au cou, et au bout de quelques secondes, la masse oblique d'un wagonnet apparut vaguement devant eux.

« Fini », dit Redrick, et il commença à se débarrasser de son sac à dos. « Assieds-toi là où tu es. On en grille une. »

Arthur l'aida à enlever le sac à dos, puis ils s'assirent côte à côte sur le rail rouillé. Redrick ouvrit une des poches du sac, en sortit le paquet de nourriture et la thermos de café. Pendant qu'Arthur ouvrait le paquet et disposait des sandwichs sur le sac à dos, il tira sa flasque de la poche intérieure, dévissa le bouchon et, les yeux fermés, but quelques gorgées lentes.

« Tu en veux ? proposa-t-il en essuyant le goulot avec sa paume. Pour te donner du courage... »

Arthur secoua la tête d'un air vexé.

« Je n'ai besoin de rien pour avoir du courage, monsieur Shouhart, dit-il. Je vais plutôt prendre du café, si vous le permettez. Il fait très humide ici, vous ne trouvez pas ?

— Oui », confirma Redrick. Il cacha la flasque, choisit un sandwich et se mit à mâcher. « Quand le brouillard sera levé, tu verras : tout autour, rien que des marécages. Avant, il y avait ici des nuages de moustiques, c'était terrible... »

Il se tut et se servit du café. Le café était chaud, épais, sucré, il lui procurait à présent plus de plaisir que l'alcool. Il sentait la maison, Gouta. Et pas n'importe quelle Gouta, mais une Gouta en robe de chambre, juste réveillée, avec sur la joue la trace de l'oreiller. Qu'est-ce qui m'a pris de me fourrer là-dedans ? pensa-t-il. Cinq cent mille... Et qu'est-ce que je vais en faire, de ces cinq cent mille ? Je ne vais pas ouvrir un bar ? L'argent est indispensable pour ne pas y penser. C'est vrai. Ça, Dick l'a très bien dit. Mais c'est que je n'y pense pas ces derniers temps. Que faire avec cet argent ? J'ai une maison, j'ai un jardin, je trouverai toujours du travail à Harmont… C'est Charognard qui m'a monté la tête, il m'a monté la tête comme à un gamin…

« Monsieur Shouhart, dit soudain Arthur en regardant de côté. Vous croyez sérieusement que cette chose accomplit les souhaits ?

— Foutaises ! » prononça distraitement Redrick, et il se figea, la main tenant le gobelet à mi-chemin de sa bouche. « Comment sais-tu ce que nous allons chercher ? »

Arthur eut un rire gêné, il enfonça ses doigts dans ses cheveux noirs, tira légèrement dessus et dit :

« Je l'ai deviné !… Je ne sais plus maintenant ce qui m'a donné cette idée… Bon, d'abord, avant, le père n'arrêtait pas de me casser les oreilles avec cette Boule d'or. Mais depuis quelque temps, subitement, il n'en a plus parlé et, à la place, il allait sans arrêt vous voir. Je sais que vous n'êtes absolument pas amis malgré tout ce que le père a pu dire… Puis, il est devenu bizarre ces derniers temps… » Arthur rit de nouveau et secoua la tête, se rappelant quelque chose. « J'ai compris vraiment tout quand vous étiez en train d'essayer ce petit dirigeable sur le terrain vague… » Il tapota de la main le sac à dos où se trouvait le ballon dégonflé et plié. « À vrai dire, je vous ai suivis et, quand j'ai vu que vous faisiez monter et déplacer un sac de pierres au-dessus de la terre, alors tout est devenu définitivement clair. Je crois que dans la Zone il ne reste plus rien de lourd à part la Boule d'or. » Il mordit dans son sandwich, mastiqua et prononça pensivement, la bouche pleine : « La seule chose que je ne comprends pas, c'est comment vous allez l'accrocher, parce qu'à mon avis, elle doit être lisse… »

Redrick ne le quittait pas des yeux par-dessus son gobelet et il pensait qu'ils ne se ressemblaient pas, le père et le fils. Ils n'avaient rien de commun. Ni le visage, ni la voix, ni l'âme. La voix de Charognard était rauque, obséquieuse, voire ignoble, mais quand il avait parlé de ça, il en avait parlé formidablement. On ne pouvait pas ne pas l'écouter. « Rouquin, avait-il dit, penché par-dessus la table, il ne reste à présent que nous deux et à nous deux nous n'avons que deux jambes, les deux étant à toi… Qui irait, sinon toi ? Il se peut que ce soit le plus grand trésor de la Zone ! Qui s'en emparera, dis-moi, hein ? La laisserons-nous à ces gandins avec leurs machines ? Parce que c'est moi qui l'ai trouvée, moi ! Combien d'entre nous autres, stalkers, sont tombés en allant dans la Zone ! C'est moi qui l'ai trouvée ! Je la gardais pour moi. Et même maintenant, je ne la donnerais à personne mais je n'ai pas le bras assez long… je ne la donnerais à personne, sauf à toi. Le nombre de blancs-becs que j'ai entraînés, j'ai ouvert pour eux une véritable école, non, ils ne peuvent pas, ils n'ont pas les tripes pour… Bon, tu ne me crois pas. Tant pis. L'argent est à toi. Tu me donneras ce que tu jugeras nécessaire, je sais que tu ne me léseras pas… Et alors, qui sait, peut-être récupérerai-je mes jambes. J'aurai de nouveau mes jambes, tu comprends ? C'est la Zone qui me les a prises, c'est peut-être elle aussi qui me les rendra ?… »

« Quoi ? demanda Redrick, reprenant ses esprits.

— J'ai demandé si je pouvais fumer une cigarette, monsieur Shouhart.

— Oui, dit Redrick. Vas-y, fume… Moi aussi, je vais en griller une. »

Il avala d'un trait le reste du café, sortit une cigarette, la fit rouler entre ses doigts et vrilla son regard sur le brouillard qui se dissipait. Un dingue, pensa-t-il. Un fou, c'est sûr. Il veut des jambes… l'ordure…

Toutes ces conversations lui avaient laissé un arrière-goût indéterminable. Avec le temps qui passait, cet arrière-goût n'avait pas disparu, mais devenait de plus en plus prononcé. Redrick n'arrivait pas à comprendre ce que c'était, mais cette chose le dérangeait, comme s'il avait été contaminé par Charognard, mais pas par une saloperie, au contraire… Par une force ? Non, pas par une force non plus. Mais par quoi, alors ? Bon, se dit-il. Réfléchissons. Supposons que je ne sois pas arrivé jusqu'ici : j'étais sur le point de partir, mon sac à dos était fait, et là, quelque chose s'est produit… par exemple, on m'a pincé. Serait-ce mal ? Oui, sûrement. Pourquoi serait-ce mal ? L'argent me passerait sous le nez ? Non, il ne s'agit pas de l'argent… Le trésor serait à ces vermines, ces Rauques et ces Sacs d'Os ? Oui, il y a de ça. C'est vexant. Mais qu'est-ce que j'ai à voir là-dedans ? De toute façon, c'est eux qui finiront par l'avoir…

« Brrr ! » Arthur se pelotonna. « Le froid perce jusqu'aux os. Monsieur Shouhart, me donnerez-vous une gorgée maintenant ? »

Sans rien dire, Redrick sortit la flasque et la lui tendit. Pourtant, je n'ai pas accepté tout de suite, pensa-t-il soudain. Vingt fois j'ai envoyé Charognard se faire pendre. Et la vingt et unième j'ai fini par accepter. Je n'en pouvais vraiment plus, voilà. Notre dernière conversation a été très courte, très sérieuse. « Salut, Rouquin. J'ai apporté la carte. Tu vas peut-être y jeter un coup d'œil ? » Je l'ai regardé dans les yeux, ces yeux qui étaient comme des abcès : jaunes, avec un point noir, et j'ai dit : « Envoie. » C'est tout. Je me souviens d'avoir été ivre, j'avais bu toute la semaine d'affilée, je me sentais sali… Ah ! diable, quelle importance à présent ? Bon, j'ai accepté et alors ? Qu'est-ce que j'ai à fouiller avec une baguette dans toute cette merde ? Aurais-je peur ou quoi ?…

Il tressaillit. Un grincement long et triste retentit soudain dans le brouillard. Redrick bondit sur ses pieds comme mû par un ressort et fut immédiatement suivi par Arthur, qui bondit à son tour. Mais tout était de nouveau silencieux, et seuls de petits graviers froufroutaient doucement sous leurs pieds, en ruisselant du remblai.

« Ça doit être la roche qui s'est affaissée », murmura Arthur d'une voix mal assurée, articulant avec peine. « Les wagonnets avec la roche… ça fait longtemps qu'ils sont là… »

Redrick regardait droit devant lui et ne voyait rien. Il se souvint. C'était arrivé une nuit. Il avait été réveillé par le même son, triste et long, et son cœur avait flanché comme cela arrive dans les rêves. Seulement, ce n'était pas un rêve. C'était Ouistiti qui criait, assise sur son lit devant la fenêtre, et de l'autre bout de l'immeuble, le père de Redrick lui faisait écho de la même manière : ses cris étaient aussi longs et grinçants, avec, en plus, un bouillonnement. Et ils continuaient à se faire écho dans l'obscurité — un siècle, cent ans et encore cent ans. Gouta s'était réveillée à son tour et avait pris Redrick par la main. Il avait senti son épaule se couvrir immédiatement de sueur et ils étaient restés ainsi allongés pendant cent ans et encore cent ans, en train d'écouter ; lorsque Ouistiti s'était tue et recouchée, il avait attendu encore un peu, puis s'était levé, était descendu à la cuisine et avait bu avidement une demi-bouteille de cognac. C'est à partir de cette nuit-là qu'il s'était mis à boire.

« … La roche, disait Arthur. Vous savez, avec le temps elle s'affaisse. C'est dû à l'humidité, à l'érosion et à d'autres facteurs… »

Redrick regarda son visage pâli et se rassit. Sa cigarette avait disparu d'entre ses doigts et il en alluma une autre. Arthur resta debout encore quelque temps, tournant la tête l'air apeuré, puis se rassit à son tour et prononça à mi-voix :

« Je sais, on raconte que quelqu'un vit dans la Zone. Des gens, on ne sait pas qui. Pas des Visiteurs, mais des gens. Que la Visite les aurait surpris ici et qu'ils auraient muté… se seraient adaptés à de nouvelles conditions. En avez-vous entendu parler, monsieur Shouhart ?

— Oui, dit Redrick. Seulement ce n'est pas ici, c'est dans les montagnes, dans le Nord-Ouest. Des bergers. »

Voilà par quoi il m'a contaminé, pensait-il. Il m'a contaminé par sa folie. Voilà donc pourquoi je suis venu ici. Voilà ce que je cherche… Une sensation étrange et totalement nouvelle l'envahissait lentement. Il se rendait compte qu'en réalité cette sensation n'était pas du tout nouvelle, qu'elle se nichait quelque part en lui depuis longtemps, mais il ne le devinait que maintenant, et alors tout se mit à sa place. Ce qui avant lui paraissait une bêtise, le délire dément d'un vieillard qui avait perdu la raison, se révélait à présent être son seul espoir, le seul sens de sa vie, car ce n'est que maintenant qu'il comprenait : la seule chose au monde qui lui restait encore, l'unique chose pour laquelle il avait vécu ces derniers mois, c'était l'espoir d'un miracle. Lui, le crétin, l'idiot, repoussait cet espoir, le piétinait, s'en moquait, le noyait dans l'alcool, parce qu'il n'y était pas habitué, parce que jamais de sa vie depuis l'enfance il n'avait compté sur personne d'autre que lui-même et parce que depuis l'enfance le fait de compter sur lui-même se traduisait pour lui par la quantité de billets verts qu'il réussissait à tirer, à saisir, à arracher avec les dents du chaos indifférent qui l'entourait. Cela avait toujours été ainsi et cela aurait continué s'il ne s'était pas retrouvé dans un trou d'où ne pouvaient le sortir tous les billets verts de l'univers, et au fond duquel il était absolument insensé de compter sur soi. Et maintenant, cet espoir — non, ce n'était plus un espoir, mais la certitude d'un miracle — l'avait empli à ras bords et, déjà, il s'étonnait d'avoir pu vivre auparavant dans ce noir absolu, inextricable… Il rit et donna une bourrade sur l'épaule d'Arthur.

« Alors, stalker, dit-il, tu as fait dans ta culotte ? Il faut t'y faire, mon pote, on te la lavera à la maison. »

Arthur le regarda, étonné, avec un sourire timide. Redrick chiffonna le papier taché de beurre des sandwichs, le lança sous un wagonnet et s'étendit sur son sac à dos, en s'appuyant sur le coude.

« Bon, dit-il, supposons que cette Boule d'or réalise vraiment les souhaits… Que demanderas-tu, dans ce cas ?

— Vous y croyez quand même ? demanda vivement Arthur.

— Que j'y croie ou que je n'y croie pas, ce n'est pas ça qui compte. Réponds à ma question. »

Soudain, il était vraiment curieux de savoir ce que pourrait demander à la Boule d'or un gars comme celui-ci, un blanc-bec, hier encore étudiant. Avec un intérêt amusé, il observait Arthur qui se renfrognait, triturait sa moustache, levait les yeux sur lui et les baissait de nouveau.

« Bon, évidemment, des jambes pour mon père, prononça enfin Arthur. Puis que tout aille bien à la maison…

— Ça, c'est des craques », dit Redrick, bon enfant. « N'oublie pas, petit frère, la Boule d'or n'accomplit que les vœux les plus sacrés, seulement ceux qui, faute d'être réalisés, te feront passer la corde au cou ! »

Arthur Barbridge rougit, leva rapidement les yeux sur Redrick, les baissa aussitôt et devint complètement cramoisi ; les larmes lui montèrent aux yeux. Redrick le regarda et sourit.

« Tout est clair, dit-il presque tendrement. Bon, ça ne me regarde pas. Garde ça pour toi… » Là, il se rappela soudain le pistolet et pensa que, tant qu'il avait le temps, il fallait prévoir tout ce qui était prévisible. « Qu'est-ce que tu as dans ta poche arrière ? demanda-t-il avec nonchalance.

— Un pistolet », grogna Arthur, et il se mordit la lèvre.

« Pour quoi faire ?

— Pour tirer ! dit Arthur avec défi.

— Laisse tomber », prononça sévèrement Redrick, et il se redressa. « Envoie-le ici. Il n'y a personne sur qui tirer dans la Zone. Envoie. »

Arthur faillit dire quelque chose, mais s'en garda ; il coula sa main dans son dos, en tira un colt de l'armée et le tendit à Redrick, en le tenant par le canon. Redrick prit la crosse tiède et crantée, jeta le revolver en l'air, le rattrapa et demanda :

« Tu as un mouchoir ? Donne, je vais l'envelopper… »

Il prit le mouchoir d'Arthur, tout propre, fleurant l'eau de Cologne, y enveloppa le pistolet et le posa sur une traverse.

« En attendant, il va rester ici, expliqua-t-il. Au retour, si Dieu le veut, nous le ramasserons. Il se peut qu'il faille tirer pour de bon sur la patrouille… Bien que tirer sur la patrouille, petit frère… »

Arthur secoua résolument la tête.

« Ce n'est pas pour ça du tout », dit-il, dépité. « Il n'y a qu'une balle. Au cas où il m'arriverait la même chose qu'à mon père.

— Ah ! c'est donc ça… », dit lentement Redrick, en le regardant dans le blanc des yeux. « Si c'est pour ça, tu peux être tranquille. Si c'est comme avec ton père, je te traînerai bien jusqu'ici. Je te le promets… Regarde, il fait jour ! »

Le brouillard disparaissait à vue d'œil. Sur le remblai il n'en restait plus du tout ; en bas et au loin, le crépuscule laiteux fondait, laissant pousser les sommets hérissés et arrondis des collines ; entre les collines, on voyait çà et là la surface ridée d'un marécage couvert d'une oseraie clairsemée et chétive ; à l'horizon, derrière les collines, les cimes des montagnes se teintèrent d'un jaune vif ; au-dessus le ciel était limpide et bleu. Arthur se retourna et poussa un cri d'émerveillement. Redrick se retourna aussi. À l'est, les montagnes paraissaient noires ; au-dessus flamboyait et miroitait l'incendie émeraude et familier — l'aurore verte de la Zone. Redrick se releva et, débouclant sa ceinture, dit :

« As-tu envie de te soulager ? N'oublie pas, après, nous n'aurons ni le temps ni la possibilité… »

Il alla derrière le wagonnet, s'accroupit sur le remblai en grognant et se plongea dans la contemplation de l'incendie vert qui s'éteignait rapidement, englouti par le rose ; le bord orange du soleil grimpa derrière la chaîne des montagnes, les collines jetèrent aussitôt des ombres mauves et tout devint net, bien découpé ; droit devant lui, environ deux cents mètres plus loin, Redrick vit l'hélicoptère. L'hélicoptère avait dû tomber en plein milieu d'une « calvitie de moustique » et tout son fuselage était aplati comme une crêpe de fer-blanc ; seul l'arrière de l'appareil restait intact : sa queue légèrement recourbée pointait comme un crochet noir au-dessus du vallon entre les collines ; le rotor, lui aussi intact, grinçait, balancé par une brise légère. Visiblement, cette « calvitie de moustique » était puissante et il n'y avait pas eu de vrai incendie ; sur cette boîte de fer-blanc écrasée se détachait nettement l'emblème rouge et bleu des forces aériennes royales, que Redrick n'avait pas vu depuis des années et avait pratiquement oublié.

Après s'être soulagé, Redrick revint au sac à dos, sortit la carte et l'étendit sur le tas de roche agglomérée dans le wagonnet. De là où il se trouvait, on ne pouvait pas voir la carrière, cachée par une colline couronnée d'un arbre calciné. Il leur fallait contourner cette colline à droite, en suivant le vallon formé par la colline en question et sa voisine, qui était aussi visible, complètement dénudée, avec un remblai de pierres brunes couvrant toute sa pente.

Tous les points de repère coïncidaient avec la carte, mais Redrick n'éprouvait aucune satisfaction. Son instinct de stalker expérimenté se révoltait catégoriquement contre cette idée incongrue et absurde : se frayer un chemin entre deux hauteurs rapprochées. Bon, pensa Redrick, on s'en occupera plus tard. On verra mieux sur place. Le sentier vers le vallon passait par le marécage, par un endroit ouvert et plat qui d'ici paraissait inoffensif ; cependant, en regardant de plus près, Redrick distingua une tache gris foncé entre deux mottes de terre sèche. Il regarda la carte. À l'endroit correspondant, il y avait une petite croix et une inscription malhabile : « Freluquet ». Les pointillés rouges du sentier étaient tracés à droite de la petite croix. Le surnom paraissait familier à Redrick, mais il n'arriva à se rappeler ni qui était ce Freluquet, ni de quoi il avait l'air, ni quand c'était. Il ne se rappela, curieusement, qu'une chose : la salle enfumée du Bortch, des pattes rouges énormes serrant les verres, un rire tonitruant, des gueules béantes aux dents jaunes — un troupeau fantastique de titans et de géants rassemblés pour s'abreuver, un des plus frappants souvenirs de sa jeunesse ; sa première visite au Bortch. Qu'avais-je apporté, alors ? Une « creuse », il me semble. Venant droit de la Zone, mouillé, affamé, hébété, le sac jeté par-dessus l'épaule, j'ai fait irruption dans cette gargote ; j'ai foutu le sac sur le zinc droit devant Ernest ; j'ai supporté une salve de moqueries serrées et, les lèvres pincées par un rictus méchant, le regard balayant la salle, j'ai attendu qu'Ernest — encore jeune à l'époque, toujours avec un nœud papillon — me compte les billets verts… non, à l'époque, ce n'étaient pas encore les billets verts, c'étaient les billets carrés, royaux, avec je ne sais quelle bobonne nue en imperméable, la couronne sur la tête… j'ai caché l'argent dans ma poche et, à ma propre surprise, j'ai saisi sur le zinc une lourde chope et je l'ai fracassée sur la gueule ricanante la plus proche… Redrick sourit et pensa : c'était peut-être lui, Freluquet ?

« Mais peut-on passer entre les collines, Monsieur Shouhart ? » lui demanda à mi-voix Arthur dans l'oreille. Il se tenait à côté, étudiant aussi la carte.

« On verra sur place », dit Redrick. Ses yeux étaient toujours rivés sur la carte. Il y avait encore deux petites croix : une sur la pente de la colline avec l'arbre, l'autre sur le remblai pierreux. Caniche et Binoclard. Le sentier passait en bas, entre eux. « On verra sur place », répéta-t-il. Il replia la carte et la mit dans sa poche.

Il examina Arthur et lui demanda :

« Ça va, la crotte ? » Et, sans attendre de réponse, il ordonna : « Aide-moi à mettre le sac à dos… On va continuer comme jusqu'ici », dit-il, en secouant le sac à dos pour mieux placer les courroies. « Tu marches le premier, pour que je puisse te voir à chaque instant. Ne te retourne pas et ouvre les oreilles. Mes ordres, c'est la loi. Prépare-toi à ramper longtemps, ne cherche pas à éviter la boue et, si je te l'ordonne, fous-toi la gueule dedans sans réplique… Et boutonne ta veste. Prêt ?

— Prêt », dit sourdement Arthur. Il était très nerveux. Le rose avait complètement déserté ses joues.

« Voilà la première direction. » Redrick fit un geste brusque vers la colline la plus proche, celle qui se trouvait à une centaine de pas du remblai. « C'est clair ? Avance. »

Arthur aspira convulsivement et, enjambant le rail, se mit à descendre le remblai. Les graviers tombaient derrière lui en bruissant.

« Doucement, doucement, dit Redrick. On n'est pas pressé. »

Il amorça prudemment la descente, maîtrisant avec les muscles de ses jambes l'inertie du sac à dos très lourd. Du coin de l'œil, il observait Arthur sans le perdre de vue une seconde. Le gars a peur, pensait-il. Il a raison. Il doit avoir un pressentiment. S'il a hérité du flair de son papa, il doit avoir un pressentiment… Si tu pouvais savoir, Charognard, comment l'affaire a tourné. Si tu pouvais savoir, Charognard, que pour une fois je t'écouterais… « Mais ici, Rouquin, tu ne passeras pas seul. Que tu le veuilles ou non, il te faudra prendre quelqu'un avec toi. Je peux te passer un des miens, celui dont je n'ai pas besoin… » Eh bien, je t'ai obéi.

Pour la première fois de ma vie, j'ai été d'accord pour une chose pareille. Bon, ça ne fait rien, pensa-t-il. Qui sait, peut-être que tout se passera bien, parce que je ne suis quand même pas

Charognard, peut-être trouvera-t-on une combine…

« Stop ! » ordonna-t-il à Arthur.

Le gosse s'arrêta dans l'eau stagnante qui lui arrivait à la cheville. Le temps que Redrick descende, le bourbier le fit s'enfoncer jusqu'aux genoux.

« Tu vois cette pierre ? demanda Redrick. Là, au pied de la colline. Pique droit sur elle. »

Arthur reprit la marche. Redrick le laissa s'éloigner de dix pas et le suivit. Le bourbier glougloutait et puait sous ses pieds. C'était un bourbier mort : ni insectes ni grenouilles. Même l'oseraie était ici desséchée et pourrie. Redrick regardait comme d'habitude autour de lui, mais pour l'instant tout paraissait calme. La colline s'approchait lentement, elle cacha le soleil encore bas, puis couvrit toute la partie est du ciel. Arrivé à la pierre, Redrick se retourna. Le remblai était brillamment éclairé par le soleil, il y avait un convoi de dix wagonnets, dont quelques-uns étaient tombés des rails et gisaient sur le côté ; le remblai était couvert des traces rousses de la roche renversée. Plus loin, vers la carrière, au nord du convoi, l'air au-dessus des rails tremblait et miroitait ; de temps à autre, de petits arcs-en-ciel s'y allumaient et s'éteignaient aussitôt. Redrick regarda ce tremblement, cracha sèchement et détourna les yeux.

« Continue », dit-il, et Arthur tourna vers lui un visage tendu. « Tu vois ce tas de chiffons ? Mais ce n'est pas là ! Pas ici, plus à droite…

— Oui !

— Eh bien, c'était un dénommé Freluquet. Il y a longtemps. Il n'a pas écouté sa maman et maintenant il est couché là, exprès pour montrer le chemin aux gens intelligents. Tu prends deux doigts plus à gauche que Freluquet… Ça y est ? Tu as le repère ? À peu près là où l'oseraie est plus dense… Vas-y. En avant ! »

À présent, ils marchaient parallèlement au remblai. À chaque pas, l'eau diminuait sous leurs pieds, et bientôt ils avançaient sur des mottes sèches qui cédaient sous leur poids pour se reformer aussitôt. Sur la carte, à cet endroit, il n'y a que le marécage, pensa Redrick. Elle n'est plus à jour, cette carte, ça fait longtemps que Barbridge n'a pas mis les pieds ici, c'est pour ça qu'elle n'est plus à jour. C'est moche. Marcher sur du sec, c'est bien sûr plus facile, mais il aurait mieux valu que ce fût le marécage… Non mais regardez-le avancer, pensa-t-il d'Arthur. Comme s'il était sur l'avenue Centrale.

Visiblement, Arthur avait repris courage et il avançait à présent d'un pas décidé. Il avait mis une main dans sa poche, l'autre bougeait gaiement en cadence, comme s'il se promenait. Alors Redrick fouilla dans sa poche, choisit un écrou de vingt grammes environ et, ayant bien visé, le lui envoya sur la tête. L'écrou frappa Arthur en pleine nuque. Il poussa un cri, se saisit la tête entre les deux mains et, plié en deux, s'écroula sur l'herbe sèche. Redrick s'arrêta au-dessus de lui.

« C'est comme ça que ça se passe ici, Archie, dit-il d'un ton édifiant. Ce n'est pas un boulevard et nous ne sommes pas en balade. »

Arthur se releva lentement. Son visage était d'une blancheur de lin.

« C'est clair ? » demanda Redrick.

Arthur déglutit et hocha la tête.

« Bien. Si tu remets ça, la prochaine fois je te fais sauter les dents. À condition que tu restes vivant ! Avance ! »

Ce gars-là aurait pu devenir stalker, pensait Redrick. On l'aurait probablement appelé le Bel Archie. Nous avons déjà eu un Beau Dickson, mais à présent on l'appelle Loir. L'unique stalker qui s'est fait prendre dans le « hachoir », qui malgré ça est resté vivant, la veine, et qui s'imagine encore que c'est Barbridge qui l'en a sorti. Mon œil ! On ne sort personne du « hachoir »... Il l'a tiré de la Zone, c'est vrai. Voilà quel acte héroïque Barbridge a accompli ! Seulement, il n'avait pas intérêt à ne pas l'accomplir ! Tout le monde en avait ras le bol de ses tours, et les gars lui ont dit, ce coup-ci, droit dans les yeux : on te déconseille de revenir seul. Et c'est là qu'il a reçu le surnom de Charognard, parce qu'avant, nous l'appelions Balaise.

Soudain, Redrick sentit sur sa joue gauche un filet d'air à peine perceptible et, aussitôt, avant d'avoir pensé à quoi que ce fût, il cria :

« Stop ! »

Il tendit le bras vers la gauche. Là, le filet d'air était plus sensible. Quelque part entre le remblai et eux s'étendait une « calvitie de moustique », ou bien elle longeait le remblai : ce n'est quand même pas pour rien que les wagonnets s'étaient écroulés.

Arthur restait cloué sur place, il ne se retourna même pas.

« Prends plus à droite, ordonna Redrick. Avance. »

Oui, il aurait fait un assez bon stalker… Et puis, zut, j'ai pitié de lui ou quoi ? Il ne manquait plus que ça. Moi, est-ce que quelqu'un a jamais eu pitié de moi ?… À vrai dire, oui. Kirill avait pitié de moi, Dick Nounane a pitié de moi. Il est vrai aussi qu'il a peut-être moins pitié de moi qu'envie de coller au train de Gouta, mais il se peut qu'il ait pitié de moi quand même. Chez les gens honnêtes, l'un n'empêche pas l'autre… Tandis que moi, je ne peux avoir pitié de personne. Moi, je n'ai qu'un seul choix… Pour la première fois, il vit avec une netteté absolue le choix qu'il avait à faire : ou ce gosse ou son petit Ouistiti. Il n'y avait rien d'autre à choisir, tout était clair. « À condition d'un miracle », prononça une voix intérieure. Et il étouffa cette voix avec épouvante et acharnement.

Ils dépassèrent le tas de chiffons gris. Il ne restait plus rien de Freluquet, sinon un bâton long, entièrement rongé par la rouille — un détecteur de mines —, qui traînait un peu plus loin dans l'herbe sèche. À l'époque, plusieurs stalkers utilisaient les détecteurs de mines. Ils les achetaient en cachette aux intendants de l'armée et comptaient sur ces trucs comme sur le bon Dieu en personne, jusqu'au moment où deux stalkers périrent l'un après l'autre en l'espace de quelques jours, armés de ces détecteurs, tués par des décharges souterraines.

Ça avait coupé court à la mode… Mais qui était ce Freluquet, quand même ? Est-ce Charognard qui l'avait amené ici ou était-il venu tout seul ? Et pourquoi tous étaient-ils attirés par cette carrière ? Pourquoi n'en ai-je jamais entendu parler ?… Non mais quelle chaleur ! Et on est tôt le matin, alors qu'est-ce que ça va être plus tard ?

Arthur, qui le devançait de cinq pas environ, leva le bras et essuya la sueur de son front. Redrick loucha vers le soleil qui était encore bas. Et c'est là qu'il se rendit soudain compte que l'herbe sèche sous ses pieds ne bruissait plus, mais crissait comme de la fécule, elle n'était plus piquante et drue, mais molle et mouvante ; elle s'émiettait sous ses bottes comme des lambeaux de suie. Il vit les traces des pas d'Arthur qui se détachaient nettement, se jeta par terre et cria : « Couche-toi ! »

Il s'écroula la face dans l'herbe, et elle tomba en poussière sous sa joue ; alors, il grinça des dents, enragé d'une telle déveine. Il restait couché, s'efforçant de ne pas bouger, espérant encore qu'ils s'en tireraient peut-être, tout en comprenant qu'ils s'étaient fait piéger. La chaleur montait, l'écrasait, enveloppait tout son corps comme un drap bouilli, la sueur lui ruisselait dans les yeux, et il cria à Arthur un peu tard : « Ne bouge pas ! Tiens bon ! » Et lui-même tenait bon.

Il aurait tenu le coup et tout se serait terminé le mieux du monde, à part une bonne suée, mais Arthur craqua. Ou il n'avait pas entendu ce que Redrick lui avait crié, ou il avait eu sa ration de panique, ou la chaleur tombée sur lui était plus forte que pour Redrick, toujours est-il qu'il ne se maîtrisa pas et qu'il se rua, courbé, aveuglément, avec un hurlement guttural, là où le poussait son instinct absurde : en arrière, précisément à l'endroit où il ne fallait surtout pas mettre les pieds. Redrick eut tout juste le temps de se redresser et de lui attraper la jambe de ses deux mains. Arthur s'écroula, en soulevant un nuage de poussière, poussa un cri anormalement strident, envoya au visage de Redrick un coup de son pied libre, il se débattait frénétiquement, mais Redrick qui, lui aussi, réfléchissait difficilement, abruti par la douleur, grimpa sur lui, serrant son visage brûlé contre la veste de cuir, cherchant à l'écraser, à l'enfoncer dans la terre. Des deux mains, il tenait la tête aux cheveux longs qui s'agitait et frappait rageusement avec les bouts de ses bottes et ses genoux sur les jambes, les fesses d'Arthur, et sur la terre. Il entendait indistinctement des gémissements qui retentissaient sous lui, ainsi que son propre rugissement rauque : « Reste couché, crapaud, reste couché, sinon je te tue... » Sur lui tombaient des montagnes de charbons ardents, ses vêtements brûlaient déjà, la peau de ses jambes et de ses côtes crissait, gonflait et craquait. Alors, enfonçant son front dans la cendre grise, écrasant convulsivement de sa poitrine la tête de ce maudit morveux, il ne tint plus et hurla de toutes ses forces...

Il ne se rappelait pas quand tout s'était terminé. Il vit seulement qu'il pouvait de nouveau respirer, que l'air était redevenu de l'air et non plus une vapeur incandescente lui brûlant la gorge, et il comprit qu'il fallait déguerpir le plus vite possible de cette fournaise diabolique avant qu'elle redescendît sur eux. Il passa par-dessus Arthur, qui gisait complètement immobile, coinça les deux pieds du garçon sous son bras et, en s'aidant de sa main libre, rampa en avant, sans quitter du regard la ligne derrière laquelle l'herbe poussait de nouveau : morte, sèche, piquante, mais vraie ; en cet instant, elle lui semblait la gardienne même de la vie. La cendre grinçait entre ses dents, les restes de chaleur attaquaient son visage brûlé, la sueur lui ruisselait droit sur les yeux — sans doute parce qu'il ne devait plus avoir ni sourcils ni cils. Arthur traînait derrière, s'accrochant à tout avec sa foutue veste comme s'il le faisait exprès — ses fesses lui brûlaient et le sac à dos lui cognait la nuque au moindre mouvement. Sous le choc de la douleur et de l'étouffement, Redrick pensa, épouvanté, qu'il avait été entièrement brûlé et qu'à présent il n'y arriverait plus. Cette peur lui fit accélérer encore plus le mouvement de son coude libre et de ses genoux en poussant de sa gorge sèche les jurons les plus ignobles qui lui venaient à l'esprit, puis, tout à coup, il se souvint avec une joie folle que la fiole presque pleine se trouvait en son sein, sa copine, sa chérie qui ne lui jouerait pas de sale tour. Pourvu que j'y arrive, bon, encore un peu, vas-y, Red, vas-y, Rouquin, voilà, voilà, encore un tout petit peu, en jurant ses grands dieux et les anges, le pôle Nord, sous trente couettes, les Visiteurs et l'âme de Charognard…

Puis il resta longtemps inerte, le visage et les mains plongés dans l'eau froide et tachée de rouille, respirant avec délices la fraîcheur qui empestait la pourriture. Il serait resté une éternité ainsi, mais il s'obligea à se relever, à se mettre à genoux ; il se débarrassa du sac à dos, s'approcha à quatre pattes d'Arthur, qui gisait toujours inerte à trente pas du marécage, et le retourna sur le dos. Oui, quel beau garçon il avait été. À présent, son joli minois paraissait un masque noir et gris, plein de sang coagulé et de cendre. Pendant quelques secondes Redrick examina, avec un intérêt hébété, les sillons qui marquaient ce masque : les traces des mottes de terre et des cailloux. Puis il se mit debout, prit Arthur par les bras et le traîna vers l'eau. Le garçon râlait, gémissant de temps à autre. Redrick le jeta la tête la première dans la plus grande des flaques et s'écroula à côté, se délectant à nouveau des caresses mouillées et glaciales. Arthur glouglouta, s'agita, fit passer ses bras sous son corps et releva la tête. Ses yeux étaient écarquillés, il ne comprenait rien, il respirait avidement par la bouche, crachant et toussant. Puis son regard redevint conscient et s'arrêta sur Redrick.

« Ouf… », dit-il, et il secoua la tête, faisant gicler l'eau sale. « Qu'est-ce que c'était, Monsieur Shouhart ?

— C'était la mort », prononça Redrick indistinctement, et il toussa. Il se tâta le visage. Ça faisait mal. Le nez enflé, mais, curieusement, les sourcils et les cils à leur place. La peau de ses mains demeurait intacte aussi, juste un peu rouge. Il fallait croire que ses fesses n'étaient pas brûlées jusqu'aux os non plus… Il les tâta : non, elles n'étaient clairement pas brûlées jusqu'aux os, même le pantalon restait intact… Simplement, il avait l'impression d'avoir été ébouillanté…

Arthur se toucha à son tour le visage avec des doigts prudents. Maintenant, après que le masque horrible eut été lavé, sa physionomie, contre toute attente, n'était presque pas atteinte. Quelques égratignures, une estafilade sur le front, la lèvre inférieure ouverte, bref, peu de chose.

« Je n'ai jamais entendu parler d'une chose pareille », proféra Arthur, et il se retourna.

Redrick se retourna aussi. L'herbe grisâtre, calcinée, gardait plusieurs traces, et Redrick fut stupéfait de constater à quel point il était court, ce chemin horrible, infini, qu'il avait fait en rampant pour échapper à la mort. Vingt ou trente mètres, pas plus, d'un bout à l'autre de la clairière carbonisée, mais aveuglé, terrifié, il avait rampé en un zigzag dément, comme un cafard sur une poêle brûlante ; il devait encore se féliciter d'avoir rampé dans la bonne direction, parce qu'il aurait fort bien pu aller sur la « calvitie de moustique » à gauche ou, pis encore, rebrousser chemin… Non, il ne l'aurait pas fait, pensa-t-il avec acharnement. Un blanc-bec l'aurait fait, mais pas moi, je n'en suis pas un, et sans cet abruti il ne se serait rien passé du tout, sinon que je me serais brûlé les fesses, voilà tout.

Il jeta un coup d'œil sur Arthur qui se lavait en grognant et qui gémissait quand il frôlait des endroits endoloris. Redrick se leva, grimaçant au contact de ses vêtements avec sa peau brûlée. Il passa dans un endroit sec et se pencha vers le sac à dos. C'est le sac qui avait tout pris. Ses compartiments supérieurs avaient complètement brûlé, les flacons de la pharmacie avaient tous éclaté du fait de la chaleur et la partie calcinée empestait les médicaments à ne pas tenir. Redrick dégrafa la poche, se mit à balayer les débris de verre et de plastique, et c'est là qu'Arthur lui dit, derrière son dos :

« Merci, Monsieur Shouhart ! Vous m'avez sorti de là ! »

Redrick ne répondit rien. Il me dit merci, et puis quoi encore ! Comme si je n'avais que ça à faire que de te sauver.

« C'est ma faute, dit Arthur. Je vous ai pourtant entendu quand vous m'avez ordonné de rester couché, mais j'ai eu une peur de tous les diables, et quand la chaleur a monté, là j'ai complètement perdu la tête. Je crains beaucoup la douleur, Monsieur Shouhart…

— Allez, debout, dit Redrick sans se retourner. Ça, ce n'est rien encore Debout, qu'est-ce que t'as à traîner ! »

Sifflant de douleur à cause de ses épaules brûlées, il se mit le sac sur le dos et glissa ses bras entre les courroies. Il avait l'impression que sa peau brûlée s'était fripée et couverte de rides douloureuses. Il craint la douleur… Va te faire foutre, avec tes douleurs !… Il regarda tout autour. Bien, ils étaient toujours sur le sentier. Maintenant c'était le tour de ces collines des morts. Des saloperies de collines, les voilà qui pointent comme des fesses de diables, en plus ce vallon entre elles… Involontairement, il aspira l'air par le nez. Oui, un sale vallon, c'est là qu'est toute la saloperie. Crapaud.

« Tu vois le vallon entre les collines ? demanda-t-il à Arthur.

— Oui.

— Fonce droit dessus. Avance ! »

Arthur s'essuya le nez du dos de la main et se mit en marche, pataugeant dans les flaques. Il boitillait et n'était plus aussi droit et élancé qu'avant : il avait le dos courbé et marchait à présent avec prudence et précaution. En voilà encore un que j'ai tiré du pétrin, pensa Redrick. Ce serait le cinquième ? Le sixième ? Et à quoi bon, je me le demande ! Qu'est-il pour moi, un parent ? Ai-je juré de le ramener vivant ? Écoute, Rouquin, pourquoi l'as-tu tiré de là ? Tu as failli clamecer à cause de lui… Bon, maintenant, à tête reposée, je sais : j'ai bien fait de l'en avoir tiré, je ne pourrai pas me passer de lui, il est une sorte d'otage pour Ouistiti. Ce n'est pas un homme que j'ai sorti de là, mais mon détecteur de mines. Mon dragueur de mines. Mon passe-partout. Mais là, en plein pétrin, je ne pensais pas du tout à ça. Je l'ai traîné comme s'il était mon frère, et la pensée de l'abandonner ne m'a même pas effleuré, bien que j'aie tout oublié : le passe-partout, Ouistiti… Mais qu'est-ce que ça signifie, alors ? Ça signifie que je suis pour de bon un type qui a du cœur. C'est ce que me répète sans arrêt Gouta, c'est ce que me serinait Kirill, et Richard aussi me casse les oreilles avec ça... Tu parles d'« un type qui a du cœur » ! Laisse tomber, se dit-il. Ici tu n'as rien à faire de ta bonté ! Ici il faut d'abord réfléchir et bouger seulement après. Que ce soit la première et la dernière fois, vu ? Un bon gars... Il faut le garder pour le « hachoir », pensa-t-il avec froideur et netteté. Ici on peut passer partout, sauf par le « hachoir ».

« Stop ! » dit-il à Arthur.

Le vallon s'étalait devant eux et Arthur était déjà immobile, en train de regarder Redrick d'un air déconcerté. Le fond du vallon était couvert d'une boue vert pus, avec des reflets gras sous le soleil. Une brume légère flottait au-dessus de la surface, devenant plus dense entre les collines ; trente pas plus loin on ne voyait rien. Et la puanteur ! Le diable savait ce qui pourrissait dans ce méli-mélo mais il semblait à Redrick que même cent œufs pourris écrasés et versés sur un tas de cent têtes de poissons pourries et de chats crevés ne pouvaient pas puer aussi fort qu'ici. « Ça va sentir par là, Rouquin... bref, n'aie pas la trouille ! »

Arthur émit un son guttural et recula. Alors Redrick se secoua de son engourdissement, sortit rapidement de sa poche le paquet de coton imbibé de déodorant, se boucha les narines et tendit le coton à Arthur.

« Merci, monsieur Shouhart, dit Arthur d'une voix faible. On ne peut pas s'arranger pour passer par en haut ?... »

Sans prononcer un mot, Redrick le prit par les cheveux et tourna sa tête vers le tas de chiffons sur le remblai pierreux.

« C'était Binoclard, dit-il. Sur la colline à gauche, on ne le voit pas d'ici, repose Caniche. Dans le même état. Vu ? Avance. »

La boue était tiède, gluante comme du pus. D'abord, ils marchaient debout, enfoncés jusqu'à la ceinture ; heureusement, le fond était pierreux et assez égal sous leurs pieds, mais rapidement Redrick entendit des deux côtés un bourdonnement familier. Sur la colline de gauche, éclairée par le soleil, on ne voyait rien, mais sur la pente de droite, dans l'ombre, sautillaient déjà de petites lueurs mauves.

« Penche-toi ! » ordonna-t-il entre ses dents, et lui-même se pencha. « Plus bas, crétin ! » cria-t-il.

Arthur se pencha, apeuré, et au même instant un coup de tonnerre déchira l'air. Juste au-dessus de leurs têtes, un éclair à peine visible sur le ciel trembla dans une danse démente. Arthur se baissa et plongea jusqu'aux épaules. Redrick, les oreilles bouchées par le fracas, tourna la tête et vit dans l'ombre, parmi les pierres brisées, une vive tache écarlate qui fondait rapidement ; aussitôt, un deuxième éclair s'y planta.

« En avant ! En avant ! » hurla-t-il, sans entendre le son de sa voix.

Maintenant, ils avançaient accroupis, avec juste la tête au-dessus de la boue et, à chaque décharge, Redrick voyait les cheveux longs d'Arthur se dresser et sentait des milliers de petites aiguilles s'enfoncer dans la peau de son visage. « En avant ! répétait-il d'une voix monotone. En avant !... » Il n'entendait plus rien. À un moment donné, Arthur tourna vers lui son profil et il vit un œil écarquillé par l'épouvante qui louchait sur lui, des lèvres blanches qui tremblaient et une joue en sueur, barbouillée de vert. Puis les éclairs se mirent à frapper si bas qu'ils furent obligés de plonger la tête dans l'eau. La glaire verte leur collait les lèvres, ils avaient du mal à respirer. En cherchant l'air avec sa bouche, Redrick arracha les tampons de son nez et découvrit soudain que la puanteur avait disparu, que l'odeur fraîche, aiguë, de l'ozone emplissait l'atmosphère, tandis que tout autour la vapeur s'épaississait de plus en plus. Ou étaient-ce ses yeux qui ne voyaient plus clair ? Déjà, il n'apercevait plus ni les collines à droite et à gauche, ni rien, hormis la tête d'Arthur maculée de boue verte et la vapeur jaune qui bouillonnait autour.

Je vais m'en sortir, je vais m'en sortir, pensait Redrick. Ce n'est pas la première fois, toute ma vie ça a été comme ça, moi dans la boue et des éclairs au-dessus de ma tête, ça n'a jamais été autrement... Et d'où sort cette saloperie ? Tellement de saloperies... c'est dingue, autant de saloperies en un seul endroit, on les avait apportées de tous les coins du monde... C'est Charognard, pensa-t-il avec véhémence. C'est Charognard qui est passé par là, c'est lui qui a laissé ça... Binoclard repose à droite, Caniche à gauche, pour que Charognard puisse passer entre les deux et laisser toute sa saloperie derrière lui... Bien fait pour toi, se dit-il.

Celui qui marche sur les traces de Charognard est dans la boue jusqu'à la gueule. Quoi, tu ne le savais pas ? Il y a trop de Charognards, voilà pourquoi il ne reste pas un endroit propre ici… Nounane, c'est un imbécile : toi, Rouquin, tu es un violateur de l'équilibre, un violateur de l'ordre, toi, Rouquin, quel que soit l'ordre, le bon ou le mauvais, tu n'es jamais bien. À cause de types comme toi il n'y aura jamais de paradis sur terre… Mais qu'est-ce que tu comprends à tout ça, mon gros ? Où as-tu vu chez nous un ordre bon ? Quand m'as-tu vu sous un ordre bon ?… Toute ma vie, je ne vois que les Kirill et les Binoclards mourir, mais les Charognards, eux, ils rampent entre leurs cadavres, sur leurs cadavres, comme des vers, et laissent tout le temps des saletés…

Il glissa sur une pierre qui lui tourna sous le pied, plongea la tête dans la boue, remonta à la surface, vit tout près de lui le visage d'Arthur, déformé, les yeux écarquillés. Et soudain il se couvrit de sueur froide en un instant : il lui sembla avoir perdu la direction. Mais il ne l'avait pas perdue. Il comprit immédiatement que c'était là-bas qu'ils devaient aller, là où le sommet noir d'un roc dépassait de la boue liquide. Il le comprit, bien que dans le brouillard jaune on ne vît rien que ce sommet.

« Stop ! hurla-t-il. Prends plus à droite ! À droite du roc ! »

De nouveau, il n'entendit pas le son de sa voix, alors il rattrapa Arthur, le saisit par l'épaule et se mit à lui montrer de la main : avance à droite du roc, la tête en bas. Vous me paierez ça, pensa-t-il. Devant le roc, Arthur plongea et aussitôt un éclair frappa avec fracas le sommet noir, faisant jaillir des miettes incandescentes. Vous me paierez ça, se répéta-t-il, plongeant la tête dans la boue et agitant bras et jambes de toutes ses forces. Un nouveau coup lui résonna bruyamment dans les oreilles. Je vous étriperai ! Puis une pensée l'effleura, fugace : mais de qui je parle ? Je ne sais pas. Peu importe, quelqu'un doit payer pour tout ça, quelqu'un me le paiera ! Laissez-moi juste arriver jusqu'à la Boule, il faut que j'arrive jusqu'à la Boule et je vous mettrai cette merde dans la gueule, je ne suis pas Charognard, je vous demanderai des comptes à ma façon…

Quand ils ressortirent sur la terre ferme et sèche, sur les miettes de pierre brûlant sous le soleil, abasourdis, complètement à l'envers, chancelant et s'accrochant l'un à l'autre pour ne pas tomber, Redrick vit le fourgon automobile écaillé, enfoncé sur les essieux, et il se rappela vaguement qu'ici, à côté de ce fourgon, on pouvait reprendre son souffle à l'ombre. Ils s'y installèrent. Arthur s'allongea sur le dos et se mit à déboutonner sa veste de ses doigts engourdis. Redrick s'appuya contre la paroi du fourgon, essuya tant bien que mal ses paumes contre des gravats et fourra sa main en son sein.

« Moi aussi…, proféra Arthur. Moi aussi, Monsieur Shouhart ! »

Redrick fut stupéfait d'entendre la voix forte qu'avait ce gamin. Il avala une gorgée, ferma les yeux et tendit la flasque à Arthur. Fini, pensa-t-il mollement. On a réussi. Là aussi, on a réussi. Maintenant, écrivez la somme en lettres. Vous croyez que j'ai oublié ? Non, je me souviens de tout. Vous croyez que je vais vous remercier de m'avoir laissé en vie, de ne pas m'avoir noyé ? Comme remerciement vous n'aurez que dalle. À présent, c'en est fait de vous, c'est clair ? Je ne vous laisserai rien. Maintenant c'est moi qui décide. Moi, Redrick Shouhart, sain de corps et d'esprit, vais décider de tout désormais et pour tout le monde. Quant à vous autres : charognards, crapauds, visiteurs, sacs d'os, quaterbloods, salauds, rauques, avec vos petites cravates, vos petits uniformes tout beaux tout propres, avec vos sacoches, vos discours, votre bienfaisance, votre garantie de l'emploi, vos batteries éternelles, vos mouvements perpétuels, vos « calvities de moustique », vos promesses mensongères, c'est fini. Toute ma vie vous m'avez mené par le bout du nez et moi, le crétin, je me vantais de faire tout ce que je voulais, tandis que vous, ordures, vous hochiez la tête, vous vous faisiez des clins d'œil derrière mon dos et vous me traîniez par le bout du nez, me traîniez dans des prisons, dans vos sales gargotes... Ça suffit ! Il défit les courroies du sac à dos et reçut la flasque des mains d'Arthur.

« Jamais je n'aurais pensé..., disait Arthur avec un doux étonnement dans la voix. Je ne pouvais même pas m'imaginer... Bien sûr, je savais : la mort, le feu... mais ça !... Dites-moi : comment fera-t-on pour rentrer ? »

Redrick ne l'écoutait pas. Ce que disait ce petit homme n'avait aucune importance. Même avant, ça n'avait eu aucune importance, mais à l'époque il était quand même un homme. Tandis qu'à présent… plus rien, un passe-partout qui parlait. Qu'il parle.

« Si on pouvait se laver… » Arthur regardait autour de lui d'un air préoccupé. « Ne serait-ce que se rincer le visage. »

Redrick lui jeta un coup d'œil distrait, vit ses cheveux collés, feutrés, son visage barbouillé de boue séchée avec des traces de doigts, et son corps entièrement couvert d'une croûte de boue craquelée. Il ne ressentit rien : ni pitié ni irritation. Un passe-partout parlant. Il se détourna. Devant lui s'étendait un espace triste comme un chantier abandonné, parsemé de débris de cailloux pointus, saupoudré de poussière blanche, inondé d'un soleil aveuglant, insupportablement blanc, brûlant, méchant, mort. D'ici on voyait déjà le bout éloigné de la carrière, également d'un blanc éblouissant, qui de loin paraissait parfaitement lisse et vertical. Le bout le plus proche se faisait remarquer par un gisement de gros débris. La descente dans la carrière se trouvait là où, parmi les débris, se détachait en rouge la cabine d'un excavateur. C'était l'unique point de repère. Il fallait aller droit dessus, en se fiant tout bonnement à sa bonne fortune.

Soudain, Arthur se redressa, fourra la main sous le fourgon et en sortit une boîte de conserve rouillée.

« Regardez ça, Monsieur Shouhart », dit-il, ranimé. « Ce doit être mon père qui a laissé ça… Et il y en a d'autres. »

Redrick ne répondit pas. Ça, tu n'aurais pas dû le faire, pensa-t-il, indifférent. Pour l'instant, il vaudrait mieux que tu ne te souviennes pas de ton père, il vaudrait mieux que tu te taises. Au demeurant, aucune importance… Il se leva et siffla de douleur, car tous ses vêtements étaient collés contre son corps, contre sa peau brûlée. Et maintenant quelque chose se déchirait douloureusement, comme de la gaze séchée sur une blessure. Arthur se releva à son tour, siffla et geignit aussi, et lança à Redrick un regard empli de souffrance. On voyait bien qu'il avait très envie de se plaindre, mais qu'il n'osait pas. Il se limita à prononcer d'une voix étranglée :

« Je ne pourrais pas prendre une autre gorgée, Monsieur Shouhart ? »

Redrick cacha dans sa poche la flasque et dit :

« Tu vois cette chose rouge entre les pierres ?

— Oui, dit Arthur qui reprenait convulsivement son souffle.

— Tu fonces droit vers elle. Avance. »

Arthur s'étira en gémissant et en redressant les épaules, son visage se tordit, il regarda autour de lui et dit :

« Si on pouvait se laver un petit peu… Tout a collé. »

Redrick attendait en silence. Arthur lui jeta un coup d'œil désespéré, hocha la tête, faillit faire un pas, mais s'arrêta aussitôt.

« Le sac à dos, dit-il. Vous avez oublié votre sac à dos, Monsieur Shouhart.

— En avant ! » ordonna Redrick.

Il ne voulait ni expliquer ni mentir ; d'ailleurs, cela aurait été inutile. Pour quoi faire ? De toute manière, il avancerait. Il n'avait rien d'autre à faire. Il avancerait. Et Arthur avança. Il clopina, le dos voûté, en traînant les pieds, en essayant de s'arracher du visage la boue fortement collée. Il paraissait à présent petit, pitoyable, maigrichon comme un chaton de gouttière. Redrick le suivit, et à peine sorti de l'ombre, le soleil le brûla et l'éblouit. Alors il se cacha le visage derrière la main, regrettant de n'avoir pas pris de lunettes noires.

Chaque pas faisait lever un petit nuage de poussière blanche, elle se déposait sur les chaussures, elle empestait insupportablement, non, c'était plutôt Arthur qui empestait, marcher derrière lui était impossible, et Redrick mit du temps à comprendre que cette odeur émanait surtout de lui-même. L'odeur était nauséabonde, mais curieusement familière. C'est elle qui envahissait la ville les jours où le vent du nord rabattait dans les rues les fumées de l'usine. Son père sentait pareil lorsqu'il rentrait à la maison, énorme, lugubre, avec des yeux rouges déments. Alors Redrick se cachait précipitamment dans un coin éloigné et, de là, regardait avec crainte son père qui arrachait sa veste de travail et la jetait entre les mains de sa mère, enlevait de ses pieds énormes ses énormes chaussures éculées et les fourrait sous la penderie.

Puis, avec juste ses chaussettes aux pieds, il allait à pas visqueux dans la salle de bains, sous la douche. Il y gémissait longtemps, se donnant des claques sonores sur le corps, il charriait bruyamment des bassines, marmonnant quelque chose, puis vociférait tellement que toute la maison l'entendait : « Maria ! Tu dors ou quoi ? » Il fallait attendre qu'il se lavât, qu'il s'installât à table où il y avait déjà une bouteille, une assiette creuse avec du potage épais, du ketchup, attendre qu'il eût fini son potage et se mît à manger de la viande avec des haricots, alors là, Redrick pouvait ressortir de son abri, lui grimper sur les genoux et demander quel contremaître et quel ingénieur il avait noyé aujourd'hui dans l'huile de vitriol…

Autour, tout était chauffé à blanc, il avait mal au cœur de cette chaleur sèche et cruelle, de la fatigue ; la peau brûlée, craquelée sur les plis, le faisait atrocement souffrir et il avait l'impression qu'à travers cette brume de chaleur qui enveloppait, bouillante, son cerveau, sa peau s'efforçait de lui faire entendre ses cris et ses demandes suppliantes de repos, d'eau et de fraîcheur. Des souvenirs usés jusqu'à ne plus être reconnaissables s'enchevêtraient dans son cerveau, se bousculaient les uns les autres, s'entrelaçant avec ce monde blanc, torride, qui dansait devant ses yeux mi-clos, et tous étaient amers, et tous provoquaient une pitié poignante ou de la haine. Il essayait d'intervenir dans ce chaos, tâchait de faire remonter de son passé un doux mirage, une sensation de tendresse ou de vivacité, il appelait au fond de sa mémoire le visage rieur de Gouta, encore gosse, désirée et inaccessible. Ce visage apparaissait, mais s'engloutissait aussitôt sous la rouille, se déformait et se transformait en la petite gueule de Ouistiti, maussade, couverte de poils drus, bruns ; il s'efforçait de se rappeler Kirill, cet homme saint, ses gestes rapides et assurés, son rire, sa voix qui promettait espaces et temps inouïs et fabuleux ; Kirill apparaissait devant lui, mais la toile d'araignée argentée s'allumait aussitôt au soleil et voilà que Kirill n'était plus là, et c'étaient les petits yeux angéliques et fixes de Hew le Rauque qui se vrillaient sur le visage de Redrick, tandis que sa grosse main blanche soupesait le conteneur en porcelaine... Des forces obscures, remuant dans sa conscience, anéantissaient immédiatement la barrière érigée par sa volonté et faisaient disparaître le peu de choses bonnes que sa mémoire préservait encore, et il lui semblait déjà qu'il n'y avait jamais rien eu de bien, sauf des tronches, encore et encore...

Ce faisant, il n'arrêtait pas une seconde d'être stalker. Sans réfléchir, sans prendre conscience et même sans le retenir, il notait presque avec sa moelle épinière qu'à gauche, assez loin pour être inoffensif, au-dessus d'un tas de vieilles planches, se dressait un « gai fantôme » : tranquille, épuisé, donc on pouvait s'en foutre ; tandis qu'à droite s'était mise à souffler une brise légère, et quelques pas plus loin se découvrait une « calvitie de moustique », lisse comme un miroir, pourvue de plusieurs tentacules à la façon d'une étoile de mer

— loin, donc aucun danger — et dans son centre, un oiseau aplati, réduit à l'état d'ombre, chose rare, car les oiseaux ne survolent presque jamais la Zone ; et là, à côté du sentier, deux « creuses » qui traînaient, apparemment c'est Charognard qui les avait jetées sur le chemin de retour : la peur est plus forte que la cupidité… Il voyait tout, il prenait tout en considération et il suffisait qu'Arthur s'éloignât, recroquevillé, ne serait-ce que d'un seul pas, de la bonne direction pour que la bouche de Redrick s'ouvrît d'elle-même et qu'un cri rauque, avertisseur, sortît tout seul de sa gorge. Une machine, pensait-il. Vous avez fait de moi une machine… Les débris de cailloux au bord de la carrière devenaient de plus en plus proches et les arabesques curieuses de la rouille sur le toit rouge de l'excavateur étaient déjà visibles.

T'es un imbécile, Barbridge, pensait Redrick. T'es malin, mais imbécile quand même. Comment as-tu pu me croire, je te le demande. Pourtant, tu me connais depuis toujours, tu dois me connaître mieux que moi. C'est que tu es devenu vieux, voilà. Vieux et bête. En plus, toute la vie, tu n'as eu affaire qu'à des crétins… Et là, il s'imagina la gueule qu'avait faite Charognard en apprenant que son Arthur, son bel Archie, le sang de son sang, était parti dans la Zone avec Rouquin pour chercher ses jambes à lui, Charognard, que ce n'était pas un morveux inutile qui y était parti, mais son propre fils, sa vie, sa fierté… Et, s'imaginant cette gueule, Redrick éclata de rire. Lorsque Arthur se retourna et lui jeta un regard apeuré, il lui fit un geste de la main : avance, avance ! tout en continuant de rire. Et de nouveau des tronches se mirent à défiler dans sa conscience comme sur un écran… Il fallait tout changer. Pas une vie, pas deux, pas un destin, pas deux, mais chaque petit boulon de ce monde ignoble et infect, c'était ça qu'il fallait changer…

Arthur, son long cou tendu, s'arrêta devant une descente raide vers la carrière, s'arrêta et se figea, scrutant quelque chose en bas et au loin. Redrick s'approcha de lui et s'arrêta à côté. Mais il ne regarda pas là où regardait Arthur.

Droit sous ses pieds commençait la route défoncée depuis plusieurs années par des chenilles et des roues de camions. À sa droite s'élevait une falaise blanche, craquelée par la chaleur ; la falaise de gauche était à moitié écroulée et là, parmi des cailloux et des tas de gravats, se trouvait l'excavateur incliné ; sa pelle était baissée et piquait, impuissante, au bord du chemin. Comme il fallait s'y attendre, sur la route on ne voyait plus rien. Et seulement tout près de la pelle pendaient, des saillies grossières de la falaise, des stalactites noires et tordues, semblables à de grosses bougies ; dans la poussière on apercevait plusieurs éclaboussures noires, comme si quelqu'un y avait versé du bitume. C'est tout ce qui restait d'eux, on ne pouvait même pas dire combien ils avaient été. Peut-être chaque éclaboussure est-elle un homme, un souhait de Charognard. Celle-ci, c'est pour que Charognard revienne sain et sauf de la cave du septième bâtiment. Celle-là, plus grande, c'est quand Charognard avait sorti de la Zone sans problème un « aimant qui bouge ». Et cette bougie-là, c'est cette traînée de Dina Barbridge, la somptueuse, ne ressemblant ni à sa mère ni à son père. Quant à cette tache-ci, c'est Arthur Barbridge, le beau gosse, la fierté, ne ressemblant ni à sa mère ni à son père…

« On est arrivés ! râla avec véhémence Arthur. Monsieur Shouhart, on est quand même arrivés ! »

Il rit d'un rire heureux, s'accroupit et se mit à frapper la terre de toutes ses forces. La touffe de cheveux au sommet de son crâne tremblait et se balançait d'une façon ridicule, absurde ; des morceaux de boue jaillissaient dans tous les sens. Là seulement, Redrick leva les yeux et regarda la Boule. Prudemment. Craintivement. Avec la peur secrète qu'elle ne soit différente de ses espérances, qu'elle ne le déçoive, qu'elle ne fasse naître en lui un doute, qu'elle ne le fasse choir du ciel où il avait réussi à grimper, à moitié noyé dans la boue…

Elle n'était pas en or, mais plutôt en cuivre, rougeâtre, parfaitement lisse, et elle lançait des reflets troubles sous le soleil. Elle était posée au pied de la falaise la plus éloignée de la carrière, confortablement installée parmi les tas de roche compressée. Et même d'ici on voyait à quel point elle était massive et de quel poids elle pesait sur sa couche.

Elle n'inspirait rien de décevant ni de douteux, mais rien non plus qui insufflerait l'espoir. Curieusement, en la voyant, on pensait avant tout qu'elle devait être vide et très chaude au toucher à cause du soleil. Elle n'irradiait aucune lumière particulière et ne paraissait absolument pas capable de s'envoler en l'air et d'y danser, comme cela lui arrivait souvent dans les légendes. Elle était là où elle était tombée. Elle s'était peut-être échappée d'une poche énorme ou s'était égarée, roulant trop loin, lors du jeu des géants ; elle n'était pas installée ici, elle y traînait, traînait exactement comme tous ces « bracelets », « creuses », « batteries » et autres déchets restés après la Visite.

Mais, en même temps, il y avait malgré tout quelque chose, et plus Redrick la regardait, plus il comprenait que la regarder lui était agréable, qu'il avait envie de s'en approcher, de la toucher, la caresser ; puis de quelque part surgit la pensée que cela devait être bien de s'asseoir à côté ou, encore mieux, d'y appuyer son dos, de rejeter la tête et, les yeux clos, de réfléchir, se livrer aux souvenirs ou, peut-être, de simplement somnoler, en se reposant…

Arthur bondit sur ses pieds, ouvrit brutalement toutes les fermetures Éclair de sa veste, l'arracha et la lança sous ses pieds, en soulevant un nuage de poussière blanche. Il criait quelque chose, faisant des grimaces, agitant les bras, puis les croisa dans le dos et, d'une démarche dansante, faisant de ses pieds des pas compliqués, amorça la descente en sautillant. Il ne regardait plus Redrick, il avait déjà oublié Redrick, il avait déjà tout oublié ; il allait réaliser ses vœux, ses petits vœux rougissants de collégien, de gosse qui de sa vie n'avait vu d'autre argent que ce qu'on appelait argent de poche, ses vœux de blanc-bec qu'on fouettait sans pitié si, en rentrant à la maison, il sentait l'alcool même légèrement, qu'on élevait pour qu'il devînt avocat renommé, futur ministre et, dans la perspective la plus lointaine, président, comme vous pouvez l'imaginer… Les yeux irrités, plissés sous la lumière aveuglante, Redrick le suivit du regard sans rien dire. Il était froid et calme, il savait ce qui allait se produire et il savait qu'il ne le regarderait pas, mais tant qu'il pouvait encore regarder, il le faisait, ne ressentant rien de particulier, sinon que, quelque part au fond de lui, un petit ver s'était soudain agité, tournant sa tête piquante.

Le gamin descendait toujours, en faisant des pas de danse sur la falaise abrupte, dans un bruit de claquettes inimaginable ; la poussière blanche s'envolait sous ses talons, il criait quelque chose à tue-tête, d'une voix très sonore, très gaie et très solennelle, une espèce de chanson ou d'incantation, et Redrick pensa que c'était la première fois de toute l'existence de la carrière que quelqu'un descendait ce chemin de cette façon-là, comme se rendant à une fête. Au début, il n'écoutait pas ce qu'était en train de crier ce passe-partout parlant, et puis quelque chose s'était branché en lui et il entendit :

« Du bonheur pour tout le monde !… Gratuitement !… Tout le bonheur possible !… Venez tous ici !… Il y en aura pour tout le monde !… Personne ne repartira lésé !… Gratuitement !… Le bonheur ! Gratuitement !… »

Puis, soudain, il se tut comme si une main énorme lui avait enfoncé avec force un bâillon dans la bouche. Redrick vit le vide transparent tapi à l'ombre de la pelle de l'excavateur saisir Arthur, le soulever en l'air et le tordre lentement, avec effort, comme les ménagères tordent le linge, en essorant l'eau. Redrick eut le temps de voir une de ses chaussures poussiéreuses tomber d'un pied qui s'agitait et s'envoler haut au-dessus de la carrière. Alors, il se détourna et s'assit. Il n'y avait pas une pensée dans sa tête et, curieusement, il cessa de sentir lui-même. Autour, tout n'était que silence, surtout derrière lui, là, sur le chemin. Alors il se rappela sa flasque, sans la joie habituelle, juste comme on pense à un médicament qu'il est temps de prendre. Il dévissa le bouchon, commença à boire par petites gorgées avares et, pour la première fois de sa vie, eut envie que dans la flasque ce ne fût pas de l'alcool, mais simplement de l'eau froide…

Un certain temps s'écoula et des pensées plus ou moins cohérentes surgirent dans son esprit. Eh bien, c'est fini, pensa-t-il à contrecœur. La voie est libre. Il pouvait déjà y aller maintenant, mais il valait mieux attendre encore un peu. Les « hachoirs » jouent parfois des tours. De toute façon, il fallait réfléchir. Réfléchir, une occupation inhabituelle, c'est là le malheur. Qu'est-ce que c'est, « réfléchir » ? Réfléchir, ça signifie se débrouiller, bien goupiller son coup, bluffer, posséder, mais tout cela ici n'était pas valable…

Bien. Ouistiti, le père… Régler tous les comptes, étriper les ordures, leur faire bouffer de la boue, comme moi j'en ai bouffé… Non, ce n'est pas ça,

Rouquin, ce n'est pas ça… C'est-à-dire que c'est ça, mais qu'est-ce que tout cela signifie ? Mais qu'est-ce que je veux, à la fin ? Parce que ça, ce sont des jurons, pas des pensées. Il se sentit glacé par un pressentiment affreux et, enjambant instantanément une multitude de considérations encore à venir, se donna un ordre féroce : voilà, Rouquin, tu ne t'en iras pas d'ici tant que tu n'auras pas trouvé quelque chose de valable, tu crèveras ici à côté de cette Boule, tu te feras griller, tu pourriras, mais tu ne t'en iras pas…

Seigneur, mais où sont donc mes paroles, où sont mes pensées ? Il s'assena un coup de poing violent sur le visage. Parce que toute ma vie durant je n'ai pas eu une seule pensée ! Attends, mais Kirill m'avait dit quelque chose… Kirill ! Il fouillait fiévreusement dans ses souvenirs, des paroles familières et d'autres qui ne l'étaient qu'à moitié surgissaient, mais ce n'était pas ça, car ce n'étaient pas des paroles qu'il avait héritées de Kirill, non, mais des images troubles, très bonnes, mais totalement invraisemblables…

Infamie, infamie… Ici aussi, ils m'ont eu, ils m'ont laissé sans langue, les ordures… La pègre… J'étais de la pègre et maintenant, vieilli, j'y appartiens toujours… C'est ça qui ne devrait pas exister ! Tu entends ? Et qu'à l'avenir ce soit interdit une fois pour toutes ! L'homme existe pour réfléchir (c'est ça, Kirill, enfin !…). Seulement, je n'y crois pas. Avant, je n'y croyais pas et maintenant je n'y crois pas et je ne sais pas pourquoi l'homme vient au monde. Il vient au monde, il est donc né. On mange ce qui vous tombe sous la main. Que nous tous, on soit en bonne santé, et eux tous, qu'ils crèvent. Mais qui ça, nous ? Qui ça, eux ? Incompréhensible. Je suis bon — Barbridge est mauvais, Barbridge est bon — Binoclard est mauvais, Rauque est bon — tout le monde est mauvais, dont Rauque lui-même, seulement lui, l'imbécile, il s'imagine qu'il pourra s'en tirer à temps… Seigneur, mais quelle salade ! Toute ma vie, je me suis battu contre le capitaine Quaterblood, et lui, toute sa vie, il s'est battu contre Rauque et ne voulait de moi, sombre idiot que je suis, qu'une seule chose : que je laisse tomber le stalkérisme. Mais comment le laisserais-je tomber s'il me faut nourrir ma famille ? Aller travailler ? Et si je ne veux pas travailler pour vous, si votre travail me fait mal au cœur, pouvez-vous le comprendre ? Voilà ce que je crois : si un homme travaille parmi vous, il travaille toujours pour l'un de vous, c'est un esclave et rien d'autre, tandis que moi, je voulais toujours être moi-même, tout seul, pour me foutre de tout le monde, me foutre de votre ennui et de votre cafard…

Il avala les dernières gouttes de cognac et lança la flasque contre la terre de toutes ses forces. La flasque rebondit, brillant au soleil et roula quelque part ; il l'oublia sur le coup. À présent, il était assis, se fermant les yeux de ses mains, et n'essayait plus ni de comprendre ni de trouver. Il désirait ne serait-ce que voir les choses comme elles devraient être, mais de nouveau, il ne voyait que des tronches, des tronches et encore des tronches… des billets verts, des bouteilles, des tas de chiffons qui avaient été autrefois des hommes, des colonnes de chiffres… Il savait que tout cela devait être détruit, il avait envie de le détruire, mais il devinait que si tout cela était détruit il ne resterait plus rien, sinon de la terre lisse et nue. En proie à l'impuissance et au désespoir, il eut une fois de plus envie d'appuyer son dos contre la Boule et de renverser la tête ; il se leva, épousseta machinalement son pantalon et amorça la descente dans la carrière.

Le soleil était brûlant, des taches rouges flottaient devant ses yeux, l'air au fond de la carrière tremblait, et dans ce tremblement la Boule paraissait tressauter sur place, comme une bouée sur des vagues. Il dépassa la pelle, levant très haut les pieds par superstition, pour ne pas marcher dans des éclaboussures noires et puis, s'embourbant dans des gravats, il se traîna en biais à travers toute la carrière vers la Boule qui dansait et faisait des clins d'œil. Il ruisselait de sueur, il suffoquait de chaleur, mais en même temps il grelottait de froid, il tremblait violemment, comme s'il avait la gueule de bois, tandis que la poussière de craie grinçait sous ses dents. Il n'essayait plus de réfléchir. Il ne faisait que répéter mentalement, avec désespoir, comme une prière : « Je suis une bête, tu vois bien que je suis une bête. Je ne sais pas parler, on ne m'a pas appris à parler, je ne sais pas penser, ces ordures ne m'ont pas permis d'apprendre à penser. Mais si tu es réellement comme on raconte… toute-puissante, réalisant tout, comprenant tout… analyse ! Regarde bien en moi. Regarde dans mon âme, je sais qu'il y a tout ce qu'il te faut. Ça doit y être. Parce que mon âme, je ne l'ai jamais vendue à personne ! Elle est à moi, elle est humaine ! Tire toi-même de moi ce que je veux, parce qu'il est impossible que mes vœux soient mauvais !… Malédiction ! Je ne peux rien inventer que les mots qu'il a prononcés, lui : DU BONHEUR POUR TOUT LE MONDE, GRATUITEMENT, ET QUE PERSONNE NE REPARTE LÉSÉ ! »

POSTFACE

L'histoire de la rédaction de ce roman — contrairement d'ailleurs à l'histoire de sa publication — n'a rien d'intéressant ou, disons, rien d'instructif. Il fut conçu en février 1970, quand nous nous sommes réunis à la Maison de la Création « Komarovo » pour écrire *La ville maudite*[1]. Lorsque nous avions un moment libre, nous nous promenions le soir dans les rues désertes et enneigées du bourg de villégiature, nous inventions quelques nouveaux sujets, par exemple les futurs *Le petit* et *Stalker (Pique-nique au bord du chemin)*.

Notre première note se présentait ainsi :

« … Un singe et une boîte de conserve. Trente ans après la visite d'extraterrestres, il ne reste que les ordures qu'ils ont laissées — objets de chasse et de recherches, d'études et de malheurs. L'accroissement des superstitions, un service qui essaye de

1. Roman inédit en français. *(N.d.T.)*

s'emparer du pouvoir au motif de leur possession, une organisation qui tente de les détruire — la connaissance tombée du ciel étant inutile et nuisible ; n'importe quelle trouvaille ne pouvant aboutir qu'à une mauvaise application. Des chercheurs d'or considérés comme des sorciers. La décadence du prestige des sciences. Des biosystèmes abandonnés — une pile presque déchargée —, des morts qui revivent, venant d'époques différentes… »

Le titre définitif — *Pique-nique au bord du chemin* — est apparu là-bas, à cette époque. Mais la notion de « stalker » n'existait pas encore : seulement celle de « chercheurs d'or ». Presque un an plus tard, en janvier 1971, dans le même « Komarovo », nous avons élaboré un plan très détaillé du roman. Mais le mot « stalker » n'y apparaît toujours pas ; et, même à la veille du jour où nous avons enfin cessé de réfléchir à ce sujet pour commencer à rédiger, il n'était pas présent dans ce que nous avions élaboré. Les futurs « stalkers » s'appelaient pour l'instant « trappeurs » : « trappeur Redrick Shouhart », « la copine du trappeur Gouta », « le petit frère du trappeur Sedvik »… Apparemment, le terme « stalker » lui-même n'est apparu lors de notre processus de travail que sur les premières pages du texte. Dès le début, de toute façon, nous n'aimions pas « chercheurs d'or » et « trappeurs » ; je m'en souviens très bien.

« Stalker » est un des rares concepts que nous avons inventés qui soit devenu usuel. Le mot

« cyber[1] » s'est implanté aussi mais, en général, seulement au sein du fandom, tandis que « stalker » s'est répandu partout. Je suppose, à vrai dire, que c'est d'abord grâce au film de Tarkovski. Mais ça n'est pas pour rien si Tarkovski lui-même l'a retenu : il est probable que ce mot tombait juste, sonnait bien et était doté de grandes possibilités. Il vient de l'anglais *to stalk*, ce qui signifie en particulier « s'approcher furtivement », « marcher à pas de loup ».

Cela se prononce d'ailleurs « stok », et il serait plus correct de dire « stoker », et non « stalker ». Nous avons pris ce mot du roman *Stalky and Co*, de Kipling, dans sa vieille traduction russe, antérieure à la Révolution, qui s'intitulait *Compagnie audacieuse*, ou quelque chose de ce genre. Il y est question de joyeux écoliers anglais de la fin du XIXe siècle et du début du XXe, et de leur chef, un ado, voyou et rusé, surnommé Stalky. Arkadi Natanovitch, lorsqu'il était encore un jeune élève-officier du VIIAK[2], avait reçu ce livre de Kipling de ma part, en cadeau : je l'avais acheté d'occasion, par hasard. Il l'a lu, l'a trouvé admirable et, à cette époque même, il en a fait un brouillon de traduction sous le titre *Stalky et compagnie*, qui est devenu un de mes livres préférés lorsque j'étais écolier et étudiant.

Donc, lorsque nous avons inventé le mot

1. Le terme, en science-fiction soviétique, désigne tout organisme cybernétique. *(N.d.T.)*
2. Institut militaire des Langues étrangères. *(N.d.T.)*

« stalker », nous avions sûrement Stalky à l'esprit, ce fin matois, sévère — et même cruel —, espiègle, qui n'était cependant pas dénué de générosité et d'une grandeur d'âme particulière aux gamins. Cependant, nous n'imaginions absolument pas qu'il était en fait « Stoky », et non pas « Stalky ».

Le roman a été écrit sans contretemps ni crise d'aucune sorte, en trois fois : nous avons commencé le brouillon le 19 janvier 1971, et le 3 novembre de la même année, nous avions fini la mise au propre. Entre-temps, nous nous sommes occupés de différentes affaires, en général des trucs stupides : nous avons écrit des plaintes envoyées au « Sénat gouvernemental » — c'est-à-dire au Secrétariat de la filiale de l'Union des Écrivains ; nous avons répondu à des lettres — ce que nous faisions rarement quand nous étions ensemble ; nous avons adressé une demande concernant un film, un long métrage de vulgarisation scientifique, *La rencontre des mondes*, sur les contacts avec une autre Intelligence ; nous avons écrit trois saynètes pour le film *Fitil*[1], nous avons créé un sujet pour un téléfilm, *Le choix est tombé sur Rybkine*, nous avons approximativement jeté les bases pour un nouveau roman, *Des faits étranges sur le récif Pieuvre*, et plein d'autres choses de ce genre. Aucune de ces expériences n'a connu de suite ; elles n'ont abouti à rien, mais elles n'ont pas eu, non plus, d'impact sur les événements ultérieurs.

1. *La Mèche*, film documentaire humoristique, satirique et critique. *(N.d.T.)*

Il faut remarquer que *Pique-nique*... a été accepté relativement facilement par *Avrora*[1], à Leningrad. Il a un peu souffert des corrections du rédacteur, mais cela n'était pas significatif. Nous avons tout de même été obligés de nettoyer le manuscrit afin d'y enlever les divers « merde » et « salaud » qui s'y trouvaient, mais tout cela n'était que vétilles ordinaires, agréables à nos âmes d'écrivains. Nous n'avons cédé à aucune correction sur le fond, et quand le numéro a paru, lors de l'été 1972, le roman n'était presque pas mutilé.

Mais à cette époque, son épopée au sein des éditions Molodaya Gvardia[2] ne faisait que commencer. En fait, à proprement parler, elle a débuté en 1971, alors que le roman n'existait pas encore sur le papier : on nous avait demandé de réfléchir à un recueil. Son titre provisoire était *Des rendez-vous non fixés*. Il devait être consacré au problème du contact de l'humanité avec une autre Intelligence et comprendre trois romans, deux déjà écrits — *L'auberge de l'alpiniste mort* et *Le petit* —, et un autre sur lequel nous travaillions.

Les ennuis ont commencé aussitôt.

16 mars 1971 — Arkadi Natanovitch : « ... la direction a lu le recueil mais hésite et n'a rien dit de précis. Sur son ordre, on l'a donné à un certain

1. Célèbre revue littéraire soviétique. *(N.d.T.)*

2. La Jeune Garde, principal éditeur soviétique pour la jeunesse, et à ce titre quasi seul éditeur de science-fiction en volume — la science-fiction n'étant alors pas considérée comme une littérature pour adultes. *(N.d.T.)*

Markov (?), professeur en sciences historiques, pour qu'il en fasse la critique, parce qu'il aime bien la science-fiction. […] Le manuscrit, avec cette critique, devra de nouveau être envoyé à Avramenko [adjoint du rédacteur en chef de l'époque] — probablement pour lui donner la possibilité de réévaluer une appréciation qui existait déjà mais qu'on tenait secrète —, puis le manuscrit sera envoyé à Ossipov — le rédacteur en chef —, et seulement après nous serons fixés sur notre sort. Putains. Hommes de lettres. »

16 avril 1971 — Arkadi Natanovitch : « Je me suis rendu chez Molodaya Gvardia, pour voir Bela. Elle a dit que nous n'obtiendrons rien. Avramenko lui a demandé de nous l'annoncer de manière diplomatique : "il n'y a pas de papier", "le portefeuille de contrats est déjà plein", etc. Mais Avramenko a aussi ouvertement dit à Bela que, quelque part au sein de la direction, on a suggéré de ne plus faire affaire avec les Strougatski pendant un certain temps. […] Et voilà, la classe, cette force prédominante nous est tombée dessus ! »

Et pourtant, *Pique-nique*… n'avait même pas encore été écrit, et il s'agissait en fait d'un genre de romans qui ne provoquaient jamais de Grande Irritation Idéologique, des romans totalement innocents, et même apolitiques. Les chefs, d'une manière générale, ne voulaient tout simplement plus avoir affaire avec « les Strougatski », et cette mauvaise volonté commune se superposait à la situation éditoriale d'alors : en raison de la passation de pouvoir à la tête de l'État, on commençait à extirper tout ce qui avait été fait de meilleur sous la direction de Sergueï Gueorguevitch Jemaïtis et de Bela Grigorievna Klioueva[1]. C'était grâce au travail de ces derniers que la science-fiction nationale de la deuxième génération[2] avait pu s'épanouir…

1. En 1964, Krouchtchev est écarté du pouvoir et remplacé par Brejnev, un personnage beaucoup moins libéral. Cette passation de pouvoir fut suivie d'une mise au pas du milieu éditorial : on connaît bien l'affaire Siniavski-Daniel, en 1966, mais il y eut aussi dans le milieu de la science-fiction d'importants débats, par voie de presse, entre les « lyriques », représentés par les Strougatski, et les « physiciens », idéologiquement plus orthodoxes. Les Strougatski finirent par baisser les armes dans un article publié en 1968. Cela n'empêcha pas des rédactions de revues d'être sanctionnées pour les avoir publiés, eux ou d'autres auteurs progressistes. Dans le même temps, les maisons d'édition sont reprises en main, et celle qui publient de la SF refusent maintenant tout roman écrit par un auteur qui n'appartiendrait pas à un cercle relativement restreint d'écrivains bien en vue du pouvoir. *(N.d.T.)*

2. Contrairement à la plupart des spécialistes qui mentionnent quatre vagues ou générations structurant la SF soviétique, Boris Strougatski n'en comptait que trois : « C'est juste une question de définition. J'ai l'habitude de penser que la première génération de la SF soviétique est celle de Beliaev, Zouev-Ordynets, Obroutchev et bien sûr Kazantsev, Nemtsov Gourevitch et Efremov — des années 1930-1940 à la fin des années 1950. La deuxième génération est celle de "la couvée d'Efremov", de ses disciples et adeptes : Dnieprov, Gansovski, Savtchenko, Parnov, Varchavski Larionova et nous-mêmes — durant les années 1960-1970. Enfin la troisième est celle de Rybakov, Loguinov, Lazartchouk, Ouspenski, Chtcherbakov, Stoliarov — durant les années 1980-1990. Mais tout est relatif, bien sûr » (lettre du 13 octobre 2012). Sa « deuxième génération » est donc celle de l'âge d'or de la SF soviétique. *(N.d.T.)*

Au début des années 1980, Arkadi et moi réfléchissions sérieusement à l'idée de réunir, de mettre en ordre et de diffuser, au moins par Samizdat[1], une « Histoire d'une publication », composée de documents authentiques — lettres, critiques, plaintes, demandes, cris et gémissements d'auteurs par écrit — qui concernaient ce qui s'était passé avec le recueil *Des rendez-vous non fixés*, dont le clou était devenu *Pique-nique*…

J'ai même entrepris à l'époque un travail systématique de sélection et de tri des éléments dont nous disposions, mais j'ai très vite abandonné : c'était quelque chose de désespéré, un travail minutieux, ingrat, sans perspectives, et un relent d'immodestie se dégageait de toute cette entreprise : qui étions-nous, en fin de compte, pour illustrer par notre exemple les modes de fonctionnement de la machine idéologique des années 1970 ? Surtout au regard du destin de Soljenitsine, de Vladimov, de Voïnovitch et de bien d'autres, beaucoup plus dignes parmi les plus dignes.

Nous avons abandonné cette entreprise, mais nous y sommes revenus juste après le début de la Perestroïka, quand des temps nouveaux sont arrivés, quand est apparue la possibilité réelle de non seulement mettre en circulation des archives, mais aussi de les publier correctement, avec des commentaires instructifs et en conservant les caractéristiques venimeuses de personnages dont

1. Éditions clandestines. *(N.d.T.)*

la plupart étaient toujours en poste et encore capables d'influer sur les processus littéraires. Vadim Kazakov et ses camarades, les infatigables « ludens[1] », se sont joints au travail.

Je leur ai transmis tous les documents en ma possession, et le recueil était déjà quasiment prêt lorsque nous nous sommes aperçus qu'il n'y aurait pas de réelle possibilité de l'éditer : personne n'avait d'argent pour ce genre de publication qui présentait un intérêt commercial restreint. De plus, les événements s'enchaînaient à toute vitesse : le putsch, la mort d'Arkadi, la chute de l'URSS, la révolution — une révolution démocratique, de velours, mais une révolution quand même. De fait, l'entreprise avait perdu son peu d'actualité en quelques mois.

Et me voilà maintenant assis à ma table. Je regarde trois chemises assez épaisses posées devant moi et j'éprouve de la déception mêlée de désarroi et d'une perplexité manifeste. Dans ces chemises se trouvent nos lettres aux éditions Molodaya Gvardia — aux rédacteurs, aux directeurs de collection, aux rédacteurs en chef, au directeur général —, des plaintes auprès du Comité central du Komsomol, des supplications adressées au département de la culture du Comité central du Parti communiste et au département de la presse et de la propagande du même Comité, des demandes envoyées à l'Agence nationale du Droit d'auteur

1. D'après le nom des surhommes apparus dans *Les vagues éteignent le vent*. *(N.d.T.)*

et, bien sûr, les réponses de toutes ces agences administratives, nos lettres de l'un à l'autre : une montagne de papiers, près de deux cents documents selon les calculs les plus modestes. Je n'ai aucune idée de ce qu'il faut faire de tout cela, à présent.

Je me réjouissais par avance à l'idée de raconter, ici, l'histoire de la publication de *Pique-nique*… J'aurais pu dévoiler les noms détestés, me moquer à loisir des poltrons, des imbéciles, des dénonciateurs et autres sales types ; j'aurais frappé l'imagination des lecteurs par l'absurdité, l'idiotie et la méchanceté du monde qui nous a tous vus naître. Et, ce faisant, j'aurais été ironique et édifiant, expressément objectif et impitoyable, plein de bonhomie et caustique à la fois. Mais voilà, je suis assis, maintenant, et je regarde ces chemises. Je comprends que je suis désespérément en retard et que personne n'a besoin de moi — ni de mon ironie, de ma générosité ou de ma haine refroidie.

Les puissantes organisations de l'époque appartiennent maintenant au passé. Celles-ci avaient le droit presque illimité de permettre et de punir. Elles relèvent tellement du passé qu'il serait fastidieux, voire assommant, d'expliquer au lecteur contemporain qui était qui, pourquoi ce n'était pas la peine de se plaindre au département de la culture du Comité central alors qu'il fallait le faire auprès du département de la presse et de la propagande, et qui étaient Albert Andreevitch Beliaev, Petr Nilytch Demitchev et Mikhaïl Vassilievitch Zimianine. Ils étaient pourtant des tigres, des éléphants, même, de la faune idéologique soviétique, des maîtres des destinées, des « destinchefs » et « porte-destins » !

Qui se souvient d'eux, maintenant, et qui s'intéresse à ceux d'entre eux qui figurent toujours parmi les vivants ? Et dans ce cas, cela vaut-il la peine de parler du menu fretin, de la foule glapissante des petits fonctionnaires de l'idéologie, des diables idéologiques qui étaient légion ? Leur caractère mauvais était insondable, leur méchanceté et leur bassesse exigent — comme on aimait l'écrire au XIXe siècle — une plume plus expérimentée, puissante et mordante que la mienne ! Je ne veux même pas les mentionner : qu'ils disparaissent au sein du passé, comme la vermine de la nuit, et pour toujours…

Si j'avais en tête de publier ici, malgré tout, au moins une simple liste de tous les documents en rapport avec l'affaire, avec leur résumé, cela se présenterait à peu près comme ça :

30 avril 1975 : Arkadi → Boris (la rédaction a de « gros doutes » à propos de *Pique-nique…*)

5 juin 1975 : lettre de A. et B. Strougatski à Medvedev, dans laquelle ils demandent la décision de la rédaction.

25 juin 1975 : lettre de Ziberov, dans laquelle il explique le retard.

8 juillet 1975 : décision de la rédaction, par Medvedev et Ziberov.

21 juillet 1975 : réponse des Strougatski à propos de la décision de la rédaction.

23 août 1975 : B. → A. (le recueil a été revu et envoyé une nouvelle fois à la rédaction en juillet.)

1er septembre 1975 : lettre accusant réception du manuscrit par Ziberov.

5 novembre 1975 : lettre de refus de *Pique-nique*… par Medvedev.

17 novembre 1975 : lettre des Strougatski à Medvedev, dans laquelle ils argumentent contre le refus.

17 novembre 1975 : lettre de Boris Natanovitch à Medvedev dans laquelle il exprime sa perplexité.

8 janvier 1976 : lettre des Strougatski à Polechtchouk avec plainte contre Medvedev.

24 janvier 1976 : lettre accusant réception par Parchine, concernant la lettre adressée au Comité central du Komsomol.

20 février 1976 : lettre de Parchine concernant les mesures prises.

10 mars 1976 : B. → A. (projet de lettres à Parchine et à Sinelnikov).

24 mars 1976 : lettre-rappel des Strougatski à Parchine.

24 mars 1976 : lettre-rappel des Strougatski à Sinelnikov.

30 mars 1976 : lettre de Parchine concernant les mesures prises.

5 avril 1976 : A. → B. (proposition de rédiger une lettre aux agences administratives suprêmes).

12 avril 1976 : lettre-refus de *Pique-nique*… par Medvedev.

Et ainsi de suite, dans le même style. Qui a besoin de cela aujourd'hui ? Et qui le lirait ?

Mais si je n'écris pas à ce sujet, que me reste-t-il ? Comment raconter l'histoire de la publication de *Pique-nique*... sans cette lourde et ennuyeuse liste et sans son commentaire triste et méchant, une histoire mystérieuse, même, dans un certain sens. Car ce roman n'était probablement pas dénué de défauts, tout en n'étant pas dénué, non plus, de qualités évidentes : il était captivant, capable de produire une forte impression sur le lecteur — c'est ce qui a incité cet éminent lecteur qu'est Andreï Tarkovski à créer un film remarquable —, et en même temps il ne contenait absolument AUCUNE attaque contre le régime existant, au contraire : on pourrait dire qu'il se trouvait, comme l'on disait, en accord avec l'idéologie antibourgeoise dominante...

Mais alors pourquoi, pour quelles raisons mystérieuses — mythiques ? infernales ? — a-t-il été condamné par la maison d'édition à mariner pendant plus de HUIT ans ?

Au début, elle ne voulait pas conclure de contrat pour la publication du recueil ; puis elle l'a conclu, mais, sans qu'on sache pourquoi, elle s'est insurgée contre *L'auberge de l'alpiniste mort* ; puis elle a consenti à remplacer ce roman par *Il est difficile d'être un dieu*, approuvé auparavant. En revanche, elle s'est révolté résolument contre *Pique-nique*...

Il est impossible d'exposer ici, même brièvement, l'histoire de cette lutte : c'est trop long. Huit ans. Nous refusions parfois des choses que nous avions nous-mêmes proposées — tout à coup, à l'improviste : à bas *Il est difficile d'être un dieu* !... Il y a eu aussi des renouvellements de contrat, cinq ou six, et des tentatives de rompre toutes relations — allant jusqu'au tribunal ! Mais le principal, sans cesse, fermement et invariablement, d'une année sur l'autre, d'une conversation à l'autre, d'une lettre à la suivante : enlever les défunts revenus à la vie, changer le lexique de Redrick Shouhart, insérer le mot « soviétique » quand il est question de Kirill Panov, supprimer la morosité, la désolation, la brutalité, la cruauté...

Nous avons conservé un document intéressant : les remarques, page par page, émises par la rédaction concernant la langue de *Pique-nique au bord du chemin*. Ces remarques occupent dix-huit feuillets ! Elles sont divisées en parties : « remarques concernant la conduite amorale des héros », « remarques concernant les actes de violence » ; « remarques concernant la vulgarité et l'argot ». Je ne peux pas m'empêcher d'en citer quelques extraits. J'attire d'ailleurs votre attention sur le fait que je n'ai aucunement sélectionné les citations pour leur bêtise : je restitue tout tel quel.

« Remarques concernant la conduite amorale des héros »
[Il y a en tout 93 remarques, je ne cite que les dix premières]

tu dois lever ton gros derrière — p. 42

je marcherai même sur les dents, pas seulement sur les mains — p. 42

en plus à quatre pattes — p. 55

sors la flasque, dévisse le bouchon et m'y colle comme une punaise — p. 61

Je pompe la flasque — p. 61

il me manque une dernière gorgée — p. 61

Aujourd'hui je vais me saouler comme un trou. Si seulement je pouvais plumer Richard, ça, ce serait chouette ! Jouer comme lui, ce salopard, c'est pas croyable — p. 64

Moi, j'ai envie de boire à n'en plus tenir — p. 70

Je m'enverrais volontiers un petit verre en ta compagnie à cette occasion — p. 70

sans un mot de trop, me verse quatre doigts d'alcool. Je grimpe sur un tabouret, avale, ferme les yeux, secoue la tête et bois une autre gorgée — p. 71

« Remarques concernant les actes de violence »
[Il y en a en tout 36 : je cite les neuf dernières]

j'ai saisi sur le zinc une lourde chope et je l'ai fracassée sur la gueule ricanante la plus proche — p. 249

Alors Redrick fouilla dans sa poche, choisit un écrou de vingt grammes environ et, ayant bien visé, le lui envoya sur la tête. L'écrou frappa Arthur en pleine nuque. Il poussa un cri [etc.] — p. 252

la prochaine fois je te fais sauter les dents — p. 253

envoya au visage de Redrick un coup de son pied libre, il se débattait frénétiquement [etc.] — p. 256

écrasant convulsivement de sa poitrine la tête de ce maudit morveux, il ne tint plus et hurla de toutes ses forces… — p. 256

À présent, son joli minois paraissait un masque noir et gris, plein de sang coagulé et de cendre [etc.] — p. 258

Redrick le jeta la tête la première dans la plus grande des flaques — p. 258

étriper les ordures, leur faire bouffer de la boue, comme moi j'en ai bouffé — p. 278

Il s'assena un coup de poing violent sur le visage — p. 279

« Remarques concernant la vulgarité et l'argot »
[Il y en a en tout 251 : j'en cite dix à mon gré]

Brusquement, il se mit à jurer avec impuissance et méchanceté, crachant des mots noirs, sales, projetant de la salive — p. 109

Enfile tes dents et viens avec moi — p. 110

Boucher jura — p. 112

« Tu es une ordure », … « Charognard. » — p. 112

salaud — p. 115

j'ai envie de bouffer à en crever — p. 116

Ouistiti roupillait paisiblement — p. 117

il était fichtrement sale — p. 117

Que diable ! — p. 122
klaxonna au nez d'un Africain — p. 127

Dans la lettre d'accompagnement, il était écrit : « Nous n'avons relevé, bien sûr, que les expressions et les mots qui, à notre avis, doivent être supprimés ou remplacés. Ces remarques sont dictées avant tout par le fait que votre livre est destiné à la jeunesse et aux adolescents, aux membres du Komsomol qui considèrent la littérature soviétique comme un manuel de morale, un guide de vie. »

Je me souviens qu'après avoir reçu ce brillant document, je me suis rué vers les rayons de ma bibliothèque et en ai sorti avec joie notre bien-aimé, et inégalé, Jaroslav Hašek. Et j'y ai lu avec un plaisir extraordinaire :

« La vie n'est pas une école où l'on apprend les manières mondaines. Chacun parle comme il sait. Le maître de cérémonie, le docteur Gut, parle tout à fait autrement que Palivec, le propriétaire de la taverne *Au Calice*.

« Or notre roman n'est pas un manuel pour gandins de salon, ni un livre scientifique sur les phrases admissibles auprès d'une noble société... On a bien dit un jour que l'homme éduqué d'une façon saine peut tout lire. Il n'y a que les gens à l'esprit impudent, les dévergondés déchaînés tenant d'une ignoble fausse morale, ignorant le contenu et attaquant, en colère, des mots isolés, qui puissent blâmer ce qui est naturel. Il y a quelques années, j'ai lu la critique d'un roman. L'auteur de la critique s'emportait du fait que l'écrivain avait indiqué : "Il se moucha et s'essuya le nez."

« Cela allait, soi-disant, à l'encontre de tout ce qui est sublime et esthétique et que la littérature doit donner au peuple. Il ne s'agit là que d'un exemple, d'ailleurs pas le plus frappant, du fait que de tels ânes puissent naître sous la lune… »

Ah, comme cela m'aurait été agréable de citer tout cela à ces messieurs de Molodaya Gvardia ! Tout en ajoutant quelques commentaires du même genre de ma part. Mais hélas, cela aurait été totalement insensé, et peut-être tactiquement inapproprié. En outre, comme nous ne l'avons perçu clairement que bien des années plus tard, nous comprenions très mal les motifs et la psychologie de ces gens.

Nous estimions sincèrement que nos rédacteurs avaient simplement peur de leurs chefs et ne voulaient pas se retrouver dans une situation délicate en publiant la nouvelle œuvre douteuse d'auteurs au plus haut point interlopes. Et sans cesse, dans toutes nos lettres et nos demandes, nous clamions par tous les moyens possibles ce qui nous semblait être tout à fait évident : il n'y avait rien de criminel dans ce roman, il était correct d'un point de vue idéologique, et donc il n'était, dans ce sens, pas dangereux. Et si le monde qui y est décrit est cruel, méchant et sans issue, cela tient simplement du fait qu'il s'agit du monde du « capitalisme pourri et de l'idéologie bourgeoise triomphante ».

Nous ne pouvions même pas imaginer qu'il puisse s'agir d'autre chose que d'une question d'idéologie. Mais eux, ces modèles exemplaires, ces « ânes nés sous la lune » PENSAIENT VRAIMENT AINSI ! La langue doit être terne, plate, lisse dans la mesure du possible, et surtout pas grossière. La science-fiction doit être obligatoirement fabuleuse et ne doit en aucune façon toucher à la réalité cruelle et évidente. Le lecteur doit être protégé de la réalité : qu'il vive au sein des rêves et des belles idées immatérielles… Les héros d'une œuvre ne doivent pas simplement « marcher » : ils doivent « se pavaner » ; ils ne doivent pas simplement « parler », mais « proférer » ; pas du tout « hurler », mais seulement « s'exclamer » !

C'était une sorte d'esthétique spéciale, une notion plutôt autosuffisante de la littérature en général et de la science-fiction en particulier — une sorte de conception du monde, si vous voulez. Elle est d'ailleurs bien répandue, et totalement inoffensive, sauf si le porteur de cette conception se retrouve en position d'influencer le processus littéraire.

(L'une de mes lettres, en date du 4 août 1977, note : « … On a agi de la manière suivante avec Medvedev : a). On a fait 54 corrections stylistiques issues de la liste "vulgarités". On a expliqué dans la lettre qu'on l'a fait par respect des exigences du Comité central du Komsomol ; b). On a inséré une explication à propos des défunts revenus à la vie, qui seraient des cyborgs étudiant les Terriens, et à propos de la Boule, qui serait un mécanisme bionique captant les flux nerveux issus des simples désirs. On a écrit dans la lettre qu'on l'a fait pour qu'on nous laissât tranquilles ; c). Puis on a écrit dans la lettre que les autres exigences de la rédaction (concernant la violence, etc.) étaient une erreur idéologique car cela menait à l'embellissement de la réalité capitaliste. Tout a été envoyé avec accusé de réception, et selon cet accusé de réception, Molodaya Gvardia l'a reçu le 26 juillet de cette année. Que ça leur aille au cul, au cul… »)

C'était au plus fort de la bataille. Beaucoup de choses étaient encore à venir : la vigilance de la rédaction, qui allait atteindre plusieurs fois son paroxysme ; les tentatives de casser le contrat avec les auteurs ; nos plaintes et nos supplications auprès du Comité central du Komsomol, du Parti communiste, de l'Agence nationale des Droits d'auteurs… Le recueil *Rendez-vous non fixés* fut publié en 1980, défiguré, éreinté et lamentable. Seul *Le petit* était resté dans sa version initiale. *L'auberge de l'alpiniste mort* s'était perdu dans le champ de bataille cinq ans auparavant[1], et pour ce qui concernait *Pique-nique…*, ce roman avait été tellement révisé que nous ne voulions ni le lire, ni même le feuilleter.

Mais les auteurs ont triomphé. Un cas bien rare dans l'histoire de l'édition soviétique. Leur maison d'édition ne voulait pas publier un livre, mais les

1. Il fut remplacé par le récit *D'Ailleurs*, datant de 1960. À l'ensemble se sont ajoutés un article de trois pages de Iouli Smelkov et des illustrations très enfantines de V. Gochko. *(N.d.T.)*

auteurs l'ont contrainte à le faire. Des gens compétents disaient que ça n'était pas possible — il se trouva que si. Huit ans. Quatorze lettres aux « petit » et « grand » Comités centraux. Deux cents corrections humiliantes intégrées au texte. Une quantité d'énergie nerveuse, dépensée pour des riens, qu'on ne peut mesurer… Oui, les auteurs ont vaincu, rien à dire. Mais c'était une victoire à la Pyrrhus.

Au final, *Pique-nique…* était et reste aujourd'hui un de nos romans les plus populaires, en tout cas à l'étranger. Fin 1997, on compte trente-huit éditions dans vingt pays, y compris en Bulgarie (4 éditions), en RDA (4), aux États-Unis (4), en Pologne (3), en Tchécoslovaquie (3), en Italie (2), en Finlande (2), en RFA (2), en Yougoslavie (2), etc. Sa cote de popularité en Russie est assez grande, même si elle cède devant celle du *Lundi commence le samedi.* Le roman continue à vivre, et vivra peut-être jusqu'au XXIe siècle.

Le texte publié ici a bien sûr été totalement rétabli, et se présente dans la version voulue par les auteurs. Et pour ce qui concerne le recueil *Rendez-vous non fixés*, aujourd'hui encore, il m'est désagréable de simplement le prendre entre les mains — alors le lire !

BORIS STROUGATSKI
1997

DES MÊMES AUTEURS

Aux Éditions Denoël

Dans la collection Lunes d'encre

STALKER (Folio Science-Fiction nº 462)

IL EST DIFFICILE D'ÊTRE UN DIEU (Folio Science-Fiction nº 506)

L'ÎLE HABITÉE

L'ESCARGOT SUR LA PENTE

Dans la collection Présence du futur

LE LUNDI COMMENCE LE SAMEDI

UN GARS DE L'ENFER

L'AUBERGE DE L'ALPINISTE MORT

LES VAGUES ÉTEIGNENT LE VENT

Aux Éditions Hachette

LES REVENANTS DES ÉTOILES

DESTIN BOITEUX

Aux Éditions Albin Michel

LES MUTANTS DU BROUILLARD

LA TROÏKA

Aux Éditions Fleuve Noir

LA SECONDE INVASION DES MARTIENS

LE SCARABÉE DANS LA FOURMILIÈRE

L'ARC-EN-CIEL LOINTAIN

UN MILLIARD D'ANNÉES AVANT LA FIN DU MONDE

LE PETIT

Aux Éditions du Masque

LE DERNIER CERCLE DU PARADIS

Dans la même collection

311.	David Brin	*Marée stellaire* (Le cycle de l'Élévation, II)
312.	Ray Bradbury	*Les machines à bonheur*
313.	Jack Vance	*Emphyrio*
314.	C. S. Lewis	*Cette hideuse puissance*
315.	Frederik Pohl et C. M. Kornbluth	*Planète à gogos*
316.	Robert Holdstock	*Le souffle du temps*
317.	Stéphane Beauverger	*Chromozone* (La trilogie Chromozone, I)
318.	Michael Moorcock	*Le nomade du Temps*
319.	John Varley	*Gens de la Lune*
321.	John Kessel	*Lune et l'autre* (INÉDIT)
322.	Steven Brust	*Teckla*
323.	Mary Gentle	*La guerrière oubliée* (Le) livre de Cendres, I)
324.	Mary Gentle	*La puissance de Carthage* (Le livre de Cendres, II)
325.	Mary Gentle	*Les Machines sauvages* (Le) livre de Cendres, III)
326.	Mary Gentle	*La dispersion des ténèbres* (Le livre de Cendres, IV)
327.	Charles Dickinson	*Quinze minutes*
328.	Brian Aldiss	*Le Monde Vert*
329.	Elizabeth Moon	*La vitesse de l'obscurité*
330.	Stéphane Beauverger	*Les noctivores* (La trilogie Chromozone, II)
331.	Thomas Day	*La maison aux fenêtres de papier* (INÉDIT)
332.	Jean-Philippe Jaworski	*Janua vera*
333.	Laurent Kloetzer	*Le royaume blessé*
334.	Steven Brust	*Les Gardes Phénix*
335.	Isaac Asimov	*Fondation* (Le cycle de Fondation, I)

336. Isaac Asimov — *Fondation et Empire* (Le cycle de Fondation, II)
337. Isaac Asimov — *Seconde Fondation* (Le cycle de Fondation, III)
338. Isaac Asimov — *Fondation foudroyée* (Le cycle de Fondation, IV)
339. Isaac Asimov — *Terre et Fondation* (Le cycle de Fondation, V)
340. Jack Vance — *La vie éternelle*
341. Guillaume Guéraud — *La Brigade de l'Œil*
342. Chuck Palahniuk — *Peste*
343. Poul Anderson — *Trois cœurs, trois lions*
344. Pierre Corbucci — *Journal d'un ange*
345. Elizabeth Hand — *L'ensorceleuse*
346. Steven Brust — *Taltos*
347. Stéphane Beauverger — *La cité nymphale* (La trilogie Chromozone, III)
348. Gene Wolfe — *L'ombre du Bourreau* (Le livre du Nouveau Soleil, I)
349. Robert Charles Wilson — *Blind Lake*
350. Alain Damasio — *La Zone du Dehors*
351. James Patrick Kelly — *Fournaise*
352. Joëlle Wintrebert — *Le créateur chimérique*
353. Bernard Simonay — *La Vallée des Neuf Cités*
354. James Tiptree Jr — *Par-delà les murs du monde*
355. Gene Wolfe — *La Griffe du demi-dieu* (Le livre du Nouveau Soleil, II)
356. Gene Wolfe — *L'épée du licteur* (Le livre du Nouveau Soleil, III)
357. Wayne Barrow — *Bloodsilver*
358. Ted Chiang — *La tour de Babylone*
359. Clive Barker — *Le royaume des Devins*
360. Michael G. Coney — *Péninsule*

361. Theodore Sturgeon — *Un peu de ton sang*
362. Robert Charles Wilson — *Spin*
363. Gene Wolfe — *La citadelle de l'Autarque* (Le livre du Nouveau Soleil, IV)
364. Francis Berthelot — *Khanaor*
365. Mélanie Fazi — *Serpentine*
366. Ellen Kushner — *À la pointe de l'épée*
367. K. J. Parker — *Les couleurs de l'acier* (La trilogie Loredan, I)
368. K. J. Parker — *Le ventre de l'arc* (La trilogie Loredan, II)
369. K. J. Parker — *La forge des épreuves* (La trilogie Loredan, III)
370. Thomas Day — *Le trône d'ébène*
371. Daniel F. Galouye — *Simulacron 3*
372. Adam Roberts — *Gradisil*
373. Georges Foveau — *L'Enfant Sorcier de Ssinahan* (INÉDIT)
374. Mathieu Gaborit — *Bohème*
375. Kurt Vonnegut Jr — *Le pianiste déchaîné*
376. Olivier Bleys — *Canisse* (INÉDIT)
377. Mélanie Fazi — *Arlis des forains*
378. Mike Resnick — *Ivoire*
379. Catherine L. Moore — *Les aventures de Northwest Smith*
380. Catherine L. Moore — *Jirel de Joiry*
381. Maïa Mazaurette — *Dehors les chiens, les infidèles*
382. Hal Duncan — *Évadés de l'Enfer !* (INÉDIT)
383. Daniel F. Galouye — *Le monde aveugle*
384. Philip K. Dick — *Le roi des elfes*
385. Poppy Z. Brite — *Contes de la fée verte*
386. Mélanie Fazi — *Notre-Dame-aux-Écailles*
387. J. G. Ballard — *Le monde englouti*

388. Jean-Philippe Jaworski *Gagner la guerre*
389. Mary Gentle *L'énigme du cadran solaire*
390. Stéphane Beauverger *Le Déchronologue*
391. Robert Charles Wilson *La cabane de l'aiguilleur*
392. Christopher Priest *L'Archipel du Rêve*
393. McSweeney's *Anthologie d'histoires effroyables*
394. Robert Heinlein *Marionnettes humaines*
395. Norbert Merjagnan *Les tours de Samarante*
396. Jean-Philippe Depotte *Les démons de Paris*
397. Stephen Fry *Le faiseur d'histoire*
398. Kelly Link *La jeune détective et autres histoires étranges*
399. J.G. Ballard *Sécheresse*
400. Fabrice Colin *Comme des fantômes*
401. Ray Bradbury *Les pommes d'or du soleil*
402. Laurent Genefort *Mémoria*
403. Maïa Mazaurette *Rien ne nous survivra*
404. Eoin Colfer *Encore une chose…* (H2G2, VI)
405. Robert Charles Wilson *Mysterium*
406. Serge Lehman *Le Haut-Lieu et autres espaces inhabitables*
407. Isaac Asimov *L'homme bicentenaire*
408. Catherine Dufour *L'accroissement mathématique du plaisir*
409. Ian McDonald *Brasyl*
410. James Patrick Kelly *Regarde le soleil*
411. Alfred Bester *L'homme démoli*
412. Jack Vance *Les chroniques de Durdane*
413. Alfred Bester *Terminus les étoiles*
414. Isaac Asimov *Cher Jupiter*
415. Carol Berg *L'Esclave* (Les livres des rai-kirah, I)

416. Ugo Bellagamba — *Tancrède*
417. Christopher Priest — *Le Glamour*
418. Catherine Dufour — *Outrage et rébellion*
419. Robert Charles Wilson — *Axis*
420. Nick DiChario — *La vie secrète et remarquable de Tink Puddah*
421. Thomas Day — *Du sel sous les paupières* (INÉDIT)
422. Pierre Pelot — *La guerre olympique*
423. Jeanne-A Debats — *La vieille Anglaise et le continent*
424. Karl Edward Wagner — *Kane* (L'intégrale, I)
425. Karl Edward Wagner — *Kane* (L'intégrale, II)
426. Karl Edward Wagner — *Kane* (L'intégrale, III)
427. Jean-Claude Dunyach — *Le jeu des sabliers*
428. Jean-Michel Truong — *Le Successeur de pierre*
429. Ray Bradbury — *Un remède à la mélancolie*
430. Roger Zelazny — *Seigneur de Lumière*
431. Clifford D. Simak — *Voisins d'ailleurs*
432. Ian McDonald — *Roi du Matin, Reine du Jour*
433. Thomas Day — *Sympathies for the devil*
434. Hal Duncan — *Velum* (Le Livre de Toutes les Heures, I)
435. Hal Duncan — *Encre* (Le Livre de Toutes les Heures, II)
436. Steven Amsterdam — *Ces choses que nous n'avons pas vues venir*
437. Serge Lehman présente — *Retour sur l'horizon*
438. Carol Berg — *L'insoumis* (Les livres des rai-kirah, II)
439. Henri Courtade — *Loup, y es-tu ?*
440. Lord Dunsany — *La fille du roi des Elfes*
441. Maurice Leblanc — *Le formidable événement*
442. John Varley — *Le système Valentine*
443. Philip K. Dick — *Le dernier des maîtres*

444.	Pierre Pevel	*Les Lames du Cardinal* (Les Lames du Cardinal, I)
445.	George R. R. Martin, Gardner Dozois & Daniel Abraham	*Le chasseur et son ombre*
446.	Loïc Henry	*Loar*
447.	Ray Bradbury	*Léviathan 99*
448.	Clive Barker	*Hellraiser*
449.	Robert Charles Wilson	*À travers temps*
450.	Serge Brussolo	*Frontière barbare* (INÉDIT)
451.	L. L. Kloetzer	*CLEER*
452.	Cédric Ferrand	*Wastburg*
453.	Jean-Claude Marguerite	*Le Vaisseau ardent*
454.	Jean-Philippe Depotte	*Les jours étranges de Nostradamus*
455.	Walter M. Miller Jr.	*L'héritage de saint Leibowitz*
456.	Carol Berg	*Le vengeur* (Les livres des rai-kirah, III)
457.	Philip K. Dick	*Question de méthode*
458.	Leandro Ávalos Blacha	*Berazachussetts*
459.	Alden Bell	*Les faucheurs sont les anges*
460.	Pierre Pevel	*L'Alchimiste des Ombres* (Les Lames du Cardinal, II)
461.	Xavier Mauméjean	*Rosée de feu*
462.	Arkadi et Boris Strougatski	*Stalker*
463.	Ian McDonald	*Le fleuve des dieux*
464.	Barry Hughart	*La magnificence des oiseaux* (Une aventure de Maître Li et Bœuf Numéro Dix)

465. Serge Brussolo *Trajets et itinéraires de la mémoire*
466. Barry Hughart *La légende de la Pierre* (Une aventure de Maître Li et Bœuf Numéro Dix)
467. Jack McDevitt *Seeker*
468. Glen Duncan *Moi, Lucifer*
469. Barry Hughart *Huit honorables magiciens* (Une aventure de Maître Li et Bœuf Numéro Dix)
470. Daniel Polansky *Le baiser du rasoir*
471. Thomas Geha *Le sabre de sang*, 1
472. Thomas Geha *Le sabre de sang*, 2
473. Pierre Pevel *Le dragon des Arcanes* (Les Lames du Cardinal, III)
474. Alain Damasio *Aucun souvenir assez solide*
475. Laurent Genefort *Les opéras de l'espace*
476. Roger Zelazny *Dilvish le Damné*
477. Thomas Day *Dæmone*
478. Philip K. Dick *Ne pas se fier à la couverture*
479. Léo Henry *Le casse du continuum* (INÉDIT)
480. Frank M. Robinson *Destination ténèbres*
481. Joël Houssin *Le Temps du Twist*
482. Jean-Marc Ligny *La mort peut danser*
483. George R. R. Martin *Armageddon Rag*
484. Lewis Shiner *Fugues*
485. Collectif *Alternative Rock*
486. Arnaud Duval *Les Pousse-pierres*
487. Christian Léourier *Le cycle de Lanmeur*, I
488. Lisa Tuttle *Ainsi naissent les fantômes*
489. Pablo de Santis *La soif primordiale*
490. Norbert Merjagnan *Treis, altitude zéro*
491. Robert Charles Wilson *Julian*
492. Patrick Ness *La voix du Couteau* (Le Chaos en marche, I)

493.	Patrick Ness	*Le Cercle et la Flèche* (Le Chaos en marche, II)
494.	Patrick Ness	*La guerre du Bruit* (Le Chaos en marche, III)
495.	S.G. Browne	*Comment j'ai cuisiné mon père, ma mère… et retrouvé l'amour*
496.	Glen Duncan	*Le dernier loup-garou*
497.	Christian Léourier	*Le cycle de Lanmeur*, II
498.	Mira Grant	*Feed* (Feed, I)
499.	Richard Matheson	*Par-delà la légende*
500.	Dan Simmons	*L'échiquier du mal*
501.	Mira Grant	*Deadline* (Feed, II)
502.	Robert Holdstock	*Avilion*
503.	Graham Joyce	*Lignes de vie*
504.	Mira Grant	*Red Flag* (Feed, III)
505.	Jean-Philippe Jaworski	*Même pas mort* (Rois du monde, I)
506.	Arkadi et Boris Strougatski	*Il est difficile d'être un dieu*
507.	Laurent Genefort	*Omale*, 1
508.	Laurent Genefort	*Omale*, 2
509.	Laurent Whale	*Les étoiles s'en balancent*
510.	Robert Charles Wilson	*Vortex*
511.	Anna Starobinets	*Je suis la reine*
512.	Roland C. Wagner	*Rêves de Gloire*
513.	Roland C. Wagner	*Le train de la réalité*
514.	Jean-Philippe Depotte	*Le chemin des dieux*
515.	Ian McDonald	*La maison des derviches*
516.	Jean-Michel Truong	*Reproduction interdite*
517.	Serge Brussolo	*Anges de fer, paradis d'acier* (INÉDIT)
518.	Christian Léourier	*Le Cycle de Lanmeur*, III
519.	Bernard Simonay	*Le secret interdit*
520.	Jean-Philippe Jaworski	*Récits du Vieux Royaume*

521.	Roger Zelazny	*Les princes d'Ambre* (Cycle 1)
522.	Christopher Priest	*Les insulaires*
523.	Jane Rogers	*Le testament de Jessie Lamb*
524.	Jack Womack	*Journal de nuit*
525.	Ray Bradbury	*L'Arbre d'Halloween*
526.	Jean-Marc Ligny	*Aqua*™
527.	Bernard Simonay	*Le prince déchu* (Les enfants de l'Atlantide, I)
528.	Isaac Asimov	*Fondation 1*
529.	Isaac Asimov	*Fondation 2*
530.	J. G. Ballard	*La forêt de cristal*
531.	Glen Duncan	*Talulla*
532.	Graham Joyce	*Les limites de l'enchantement*
533.	Mary Shelley	*Frankenstein*
534.	Isaac Asimov	*Les vents du changement*
535.	Joël Houssin	*Argentine*
536.	Martin Millar	*Les petites fées de New York*
537.	Mélanie Fazi	*Le jardin des silences*
538.	Graham Joyce	*Au cœur du silence*
539.	Bernard Simonay	*L'Archipel du Soleil* (Les enfants de l'Atlantide, II)
540.	Christopher Priest	*Notre île sombre*
541.	Bernard Simonay	*Le crépuscule des Géants* (Les enfants de l'Atlantide, III)
542.	Jack Vance	*Le dernier château*
543.	Hervé Jubert	*Magies secrètes* (Une enquête de Georges Hercule Bélisaire Beauregard)
544.	Hervé Jubert	*Le tournoi des ombres* (Une enquête de Georges Hercule Bélisaire Beauregard)

545.	Hervé Jubert	*La nuit des égrégores* (Une enquête de Georges Hercule Bélisaire Beauregard, INÉDIT)
546.	L. L. Kloetzer	*Anamnèse de Lady Star*
547.	Paul Carta	*La quête du prince boiteux* (Chroniques d'au-delà du Seuil, I)
548.	Bernard Simonay	*La Terre des Morts* (Les enfants de l'Atlantide, IV)
549.	Jo Walton	*Morwenna*
550.	Paul Carta	*Le Siège des dieux* (Chroniques d'au-delà du Seuil, II)
551.	Arnaud Duval	*Les ombres de Torino*
552.	Robert Charles Wilson	*La trilogie Spin*
553.	Isaac Asimov	*Période d'essai*
554.	Thomas Day	*Sept secondes pour devenir un aigle*
555.	Glen Duncan	*Rites de sang*
556.	Robert Charles Wilson	*Les derniers jours du paradis*
557.	Laurent Genefort	*Les vaisseaux d'Omale*
558.	Jean-Marc Ligny	*Exodes*
559.	Ian McDonald	*La petite déesse*
560.	Roger Zelazny	*Les princes d'Ambre* (Cycle 2)
561.	Jean-Luc Bizien	*Vent rouge* (Katana, I)
562.	Jean-Luc Bizien	*Dragon noir* (Katana, II)
563.	Isaac Asimov	*Cher Jupiter*
564.	Estelle Faye	*Thya* (La voie des Oracles, I)
565.	Laurent Whale	*Les damnés de l'asphalte*
566.	Serge Brussolo	*Les Geôliers* (INÉDIT)

567.	Estelle Faye	*Enoch* (La voie des Oracles, II)
568.	Marie Pavlenko	*La Fille-Sortilège*
569.	Léo Henry	*La Panse* (INÉDIT)
570.	Graham Joyce	*Comme un conte*
571.	Pierre Pevel	*Les enchantements d'Ambremer* (Le Paris des Merveilles, I)
572.	Jo Walton	*Le cercle de Farthing*
573.	Isaac Asimov	*Quand les ténèbres viendront*
574.	Grégoire Courtois	*Suréquipée*
575.	Pierre Pevel	*L'Élixir d'Oubli* (Le Paris des Merveilles, II)
576.	Fabien Cerutti	*L'ombre du pouvoir* (Le Bâtard de Kosigan, I)
577.	Lionel Davoust	*Port d'âmes*
578.	Pierre Pevel	*Le Royaume Immobile* (Le Paris des Merveilles, III)
579.	Jean-Pierre Boudine	*Le paradoxe de Fermi*
580.	Fabrice Colin	*Big Fan*
581.	Fabien Cerutti	*Le fou prend le roi* (Le Bâtard de Kosigan, II)
582.	Jo Walton	*Hamlet au paradis*
583.	Robert Charles Wilson	*Les Perséides*
584.	Charles Yu	*Guide de survie pour le voyageur du temps amateur*
585.	Estelle Faye	*Un éclat de givre*
586.	Ken Liu	*La ménagerie de papier*
587.	Chuck Palahniuk et Cameron Stewart	*Fight Club 2*
588.	Laurence Suhner	*Vestiges* (QuanTika, I)
589.	Jack Finney	*Le voyage de Simon Morley*
590.	Christopher Priest	*L'adjacent*
591.	Franck Ferric	*Trois oboles pour Charon*

Ce volume a été composé
par IGS-CP à L'Isle-d'Espagnac (Charente)
et achevé d'imprimer par Novoprint
à Barcelone, le 2 mai 2018
Dépôt légal : mai 2018
Premier dépôt légal : janvier 2015

ISBN : 978-2-07-045167-8 / Imprimé en Espagne.

336535